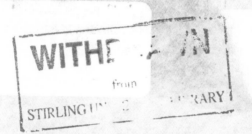

Mort et Naissance de
Christophe Ulric

Données de catalogage avant publication (Canada)

Rivard, Yvon, 1945-

   Mort et naissance de Christophe Ulric

   (Poche Québec ; 12)
   Éd. originale: Montréal: La Presse, 1976
   2-7609-3411-X

   I. Titre.   II. Colleciton.

PS8585.I92M67 1986   C843'.54   C86-096301-2
PS9585.I92M67 1986
PQ3919.2.R58M67 1986

Ce roman a été édité en 1976 aux Éditions La Presse.
Illustration de la couverture : Gilles L'Heureux
Maquette de la couverture : Germain Bergevin

ISBN 2-7609-3411-X

©Copyright© Ottawa 1986 par Les Éditions Leméac Inc.
Dépôt légal — Bibliothèque nationale du Québec
3e trimestre 1986

Imprimé au Canada

YVON RIVARD

Mort et Naissance de
Christophe Ulric

Poche
Québec

à Guy Lafond,
poète de l'eau
et du regard

TABLE

PREMIÈRE PARTIE

L'attente du livre

En attendant le début d'une histoire qu'ils connaissent déjà, les livres, serrés les uns contre les autres et feutrant de leurs reliures l'espace de la chambre, ressassent des souvenirs, toujours les mêmes, l'aventure au pays des fenêtres, la traversée du désert à dos de mirages, l'indestructible complot du hasard et du silence, l'énigme insoluble des femmes entrevues, bref l'impossible retour des voyages qui n'ont pas eu lieu. Froissements de mots, palpitation des masques : les livres s'apprêtent à partager leur sort avec une victime de plus. Décidément, le vide est un festin inépuisable.

Une faible lueur rougeâtre balaie le seuil d'un jour nouveau. Les yeux mi-clos, Christophe hésite à sortir de la nuit dont il est encore captif. Sentiment qu'il est trop tôt, que s'il interrompt ce rêve commencé depuis quelques semaines déjà, il n'en connaîtra jamais la fin, que tout sera toujours à recommencer, jusqu'à ce qu'il soit trop tard, que le rêve incompris le rejette sur le rivage. (Est-ce ainsi qu'on devient fou ?)

« Rester là, les cuisses et la poitrine bâillonnées par

l'aveuglante vision. On m'appelle, j'en suis certain. Je sens à l'heureuse agitation de mon coeur qu'une femme m'attend, qu'elle me convie à une fête. Ah! que le départ tarde à me cueillir, que le vent est long à faire ses voiles! Mais je ne vois plus cette main blanche, cet oiseau de brume. M'aurait-on abandonné? Silence! Mon impatience les aura effrayés. Je compte jusqu'à trois et je me tue si on ne m'enlève. Un, deux… Un parfum d'écorce fraîchement déchirée m'enveloppe, renverse ma nuque et me tire lentement vers l'arrière. Voici mon corps couché à la surface de la rivière. Là-haut, les nuages se bousculent en une mystérieuse course, leur tête allongée semble flairer quelque gouffre. Je perce le flanc d'une montagne, découvre que les racines forment le feuillage d'arbres beaucoup plus légers suspendus au-dessus de mon visage. Une pluie fine monte de la rivière qui me porte. Au sommet de leur course, les gouttelettes s'ouvrent le ventre : il s'en répand un liquide cristallin qui se fige en un miroir très mince. La lumière naît de partout, elle est si fragile qu'une parole la crèverait.»

Impossible d'aller plus loin, car le soleil, telle une poignée de sable giflant une eau limpide, a brouillé cette lumière dans laquelle Christophe pénétrait. Agacé, il se frotte les yeux, se lève (faudra-t-il toujours tenter de vivre?), remue les pieds, allonge les bras qu'il prend bien soin de nouer aux épaules, balance la tête de gauche à droite, s'assure une dernière fois qu'il n'a rien oublié (allons laver tout cela!). À le voir ainsi s'avancer vers la salle de bains, d'un pas très lent, les yeux vides de tout regard, on dirait un somnambule attentif à ne point s'éveiller ou un chasseur grec craignant de lézarder la paroi du vase dont il est prisonnier. Après s'être rasé, il se regarde enfin : « Je suis Christophe Ulric. J'ai vingt-quatre ans. Nous sommes en novembre. »

Il prononce plusieurs fois ces mots (le voyageur sur l'étang gelé s'assure de la solidité de la glace et s'enfonce dans le doute que lèvent ses pas) et, bientôt, d'entre les syllabes que détache sa voix montent les bribes d'une histoire, une de ces histoires dont les vieillards bourrent leur pipe.

Il s'appelait Ernest Charlevoix. Son père avait fait campagne partout, du lac Alouette au cap Vermillon en passant par « la vallée à Goyette ». Il avait balafré de chemins les montagnes les plus hostiles pour les raser de leurs plus beaux bouleaux. Il avait droit à l'admiration des hommes, Dieu bénissait son sommeil. Mais Ernest n'était pas de sa race, lui qui n'avait de toute sa vie mis le pied en forêt. Ses mains délicates aimaient froisser le papier, une forte myopie appela très tôt d'épaisses lunettes, le dos se voûtait déjà : « Ça parle au diable, marmonnait le père Charlevoix, encore un prêtre ! »

En ce temps-là, la grâce ne moissonnait que les plus frêles gerbes. La glaise des champs embaumait les sacristies et le grégorien réveillait péniblement quelques poulies au fond des gorges paysannes. Ernest fut donc envoyé au collège. Mais le premier mot latin le terrassa si fortement (il se mit à clignoter des yeux, à bégayer) qu'on crut à une espèce d'allergie que le grec ne ferait qu'aggraver. Le martyre dura deux semaines. Ernest regagna la ferme où on lui confia l'entretien des bêtes.

Il ne demandait pas mieux. Les odeurs de l'étable, épaisses, si chaudes, presque palpables, le froissement continu du foin dans les mangeoires, le bruit des sabots répondant au chant de l'eau versée dans l'auge, tels étaient désormais les encens, missels et processions dont vivait Ernest. Au coeur de la première église, son âme chavirait de lassitude et de paix mêlées. Mais le père ne voyait pas les choses du même oeil, il ne pouvait s'imaginer que l'idiot de la famille pût dire la messe ailleurs qu'au village. Aussi grognait-il sans cesse : « Du bois mort, du bois mort, bondieu de bondieu ! » Chaque jour, le sang épique des récits paternels éclaboussait le fils déchu. Là-haut, dans la forêt, des noms mystérieux réservaient à l'homme intrépide des noces que l'on célébrait longtemps le soir, au coin du feu. Telle rivière sournoise s'était couchée sous le canot de Georges Montour, tel braconnier à l'audace héritée d'un aïeul indien avait osé poursuivre sa proie jusque dans « la grotte de la mort », ainsi appelée parce que le râle des animaux blessés qui y avaient trouvé refuge retentissait longtemps après leur mort. Là-bas foisonnait de légendes que l'on cueillait par ruse ou à la force des bras, la grosse chemise de laine rouge déchirée aux coudes. Bref, puisqu'il fallait s'enfoncer dans les bois pour avoir son histoire, Ernest décida d'obéir à la règle.

Quatre heures. Il fait encore noir. Ernest chausse des bottes trop grandes, referme doucement la porte de la cuisine, traverse la basse-cour, s'engage au-delà du champ de maïs, dans la fente étroite d'un sentier... Il écarte les premières branches qui lui cachent le monstre tant de fois raconté, enfin il va connaître ce secret qui gît quelque part entre une feuille et une goutte d'eau : le coeur de la forêt. Il lui semble que les initiés ont tort de vouloir la dompter. Ses doigts se promènent amoureusement sur l'écorce. «C'est une grande étable», se dit-il.

Émerveillé de ne se sentir nullement étranger à cet espace qui lui fut si longtemps interdit, tout le jour il marche sans se soucier ni de l'heure, ni de la direction. Quels exploits ? Quels dangers ? Et lui qui n'avait jamais joué découvre les plaisirs de l'indiscrétion (sa main se glisse entre la mousse et le rocher pour en interrompre le patient baiser), l'innocente cruauté (une pierre retournée et ce sont des milliers d'insectes que la lumière foudroie) et les ricochets : un, deux, trois... Ernest rougit, il a trente ans.

Mais voilà qu'une faible brise répand partout le crépuscule. Couleurs insidieuses du couchant, naufrage des cimes. De multiples petites voix criblent l'obscurité d'étincelles sonores. Les repaires se vident, les fauves s'apprêtent à purifier la nuit. Bientôt leur regard encerclera l'intrus. Traqué, Ernest se colle contre une souche, retient sa respiration : peine perdue, la peur est lâchée, les bêtes l'ont déjà reniflée. Il se recroqueville, genoux ramassés sous le menton, pressés sur sa gorge, l'étouffant presque. Se dissimuler davantage ! Une idée : raccourcir chacun de ses membres jusqu'à ce qu'il puisse s'introduire dans la coquille vide d'un gland. Au même instant, un rire assourdissant s'abat sur lui. La forêt est complice, elle lui refuserait même l'asile d'une chimère. Il se souvient alors du monstre. On le flatte le jour, il vous dévore la nuit. Irrité de cette attente humiliante dont profite l'ennemi, Ernest dresse d'un seul coup sa maigre silhouette en travers du silence. Pour la première fois, il fera face. Il faut toujours attaquer, c'est sûr, sinon on vous charge de lunettes ridicules et votre vie rampe au pied d'une voix qui vous lapide de bois mort. (Non! Où suis-je? Que personne n'approche. Je vous ai tous vus, mais venez que je vous dis…) Les heures s'écoulent, déchirées par son hurlement pitoyable. Impassibles, les montagnes répètent ces cris déjà entendus quelque part qui rident leur front studieux d'un souvenir de plus.

On le retrouva à l'aube, couché dans une flaque d'eau, bafouillant des pleurs inintelligibles. «Le v'là qui parle latin maintenant. Pis mes bottes qui sont foutues!»

Peut-être est-il sage de ne pas s'éloigner de soi, de ne pas risquer la domestique félicité des limbes contre… quoi? Christophe n'arrive pas à dégager son regard de l'emprise du miroir. (Non! Tout plutôt que de vivre encore trente ou quarante ans dans cette salle de bains jaune avec pour seule preuve d'existence la buée fétide de mon haleine qui tour à tour efface et compose un visage qui me ressemble.) «Je suis Christophe Ulric, je ne suis pas Christophe Ulric.» Ces mots dits d'une voix ferme ayant desserré l'étreinte maléfique, Christophe s'engage dans le couloir et pénètre dans une chambre dont les murs couverts de livres encerclent une table jonchée de feuilles multicolores (aucune trace de son passage, les feuilles effacent les pas; elle ne viendra pas aujourd'hui). Et bien qu'il n'ait plus sommeil, Christophe s'endort la tête appuyée sur son manuscrit.

Soudain, il entend un bruit de pas. Serait-ce enfin Geneviève qui s'approche, elle dont le seul nom a creusé au centre de cette pièce le vide où Christophe bivouaque depuis des semaines? Non, c'est la vieille marâtre stérile, fidèle compagne de tous les jeux et de tous les rêves, confisquant les uns et réglant les autres au nom d'une certaine sagesse dûment patentée dont elle a la vente exclusive. Elle a évidemment flairé l'impossible qui menace sa chère âme, la voici qui accourt porteuse de seins desséchés comme s'il était en son pouvoir d'étancher ne serait-ce que la soif d'une fourmi.

— Mon lait est rare, mais précieux. Tu n'en serais pas là aujourd'hui si tu avais confié ton destin, matin et soir, à cette poitrine que tu dédaignes. Geneviève ne viendra pas, pour la simple raison que tu es toujours absent. Si elle existe (ce dont je doute, mais cela ne me regarde pas), ce n'est pas à rêvasser de la sorte que tu pourras la trouver. D'abord, fous-moi toutes ces autres femmes à la porte. Tu tiens bordel et tu t'étonnes que l'amante ne soit pas au rendez-vous. Mon intuition me dit que cette Geneviève est une femme très peu excentrique qui aime les maisons bien ordonnées, les vêtements propres, les idées claires, les livres bien composés. Alors débarrasse-moi ta table de tous ces croquis et bouts de phrases inutiles, et concentre-toi uniquement sur le visage de Geneviève.

— Mais je ne fais que cela et toujours pas de Geneviève! Elle se dissimule sous ces autres femmes qui prennent forme dès que je pense à elle. C'est pourquoi je ne peux m'en défaire, elles sont jusqu'à présent l'unique lien entre elle et moi. Et puis, les femmes ne s'additionnent pas. L'oeil de Chlorella est-il autre chose que l'améthyste au doigt de Véronique? La bouche moqueuse de Barbara ne dessine-t-elle pas le sourire énigmatique de Florence? Ophélie n'a-t-elle pas de Marguerite la courbe des seins?

— Qu'est-ce que ça prouve?

— Rien. Il n'y a qu'à attendre.

— C'est ça, bonne nuit. Quel chiendent que cette paresse! Dors bien, fais de beaux rêves, mais n'oublie pas d'avaler ton stylo pour les noter pendant ton sommeil.

— Alors que suggères-tu, toute-puissante volonté, toi dont la férule vaut dix mille baguettes de sourcier?

— Occupe-toi à autre chose, elle viendra plus tard, si jamais elle doit venir. Pourquoi commencer par le plus difficile?

— Je n'y peux rien. Dès que je m'assois là, je glisse en moi et mon regard s'emmêle à cette immense toile tissée de cheveux blonds et bruns, Chlorella, Véronique…

— Eh bien, tu connaîtras le sort de tous les êtres qui me préfèrent l'imagination: l'impossibilité d'imaginer. Le silence multiplie l'attente, ça fait beaucoup de gares où ne descendra jamais une Geneviève dont on ne sait même pas si elle a pris le train. On devrait enfermer les gens de ton espèce avant qu'ils ne deviennent fous. Les sauver malgré eux, les faire travailler. Répète après moi : «Geneviève était une femme d'environ trente ans qui...»

— Dehors, la vieille ! Tu nous emmerdes avec ton catéchisme, ton trousseau de passe-partout. Derrière les portes que tu ouvres, il n'y a rien, pas de questions aux réponses que tu distribues aveuglément. J'ai déjà deux montres, trois calendriers et quatre dictionnaires. Besoin de rien, compris ? Défense d'arracher le chiendent.

Christophe se rend à la fenêtre qu'il ouvre toute grande. Le vent délivré saccage tout sur son passage. Un vrai vent d'automne, tout plein de canifs et d'alcools, de quoi chasser au loin la vieille. Tous les calculs renversés, tous les projets ivres morts (Geneviève n'est ni une prostituée, ni une fille à marier). Les feuilles s'envolent aux quatre coins de la chambre, se chamaillent un instant au-dessus de la table nue, puis disparaissent, aspirées par la fenêtre qui se referme violemment derrière elles. Christophe aperçoit sur le tapis une feuille qui a échappé à la voracité de l'espace. Hasard ? Signe ? Il la ramasse, et parcourt rapidement les quelques lignes qui y sont griffonnées :

«Geneviève entoure Christophe de ses bras et lui sourit, maternelle, petite fille. Leurs corps roulent lentement dans les gros coussins rouges jonchant le parquet, sous le regard naïvement attendri des nombreuses vierges à l'enfant dont les chairs rosies tapissent les murs de la chambre. D'un bond, Christophe se relève, empoigne l'épaule de Gene-

viève et y enfonce les dents. Soumise ou absente,
elle gémit faiblement cependant que sa main rê-
veuse apaise le front de son amant...»

— Reviens, n'aie pas peur, je ne te ferai aucun mal.
Vois les meubles de ma chambre, tranquilles comme
de gros chats somnolant dans la poussière. Tu n'as
rien à craindre. Si seulement ces fenêtres ne
s'ouvraient d'elles-mêmes et que le vent cessât de
brouiller les pistes. Mais comment me débarrasserais-
je de la vieille? Et puis oui, j'avoue ma complicité.
De même, autrefois, je ne me lassais pas d'entendre
raconter l'histoire de Charlevoix. Fasciné, je voyais
ses pauvres lunettes se fracasser contre une roche,
j'entendais sa voix poursuivie par une meute de bêtes
affamées, le ricanement diabolique de la forêt. Mais
tout cela, c'est du passé. Depuis que j'ai entendu ton
nom, Charlevoix est un mauvais souvenir que toi
seule peux effacer. Geneviève, dis-moi comment franchir cette distance qui nous sépare. Est-il vrai qu'il
y ait des oiseaux condamnés à ne se poser que sur
un seul lac et que si, par malheur, leurs ailes se referment sur tout autre que celui que l'instinct leur a assi-
gné, ils s'y noient? Lequel de nous deux attend
l'autre? Ta main, cette main qui m'effleure, hésite et
repart, comment la retenir, la convaincre? Toute ma
chair appelle... Combien de temps encore pourrai-
je contenir ce cri affreux sous l'enveloppe de plus
en plus mince du silence? Vais-je mourir noyé dans
une forêt sans nom?

«Geneviève se prête à quelques caresses, puis su-
bitement se lève et lui tourne le dos...»

— Qu'est-ce que j'ai fait?

— Pauvre Christophe, quelle impatience! Tu

m'ouvres les bras et te crois dédaigné si je ne m'y jette pas aussitôt. Je ne me refuse ni ne me rends. On ne me mérite ni ne me conquiert. Je me donne. Je viens ou ne viens pas selon que... Tiens, je me rappelle un amant. C'était dans un café, il était assis à la table voisine. Nous nous sommes regardés un instant, quelques secondes tout au plus, sans rien dire. Il est sorti, j'ai fini lentement mon dîner. Je n'y pensais plus. La semaine suivante, tout à fait par hasard, je le croise dans la rue : un sourire, le soir j'étais à lui. Voilà, c'est aussi simple que ça.

— Cet homme a eu de la veine, c'est tout. D'ailleurs, qui t'assure qu'il ne t'a pas filée ? Le hasard ! Une adresse est si vite notée.

— Tu oublies que la chair d'une femme ne se trompe jamais. Combien en ai-je connu qui croyaient s'imprimer en moi ! Ils offrent des fleurs ou des bonbons, selon la saison, préparent leur scénario avec une naïveté comique, quelques épithètes par-ci, quelques soupirs par-là : « Je la tiens, il ne reste plus qu'à me la taper ! » C'est honnête, je ne dis pas le contraire. Le candidat a très bien composé toute la trame psychologique, il n'a pas fait d'erreur, n'a sauté aucune étape, vocabulaire choisi, etc... Mais dès qu'il pose son petit chef-d'oeuvre sur mon ventre, je me dérobe. Il s'est trompé d'adresse, et voilà un client de plus pour le bordel.

— Et moi ?

— Toi, tu n'as aucun talent, mais tu n'en profites pas. Tu attends passivement que je te prenne ou tu me violes. Avoue que c'est un rythme assez déroutant. Disons que je dors au fond d'un puits. Des passants qui s'appuient à la margelle, seuls quelques-uns devinent ma présence. Tu es de ceux-là. Je ne demande pas mieux que de me hisser jusqu'à toi, mais il est inutile que tu me tires par les cheveux. Car, en vérité, ce n'est pas toi qui m'inventes, c'est moi qui t'invente à travers l'amour que tu me portes.

— Mais alors, pourquoi cette longue attente?

— Tu crois avoir épuisé le silence pour m'avoir nommée Geneviève! Tu veux m'enfermer là-dedans! Moi, je veux bien, mais je te préviens que c'est un nom poreux, toutes ces voyelles par lesquelles je peux me répandre. Il te faudra consolider les rives, car les rivières aussi font l'école buissonnière. Tu la veux blonde Geneviève? Femme et rivière à la fois? Soit. On y pêchera des truites à la pénultième et on s'enneigera à chaque consonne si tu veux. Mais attention! Ne me fais pas languir pendant des années, sinon je deviendrai de plus en plus fictive. Et surtout, ne m'abandonne pas au fond d'un tiroir. D'ailleurs, tu en serais incapable, mon petit Christophe.

— Ne m'appelle plus ainsi. Je ne suis pas ton petit Christophe, je ne suis rien.

— Mais voilà que ce néant se met à penser, comme dit le poète. À cette minute même, tu m'as été livré. Tu m'appartiens, je ne te lâcherai plus. Je coucherai au pied de ton lit, je me glisserai entre tes paupières, je serai l'éternelle raseuse des nuits blanches. Si tu m'ignores, je te perds. Si tu me harcèles, je me tais. Tu voulais Geneviève, elle est là. Cours te jeter au fleuve si tu la trouves trop lourde. Car jamais tu ne seras sans elle. Imagine ce nom souriant sur d'autres lèvres. Ces cheveux que tu as parfumés de tes veilles rafraîchissant d'autres mains. Ces seins que tu as façonnés crevant d'autres yeux. Et puis cette

25

bouche qui t'a donné tant de mal, crois-tu en souffrir la buée sur d'autres miroirs? Geneviève, miel d'une ruche à laquelle tu n'aurais pas accès, grappe offerte à une chaleur qui ne serait pas la tienne? De toute façon, quoi que tu fasses, il en sera ainsi. Geneviève, quel joli nom n'est-ce pas, Christophe?

— Non, ce n'est pas ainsi que je le voyais. D'un toit enneigé montait une mince fumée bleue, comme une route perdue dans le ciel. Je suivais cette route, encore toute vibrante des parfums de l'âtre, que le froid n'arrivait pas à casser. Et tout au bout du voyage, une porte s'ouvrait à la brunante devant un petit traîneau rouge et des mitaines mouillées… Mais je ne sais plus. Ce nom si doux qui m'était venu comme une première neige (silence floconneux, l'automne enfin traduit), et puis soudainement la tempête, l'inéluctable parole: «Christophe, tu n'entends rien à l'amour, mais je te défie d'aimer quelqu'un d'autre que moi.» Geneviève, qu'ont toutes ces madones à me menacer de leur pitié?

— Quelles madones? Voyons, calme-toi. Tiens ton regard fixé sur la lumière qui coule de cette lampe. Allez, essaie! Ne sens-tu pas l'eau tiède gagner tes yeux, tes membres, ton âme? Entends-tu cette musique? Le chant des anges, disent les noyés. Mais ce suicide est tellement plus réussi, l'allégement absolu (je croyais jadis que tous les oiseaux blancs naissaient sous un abat-jour). On en oublie même la lampe. Alors, qu'en dis-tu, Christophe?

— Rien, je te veux.

«Geneviève s'est glissée contre lui. Dehors le vent s'amuse des gémissements de la ville qu'il traîne aux enfers. C'est l'heure où les vierges endorment l'enfant d'un sein rose.»

La seule histoire d'amour, celle qu'on ne raconte pas aux enfants parce qu'ils en sont les personnages, ni aux adultes parce qu'ils la jugent ridicule (à ceux-là, la littérature propose des drames en carton peint où s'essoufflent des rhumatismes de l'âme), tient tout entière dans la petite main qui a remué pour la première fois notre nuit. L'enfance, on lui a fait avaler tant de sucreries et de complexes qu'on hésite à en exhumer le cadavre de plus en plus suspect; peur aussi de réveiller, au-delà des souvenirs qui les occultent, des images enterrées (et toujours) vivantes. C'est ainsi que la plupart des êtres, craignant le ridicule, n'en sortent jamais. Ils sourient des peines de coeur de leurs petits et vont dans la chambre conjugale faire des choses sérieuses. À son tour, l'enfant sourit.

Christophe a huit ans. Ses cheveux sont encore blonds et le «gris chat» n'a pas terni les beaux yeux bleus. Il tient de son père un nez trop fortement dessiné, de sa mère des lèvres très fines. Les joues maigres et pâles semblent continuer les mains fragiles, et les yeux le trait ascétique de la bouche. Le tout d'une gravité précoce que l'espièglerie passagère n'arrive pas à dissiper. Il habite une grande maison de pierres des champs, presque une forteresse.

«Elle devait avoir mon âge. Sa longue tresse cendrée pendait dans mon missel. Je la dénouais sans cesse du regard, fier de tromper ainsi la fâcheuse main maternelle qui avait chiffonné une telle gerbe. Et je jouissais à chaque mouvement de sa tête de la langoureuse danse d'une chevelure dont seul je connaissais la nudité. M'inspirant de l'orgue braillard de la petite église campagnarde, j'imaginais des musiques complices. Si la pudeur ou la présence de mes parents ne m'avait retenu, j'aurais volontiers soufflé de toutes mes forces sur cette lumière dorée qui s'évanouissait en moi et dont la chute infinie, toujours recommencée, me donnait le vertige. Car cette pluie bienheureuse découvrait des abîmes où mon coeur croulait d'un seul coup, grisé de l'espace se creusant sous lui. À cet instant m'envahissait une musique trop pure (toujours, jamais), dangereusement immatérielle, que tous les vents de l'automne n'auraient pu chasser. C'est alors que, regrettant le geste audacieux, je renouais la chevelure, heureux de regagner la charmille d'une tresse bien sage, tout comme la pensée court nicher sa peur de l'éternité au creux d'une vieille horloge. Il ne restait plus de la tempête si brusquement déchaînée que quelques mèches frissonnant sur la nuque. Rassuré, je m'abandonnais aux jeux aériens de ces libellules retenues à la surface d'une eau blanche par quelque fil invisible. Je les voyais s'envoler au-dessus de la pieuse assemblée, portées un instant par l'odeur de l'encens, puis venir se poser, telles des signets sacrilèges, entre les deux pages de mon paroissien. Je suscitais l'illusion par un ingénieux clignement des paupières qui mêlait mes propres cils aux délicieuses arabesques. Cet enchevêtrement imaginaire ne m'en donnait pas moins de véritables sensations. À la moindre oscillation de la nuque correspondait le crépitement des cils qu'on tente d'arracher. Je fermais les yeux pour mieux prolonger la souffrance de ces douces piqûres. Je découvrais la volupté. Au retour, j'entendais ma mère dire à mon père :

— Tu as vu le petit avec quelle ferveur il priait. Je ne serais pas surprise qu'il…

— Tu vois des prêtres partout, répliquait mon père. Tu disais la même chose de nos trois premiers garçons !

— Tu verras, tu verras, poursuivait ma mère, le regard et les mains levés au ciel, déjà prête à m'immoler.

Mon secret n'était connu de personne, et pourtant une crainte absurde m'empêchait de le savourer dans la maison. J'allais me réfugier sous les branches de l'immense sapin qui ombrageait le hangar et m'y livrais à d'alchimiques rêveries. Si le prêtre change le pain en chair, me disais-je, que ne pourrais-je en variant la formule faire surgir de ce tronc résineux le cou de Geneviève, de ces aiguilles vertes ses cheveux ? Je prononçais alors avec toute la piété dont j'étais capable, les sourcils froncés sous l'effort de la concentration :

— Ceci est ton cou, Geneviève, ce sont tes cheveux. Souffre que je les embrasse.

La métamorphose accomplie, je portais à mes lèvres l'image incarnée, ivre d'un nouveau secret : Geneviève ne savait pas qu'elle était à moi.

Chaque dimanche, j'étais au rendez-vous, certain de retrouver l'idole assise à la même place, puisque chaque famille achetait un banc qu'elle conservait pendant une ou deux générations. Au contraire des mystiques dont la vision se décante, dit-on, jusqu'à l'extase, mon oraison s'abreuvait à des sources de plus en plus troubles. Une digue avait éclaté quelque part en moi, je chavirais sous un flot d'images sans que ma volonté puisse faire surface. Je dénouais toujours la même tresse, mais la musique céleste qui m'effrayait tant avait disparu. Cet avertissement n'étant plus, je m'attardais à contempler la danse ondulée d'où naquit bientôt la danseuse.

S'il était facile de recomposer la torsade des cheveux, comment repousser ce corps irrésistiblement élastique derrière les frêles bandeaux? Quand la fleur surgit du parfum, elle est indestructible! Quoi que je fisse, les pieds de Salomé profanaient mon missel et les libellules se faisaient caressantes; il leur poussait des mains au bout des ailes.

Je délaissai le sapin: les mots désormais inutiles se figeaient sur mes lèvres. Des courtines rouges pendaient aux branches, de minuscules coussins verts jonchaient le sol, Geneviève, endormie ou feignant de l'être, m'y attendait. Je refermais silencieusement les palmes de crainte de l'éveiller mais, à cet instant même, elle entrouvrait malicieusement les yeux et me souriait avec insolence. Je m'arrachais alors à la stupéfiante vision pour me précipiter dans ma chambre.

— Je ne sais pas ce qu'il a depuis quelque temps, disait ma mère. Il reste des heures sans bouger, puis hop! on dirait qu'il a vu le diable.

— C'est sa nature sacerdotale! Que veux-tu, il est pourchassé, ce pauvre petit, commentait mon père qui ne ratait jamais une occasion de taquiner les aspirations religieuses de sa femme.

Ma décision était prise. Premièrement, je n'irais plus à la grand-messe de dix heures; deuxièmement, j'abattrais le sapin.

La première résolution ne rencontra guère d'obstacles. Mes parents acceptèrent que je me fasse enfant de choeur et m'achetèrent une bicyclette pour que je puisse me rendre à l'office de sept heures, notre maison étant à plus de deux milles du village. Je n'eus plus droit à la crème glacée que mon père offrait au sortir de l'église, et dus me lever à six heures au lieu de flâner au lit, sous les douillettes couvertures de laine, un livre sur l'oreiller.

Qu'importe! J'y gagnais: la bicyclette roulait bien, ma conscience aussi.

Hélas, abattre le sapin sous prétexte qu'il formait un dangereux nid de guêpes avait paru à mon père une idée ridicule. Les arbres, c'était sa manie! Il en plantait partout; épinettes, érables, sapins, saules s'entrelaçaient, sans aucun souci esthétique, en une seule ramée qui étranglait la maison.

— Tu as raison, mon fils. Ensuite, toi et moi, on va jeter cette maison par terre, pour écraser les fourmis de la cave.

Je vis son corps broyé sous l'hécatombe, sa nuque brisée rougir le sol…

(— Geneviève, Geneviève?

— Je suis là, ne crains rien. Le cauchemar est l'épreuve nécessaire du rêve, sa première incarnation. Désormais, tu ne pourras plus me trahir.)

— Eh bien! Qu'est-ce qui te prend? Réveille-toi.

La voix flotta longtemps dans l'air, elle refluait à mes oreilles comme des algues portées par l'écho. Je regardais obstinément la cime de l'arbre se balancer dans le ciel, angoissé de ce hochement qui menaçait le miraculeux équilibre de la flèche verte fichée dans l'azur. Une brusque secousse me tira de cette torpeur. Les dix doigts de mon père pétrissaient mes épaules.

— Qu'est-ce que vous avez? lui demandai-je d'une voix tremblante de larmes ou de colère.

— C'est bien à toi de me demander ce que j'ai, idiot. J'ai que je n'aime pas que mon fils devienne fou sous mes propres yeux. S'il avait fallu que ta pauvre mère te voie, avec tes yeux de bête égorgée, elle aurait bien crié à l'apparition. Tes visions, mon fils, n'ont rien de catholique. Ce n'est pas à l'église qu'on les soigne. Mais on n'en est pas encore là, Dieu merci! Va chercher la hache dans la resserre.

— Mais pourquoi?

— Pourquoi? As-tu perdu la mémoire? Il n'y a pas cinq minutes, tu me suppliais de couper ce sapin. J'ai réfléchi. C'est vrai que ces guêpes sont ennuyeuses à la fin. Tu vas nous en débarrasser tout de suite.

— Oh non! papa!

— Comment «Oh non»? Et les guêpes?

— C'était des guêpes pour rire, papa, des fourmis.

— Petit malin, va! Rentre le bois, et ne t'avise plus de faire le drôle, sinon, sinon...

Le reste se perdit dans le grognement des mauvais jours.

Dès lors, ma conscience fit volte-face. Pour avoir cédé à quelque scrupule, j'avais failli tuer Geneviève. Une tendresse nouvelle baignait mon repentir, et je regrettais amèrement la grand-messe. Je n'osais en parler! ç'aurait été la foudre! Ainsi, les dimanches suivants, pendant qu'au village Dieu rendait visite à mes parents, je m'enfermais sous le sapin. Mes prières allaient être exaucées, septembre approchait...

Le dos tourné à la pente boisée qui plonge dans les eaux du lac Noir, face à la route sablonneuse qu'échevellent de rares automobiles, timide dans sa robe d'amiante, son minuscule perron de bois ainsi qu'un pied chancelant jeté dans l'herbe, l'oeil toujours veillant au pignon, l'école du rang regarde au loin venir ses enfants.

Les plus et les moins hérissent le grand tableau noir de leurs inutiles chicanes que je fuis sans cesse à la faveur des fleuves coulant sur la merveilleuse carte verte et jaune. La craie gémit, s'enfonce, chemine, insecte laborieux laissant derrière lui la belle écriture de Mademoiselle. Les voyelles en rouge, les consonnes en bleu s'amusent avec chats et souris. Les voiliers, percés d'une ficelle, en route vers l'étoile mariale, avancent d'une vague à chaque *ave*. Les cahiers à trois sous, décorés d'une étoile ou punis du redoutable crayon rouge. Les gommes à effacer qu'un élastique transforme en boulets. La bonne odeur de laine mouillée, le bois rageant dans la fournaise, les rires étouffés, puis le grave silence des plumes grinçant sur le papier...

Le mot tant attendu renverse les chaises, la porte cède sous les cris. Le drapeau vole d'un chasseur à l'autre; les tartines aux fraises tachent les doigts; les fillettes assemblées autour de Mademoiselle ou en petits groupes jacassent.

La clochette retentit, on regagne son pupitre, sa minuscule maison, le rêve continue… La noirceur imbibe la forêt toute proche, les carreaux des fenêtres s'allument, le vent souffle à mes oreilles des histoires d'hommes perdus en montagne que j'écoute, le coeur bien au chaud entre une dictée et une bouteille d'encre. Si une autre vie m'attend après la mort, elle me trouvera là et pas ailleurs.

Quelle ne fut pas ma joie à la rentrée de voir Geneviève. Je pourrais enfin la regarder pendant des heures, entendre sa voix, lui parler, peut-être la toucher. Les premiers jours, elle m'ignora, bien qu'il fût impossible qu'elle ne sente pas mes yeux courir sur elle : pudeur, pensai-je. Bientôt, elle m'évita par d'habiles manoeuvres. Une main qu'on appuie sur la tempe, une tête qu'on incline dans la direction opposée, un pas qu'on double brusquement à la sortie : coquetterie, me dis-je. J'arrêtais des plans multiples que la timidité m'empêchait d'exécuter : lui demander une explication, lui offrir une pomme, m'évanouir en pleine classe, glisser un mot (lequel?) dans son pupitre. Bref, je piétinais. Je dus souffrir les sourires qu'elle prodiguait aux autres, les affreux échanges de bonbons dont j'étais naturellement exclu.

Deux mois passèrent ainsi. Je la détestais. Je me méprisais : «Qu'est-elle venue faire ici? me répétais-je. Sa place était à l'église ou sous le sapin. Elle se moque de moi!» Et je ruminais des vengeances terribles, des morsures infinies.

Un soir, au retour de l'école, je m'aperçus que je la suivais. Plus moyen de reculer. Elle s'arrêta net, se tourna vers moi, et de sa voix toujours calme :

— Que me veux-tu à la fin ?

— Je te…

Les mots sautaient dans ma poitrine, je bégayais ridiculement.

— Allons, que me veux-tu ?

Je bondis sur elle, l'empoignai par un bras et la projetai de toutes mes forces sur la clôture de fil barbelé qui bordait le chemin. Je vis sa robe à carreaux roses se déchirer, le sang perler à son épaule.

— Je te veux, je te veux ! m'écriai-je en m'enfuyant à travers les champs. Je courais aveuglé par les larmes, le nom de Geneviève s'échappant de ma bouche comme une sourde plainte. Je voulais mourir, n'être plus qu'un caillou au fond d'une mare, une herbe sèche flambant dans l'âtre. Car je savais que jamais Geneviève n'épuiserait cette violence en moi, qu'elle en était la source même.

Je me retrouvai dans la grange, la tête enfouie dans une botte de foin. J'essayais maladroitement de m'étouffer, d'étouffer l'obsédante image de la petite robe et de l'épaule nue prises aux mailles du douloureux treillis. J'enfonçais en vain mes ongles trop courts dans ma chair : je ne ressentais aucun remords. Un étrange plaisir me secouait : j'avais tué Geneviève, elle avait roulé dans le fossé, tel un oiseau atteint par le tir d'une fronde. J'avais enseveli son corps à mes côtés et je pleurais dans ses cheveux. On nous retrouverait à l'aube, mais nous serions déjà loin, nos deux noms cimentés dans une même légende, dans une même mort.

Je me réveillai en sursaut. Sept heures ! Geneviève n'était plus là. Elle a dû se traîner jusqu'au fossé. Elle n'a pas voulu mourir près de moi. Elle y est sans doute encore. Il faut que j'y aille.

Je risque un pas dans la cour. Mon père, furieux, m'arrête au passage :

— Ah, te voilà, toi ! D'où sors-tu ? Tu t'imagines qu'on va battre la campagne maintenant pour t'inviter à souper ? Réponds ou je te gifle !

— Je me suis endormi dans la grange.

— Comme si tu n'avais pas de lit. Eh bien, tu en as un et tu vas me faire le plaisir d'y aller tout de suite.

Le lendemain, je prétextai des maux qui m'attirèrent une fois de plus l'ire paternelle : je devais aller en classe. Non, je n'irais pas, je m'enfuirais. Au premier détour de la route, le chemin de traverse qui mène au lac. La chaloupe, la montagne, un autre village, très loin. Dans mon sac, des pommes et du pain. Je tiendrai. Je mangerai des perdrix au besoin. Plus jamais je ne verrai Geneviève. Sa haine va se changer en tendres regrets. Je me serai exilé pour elle. Je préfère vivre ainsi, caressé par sa pensée... La distance sera moins grande. Les distances ne comptent pas, les distances sont trompeuses. À l'école, j'aurais pu la toucher juste en allongeant le bras et... Tandis que maintenant, elle ne pourra plus dormir sans me céder un coin de son oreiller. Un oreiller imaginaire, bien sûr, mais un oreiller quand même. Elle se dira : il couche dehors, à cause de moi, à cause d'une méchante petite robe déchirée. Et elle fermera longuement les yeux jusqu'à ce que je descende en elle. Comme je faisais, moi, sous le sapin. Chacun son tour, quoi ! Non, tous les deux ensemble, car je ferai de même. Ce sera de la télé... télé..., enfin quelque chose comme dit Mademoiselle. Mais ce sera bien plus, ce sera un secret, notre secret. Et quand je reviendrai, dans trois ans, dans dix ans, je ne sais pas, elle sera encore plus belle. Nous nous accouderons à la clôture, en riant de tout cela, heureux comme des personnes qui s'embrassent.

À quelques pieds du lac, le sentier débouche sur une éclaircie, rouge de fraises pendant l'été. C'est là que nos doigts gourmands égrenaient les rosées du samedi matin. Là aussi que nous séchions nos corps grelottants au sortir de la baignade, couchés sur la mousse, le soleil et les fraises fondant sur nos lèvres, comme dans une toile de Gauguin retouchée par Gide. C'était le repaire où d'Artagnan et Monte Cristo délibéraient sur le sort de leurs victimes. C'est là que Geneviève m'attendait !

J'étais incapable de détacher mon regard de la jupe beige et du pull bleu. Je croyais à une vision. N'est-elle pas blessée, morte ? Elle me souriait, écartait lentement de son front une mèche rebelle. Drapé de lumière automnale, ce gracieux mouvement de la main semblait un geste de statue, une parole de marbre.

— Bonjour, Christophe.

J'avais déjà fait demi-tour, prêt à disparaître dans la forêt.

— Pourquoi te sauves-tu ? Reviens, je te l'ordonne.

Ces mots m'atteignirent en plein dos, leur force me cloua sur place. Je me tournai timidement vers elle.

— Tu me voulais, je suis là, Christophe, dit-elle d'une voix très douce.

— Comment es-tu là ? Qui t'a dit que…

— Depuis l'église, je sais tout, Je sais que tu m'aimes. Mais quel amoureux tu fais ! Souvent je feignais une fatigue et restais assise quand les autres s'agenouillaient afin de te faciliter l'aveu. Que de fois je te les ai donnés, mes beaux cheveux cendrés! Tu n'y touchais même pas. À l'école, n'en parlons pas. Tu t'es conduit comme le dernier des imbéciles. Tous connaissaient mon inclination alors que tu jouais le veuf et l'inconsolé. Le premier mot que tu me dis déchire ma robe et m'érafle l'épaule. Avoue que ce n'est pas très galant. Mais enfin, ça valait mieux que ton insupportable mutisme. Tu es un charmant petit idiot que j'aime bien. Allons, embrasse-moi, on va être en retard.

Elle m'embrassa, passa son bras sous le mien et m'entraîna jusqu'au haut de la côte. Son bavardage continu (elle racontait des choses insensées qu'elle inventait, j'en suis sûr), qu'interrompait parfois un rire sautillant, dénoua peu à peu mon être encore crispé sous le choc de la révélation. Je me disais: «Christophe, c'est comme sous le sapin, c'est ton imagination.» Et je me frottais les yeux, espérant ainsi chasser l'image qui marchait à mes côtés. Elle s'aperçut du manège, en devina la cause!

— Mais non, Christophe, tu ne rêves pas.
Puis énigmatique, moqueuse:
— Tu n'as d'ailleurs jamais rêvé!
(— Geneviève, je ne rêve pas, c'est toi qui m'as embrassé? Ce sont bien tes cheveux qui pleuvent au-dessus de mon visage? Cette eau pâle dont je suis l'ombre, cette eau qui s'est mêlée un instant à ma chair, est-ce ton corps? Dois-je croire à ce mirage dont la moiteur me rafraîchit encore?
— Toi seul peux répondre, Christophe. Suis-je un rêve, suis-je de chair? Je suis selon l'amant, tantôt

lourde, tantôt légère. Quoique le plus souvent je flotte sans me dissoudre, insaisissable et toujours là, telle une fumée au creux de la main. À toi de savoir, à toi de voir. Le geste, le mot ne sont rien. Ce sont alvéoles vides où meurent et naissent tous les possibles au gré du sang ou de l'encre qu'ils reçoivent. Tu es une auberge, combien de fois devrai-je te le répéter ? Alors si tu n'es pas certain que je me sois donnée à toi, c'est qu'il y a une brèche dans ton regard par laquelle je t'échappe.

— Alors j'ai rêvé !

— Mais non. Ne désespère pas, je ne suis pas loin, là tout près de toi... Vois, ma main ferme tes yeux, déjà tes lèvres ne sont plus que le sillage de mon secret.)

Notre retard à l'école ne passa pas inaperçu. À l'institutrice qui nous en demandait la raison, Geneviève répondit avec un sang-froid remarquable que le cheval de monsieur Albert, pris de panique, avait cassé sa bride et que nous avions secouru le pauvre homme qui craignait de voir la bête se jeter sur les voitures. Toute la classe tourna vers nous des yeux béants d'admiration.

Peu habitué à mon nouveau rôle d'amoureux officiellement reconnu, je gagnai rapidement mon pupitre, partagé entre la joie d'un dénouement si inattendu et le regret d'une fugue trop courte. Au vrai, Geneviève l'emportait ! Elle m'avait rogné les ailes pour mieux me posséder. Pénélope gardait Ulysse à la maison de peur que ses exploits n'en fassent un personnage hors d'atteinte. Ma disparition, mes aventures... J'entrais dans la légende dont elle n'aurait été qu'une figure épisodique. Elle s'effaçait à l'ombre de ma mémoire. Mais elle n'a pu supporter d'être Isabelle de Castille, cette faible brise dans les voiles de Colomb. Au moins, si nous avions fui ensemble!

J'allumais des feux au fond des grottes, j'inventais des loups que je chassais courageusement, m'égratignant aux branches comme à des griffes meurtrières. Je lui sauvais la vie, je la délivrais des Iroquois. À chaque pas, je refusais les baisers que sa reconnaissance m'offrait : « Quand nous serons en lieu sûr. Je ne veux pas d'un amour dont on acquitte comme d'une dette. J'ignore cette monnaie. Je ne suis pas homme (ici j'affecte une orgueilleuse indignation) à profiter d'une situation dont tes frayeurs exagèrent la gravité. » Je débite ce discours, d'une voix solennelle, la main crispée autour d'un gourdin, les épaules fièrement rejetées à l'arrière. L'écho s'emparant de ma tirade rend encore plus menaçant le silence qui nous guette. Elle tremble, je l'arrache à la nuit, la serre entre mes bras...

Hélas, nous n'avons pas fui! D'ailleurs, je doute fort qu'il en eût été ainsi! Geneviève aurait marché devant, impavide, le romanesque craquant sous son pied. Et me voilà penaud, humilié, dans cette cour de récréation, mangeant avec amertume les glorieux sandwichs du matin.

Tristesse du récit qui tourne court. Tristesse des aubes blêmes charriant ainsi que des nuages les corps inertes des nouveau-nés. Tristesse des limbes où flottent nos pensées inexprimées — et croyez, madame, que cela devait être beau.

Me devinant une fois de plus (de ne pouvoir rien lui cacher commençait à m'exaspérer. Toutes portes verrouillées, on se croit seul avec soi-même, jouissant de ses chagrins feuilletés à la lueur de la solitude, mais l'autre entre par la fenêtre et lit par-dessus votre épaule), elle me murmure à l'oreille :

— Cesse de bouder, tu l'auras ton aventure. Rendez-vous à six heures, là où tu sais. Je t'y attendrai jusqu'à huit.

Impossible d'en savoir plus, l'heure d'arithmétique commençait. J'étais furieux ! Drôle d'aventure, une charade ! Si elle croit que je vais donner dans un piège aussi grossier. Pendant que je fouillerais les bois, et à la noirceur, elle savourerait sa plaisanterie, confortablement assise dans le salon. Et si j'allais frapper chez elle, je me demande lequel de nous deux s'amuserait ? Elle, bien sûr ! Je m'imagine face à son père, bredouillant un prétexte ridicule jusqu'à ce qu'elle intervienne : «Que me veux-tu, Christophe ?» Non, mille fois non, je ne bougerai pas d'un pouce. Et Mademoiselle qui ne cesse de m'interroger !

— Élève Christophe, énoncez-moi la règle de trois. Je réponds une énormité, la classe s'esclaffe, Geneviève aussi.

Comment puis-je déchiffrer un cryptogramme si on m'interrompt pour une règle de trois ! Peut-être est-elle sincère ? Dans ce cas, je serais idiot de ne pas m'y rendre. Me rendre où ? À la clairière ? Non, elle sait bien que je ne mettrais pas deux heures à trouver une cachette qui n'en est pas une. Il faudrait expliquer ce laps de temps pour connaître le lieu de l'aventure. Pensait-elle à un quelconque empêchement qui me retiendrait à la maison ? Ou voulait-elle me signifier par là que mon imagination errerait deux bonnes heures ? Tout s'embrouille, je renonce. À la sortie, j'exigerai des précisions.

— Geneviève, le lieu de rendez-vous?

— Je ne peux te le dire, c'est la condition même de l'aventure. Colomb part pour les Indes, découvre l'Amérique! me dit-elle, puis elle rejoignit les fillettes sur la route.

Me voilà bien avancé! Suis-je bête de m'entêter à poursuivre cette Geneviève de chimère. Mieux vaudrait me mêler aux jeux des autres garçons. Ce serait tellement plus facile. Torturer les grenouilles, voler des pommes, fumer en cachette. Au lieu de quoi, je suis là dans ma chambre à rêver un visage fugitif qui me donne des rendez-vous étranges. On ne devrait aimer que le dimanche et les jours de pluie.

Six heures, à la clairière. Pas de Geneviève, naturellement. J'attends quelques minutes. Toujours rien. D'ailleurs, elle m'a bien dit que c'était elle qui m'attendrait. Je compose rigoureusement le plan des recherches, une vraie battue. De l'ordre, sinon je vais tourner en rond. Pas une étoile, c'est à peine si la lune respire sous l'encre noire. Même un hibou n'y verrait goutte.

Suivons d'abord le sentier jusqu'à la mare des Hamelin, sans nous éloigner du mince trait de lumière que dessine le lac. Là, nous verrons (c'est curieux comme on pense à la première personne du pluriel dès que la peur nous saisit). Je n'ai pas fait dix pieds que je bute contre une souche pourrie et m'étale de tout mon long sur le sol durci, déjà gelé. Le vent cingle mes genoux écorchés. J'aurai déchiré ma culotte de velours. Un mensonge de plus au retour! Quelle

42

idée de m'être ainsi vêtu pour une course en forêt. Il est vrai que je croyais à un rendez-vous amoureux. Bêtise! Et ces branches chenues, crispées par le froid, qui me cravachent le visage. On dirait de longues mains osseuses qui sifflent dans l'ombre avant de me gifler. Impossible de les esquiver, elles tombent de partout. L'été, c'est souple, ça vous lèche au passage. Je ne peux tout de même pas marcher à reculons.

Voyons, le lac est à ma gauche. Mais où est-il passé ce lac? Enfin, je ne le vois plus, mais il doit logiquement être à ma gauche (logiquement; tiens, autre curiosité: la peur me fait raisonner). J'ai dû laisser le sentier, autant dire une sente, il ne fait pas deux semelles de large. En obliquant un peu vers la droite, pas beaucoup, comme ça, je devrais le recouper. Il ne faut surtout pas changer brusquement la direction. Du moins, c'est ce que racontent les chasseurs: «Garder la ligne, la corriger au besoin; si tu pivotes, ne serait-ce que sur un talon, tu t'égares.» Facile à dire, quand on sait où l'on va. L'animal a des habitudes, un gîte, des pistes. Mais une femme, une fillette? Un hochement de tête, un sourire: hop là, disparue! Neuf fois sux dix, on peut parier qu'elle est ailleurs, toujours ailleurs, là où vous ne la pensez pas. Elle rit? Non, elle pleure. Elle vous aime? Non, vous l'aimez.

Enfin, allons tout de même à la mare. Si elle n'y est pas (naturellement, elle n'y sera pas), je rentre. Encore cinq minutes. J'avoue que je n'aime pas beaucoup me balader la nuit en forêt. Seul, c'est la première fois. Avec mon père ou des amis, c'est différent. Je marche derrière, j'ai confiance, «ils connaissent le pays», comme ils disent. Au début, je m'imagine qu'ils tâtent de l'inconnu, que la proie les a entraînés ailleurs. Mais non, ils traquent sciemment, l'expérience réduisant l'aventure à une simple promenade routinière. Il est vrai que la bête parfois leur échappe, comme ça, pour un rien. Elle a d'autres voies que les leurs. «C'est inouï, nous l'avons ratée!» Et moi qui ignore s'il y a quelque chose au bout.

J'ai peur, c'est idiot. Ça me fait trébucher. Les jambes n'obéissent plus. Je viens de m'enfoncer dans une ornière que j'avais très bien vue. Je craignais tellement d'y mettre le pied que… J'ai lu quelque part que ce sont les gens qui ont peur de la mort qui se tuent. C'est tout de même bizarre qu'on ne puisse agir selon sa volonté. Tiens, présentement, j'ai une folle envie de rentrer chez moi: la danse des flammes, leurs plaintes, leurs hanches qui s'étirent en bâillements violets. Il me semble que j'y suis déjà, mes paupières s'alourdissent sous la chaleur, la fumée. Et pourtant, je continue d'avancer. Geneviève se dessine confusément au fond de l'âtre, et je continue d'avancer. On dirait deux volontés contraires et de forces inégales, l'une consumant l'autre.

Bon, voilà qu'il se met à pleuvoir. C'était inévitable avec tout ce vacarme criard de la forêt (d'où vient ce cliché: «le silence de la nuit»?). J'ai toujours cru qu'il suffisait d'un bruit pour crever les nuages, que leur drôle d'imperméabilité tenait au silence de même que l'immobilité des neiges au sommet des montagnes. C'est tellement absurde que ça doit être vrai. J'ai peur. Je n'entends plus que le grésillement de la pluie; les bêtes ont dû remonter leurs braillements lugubres jusqu'à moi. Ainsi font les plongeurs en eau profonde: lorsque la pesée jetée par-dessus bord touche le fond, ils se laissent glisser le long d'une corde.

Un cri, une oreille, et voilà le fil d'Ariane jeté en travers de la nuit qui conduit infailliblement l'animal à sa proie. Les choses se passent toujours ainsi; là où il y a un enfant surgit le loup. Je renonce à être dévoré, si héroïque cela puisse-t-il être. Que toutes les gueules affamées dont je sens l'âcre haleine agiter les broussailles se le tiennent pour dit. Je ne lutterai même pas. La fuite. Je leur laisse Geneviève. D'ailleurs, elle ne craint rien, elle. C'était leur appât, leur complice: «Lâchons-lui notre fille!» se sont-ils dit.

Car qui est-elle, cette Geneviève? Un fantôme ou cette autre volonté supérieure à la mienne? Depuis qu'elle est en moi, je ne prie, n'étudie, ne pense plus. Je délire. Fille de Satan, fille de louves! À cause d'elle, je vais m'engouffrer dans ce trou noir, le bruit sec des mâchoires se refermant sur ma courte vie. «Tu l'auras ton aventure!» La belle aventure, la mort. Et, en outre, une mort sans témoin, autant dire une mort pour rien. Je suis parti à la recherche d'une fillette et on me retrouve déchiqueté par les loups, comme une feuille déchirée sous les coups d'une plume rageuse. Qui leur dira que je ne suis pas mort par hasard, qui saura si j'ai vu ou non Geneviève? Non, ils ne m'auront pas. Je traînerai mon dernier lambeau de chair jusqu'à la route et je mourrai là, Geneviève gisant au fond de mes yeux. Alors ils sauront que je ne suis pas fou, que je ne me suis pas égaré en forêt pour attraper des écureuils volants. Ils verront dans mon dernier regard s'esquisser la forme de Geneviève. Ils comprendront. Mon père n'osera pas me gronder.

Et puis non. Je ne veux pas mourir avant d'avoir

vu Geneviève. Que la mort attende! Mais où est-elle cette mare des Hamelin? Je tourne en rond comme les histoires de mon vieil oncle. Je suis certain que la mare est au centre de ce cercle que je décris inutilement depuis une heure. Je vais pourtant finir par la franchir cette ligne qui m'enchaîne. Et Geneviève qui m'attend. Oui, elle m'attend, je le sais à cette tendresse qui relève ma peur, lui donne de la dignité. Je ne crains plus les loups, je crains de ne pas atteindre Geneviève. Que m'importe de mourir ici ou sur la route! Je ne veux plus que Geneviève, la voir un instant, même de loin. Viennent les bêtes, je les aurai précédées, plus rien ne troublera cette nappe étale en moi, cette paix.

Le sol s'ouvre brusquement sous moi, je roule jusqu'au bas d'un talus dont la pente s'adoucit finalement en une grève de quelques pieds. Je reconnais cet endroit du lac où ne plongent que les bons nageurs. L'eau froide et lourde, telle une vrille, y perce un profond entonnoir. Tout le lac, dit-on, converge vers ce point et s'engouffre dans la spirale dont la pointe acérée crève les rochers invisibles : respiration de l'eau, mystère des courants souterrains que la forêt célèbre à chaque instant. Ne serait-ce pas ici le lieu où tous les amants égarés en leur maîtresse, effrayés d'un ventre où se lèvent des tempêtes, soumis à l'interrogation menaçante des seins, prisonniers de la fuite effrénée des hanches, incapables de se retenir à la surface trop lisse des cuisses, où tous ces amants en proie au vertige d'un corps multiple, dispersé, désarticulé, discontinu, trop immense, toujours évanescent, trop près ou trop loin, pourraient enfin trouver le repos? Car, soeur de la forêt, la femme ne vit que de colliers.

Il manque une chaloupe… la hutte des chasseurs! Je saute dans une vieille «verchère». L'eau s'étire sous les rames. La pluie ayant délavé les bavures jaunes qui tamisaient la lune, une lumière très pure veille maintenant au ciel. Incliné dans cette barque ainsi que sous la lampe des soirs d'étude, je rêve à Geneviève. Mais je ne la rêve plus, je la touche presque. Comment ai-je pu croire à un piège? Tous les pièges sont des baisers, qui sont tendus de la main de Genevieve. Ah! que cette traversée dure toujours! Vertigineuse joie qui précède l'amour! Il faudrait pouvoir mourir à cet instant, et en jouir éternellement par cette mémoire du peintre qui voit et se souvient à l'intérieur d'un temps suspendu, miraculeux arc-en ciel dont les couleurs enjambent les deux rives du fugace. Mais l'eau m'emporte irréversiblement vers un soir heureux.

Mes parents me cherchent sans doute. Ils s'imaginent une escapade. Que m'importe leur inquiétude! Je ne leur appartiens plus. L'imprudence serait d'être encore à la maison alors que Geneviève m'invite à glisser vers elle, les yeux ouverts dans la nuit, cette grande armoire d'où s'échappent les mèches blondes de Geneviève et de l'aube. Je suis las des matins et des soirs, de la monotone oscillation du pendule. Je sais qu'il existe un autre temps conçu dans le souffle de Geneviève, temps sans fissure, qui sera ma maison, que je meublerai à ma guise, des dentelles aux fenêtres et chaque vase enneigé de tubéreuses. J'y boirai les liqueurs fortes que distille le flanc aimé, je me chaufferai de mots pressés longtemps sur sa poitrine. Geneviève sera ma maison et je m'y promènerai comme dans une forêt familière. Personne ne saura, on me cherchera toujours ailleurs, et je serai libre, libre comme un enfant mort.

D'un bond, j'évite le tronc foudroyé d'un chêne qui me barre le passage (elle a dû le contourner, elle déteste les gestes brisés, les voix zigzagantes, les jets d'eau poussifs : «Ils ne coulent pas vers le haut, dit-elle, ils y grimpent!»). Me voici hors d'haleine au sommet du raidillon d'où l'on découvre, en contrebas, la tête houleuse de la futaie. On dirait un lac qui endort sa douleur ou essaie de rassembler ses eaux. La hutte pend au fond d'un de ces corridors, telle une gigantesque feuille morte crachant parfois des langues de feu.

Je me laisse couler, le cœur me manque : si Geneviève n'y est pas, jamais je ne ferai surface. La lumière grince faiblement au seuil de la lutte, de rouges insectes s'y faufilent et s'éteignent sur le sol détrempé, la porte s'ouvre. Une chaude odeur de bouleau m'enveloppe. Cheveux dénoués, robe blanche, la main tendue, Geneviève apparaît.

J'ai peine à la reconnaître, tant la beauté de son visage s'est changée en un regard profond, dangereux. De ruisseau, la voici devenue rivière. Encore ce matin, je la voyais avec plaisir, je m'y rafraîchissais. Maintenant, je pourrais m'y noyer. Les gens disent «perdre la tête pour une femme». «Perdre le pied» serait plus juste : ô combien de marins, combien... Je pressentais ce regard, je le craignais déjà, j'inventais les loups.

J'éprouve cette fascinante peur des gens qui ris-

quent la mort. Vais-je entrer? Quel est ce sourire
étrange qui me sollicite? Je ne peux battre en retraite
après m'être donné tant de mal. C'est elle qui est là,
il faut que ce soit elle. J'entre, le son de sa voix va
dissiper cette impression absurde d'être face à une
étrangère. Quelques minutes de repos auront raison
de mon imagination que la fatigue a surexcitée. Ce
n'est pas la première fois que de telles hallucinations
surgissent de mes membres épuisés, comme des
ombres crépusculaires qui flotteraient entre les murs
d'une maison en ruine, noirs drapeaux hissés par les
pirates de la nuit. Pourquoi m'inquiéter de ces douces folies que je m'amuse si souvent à provoquer?
(Je cours très vite jusqu'à ce que je tombe dans
l'herbe. Je ferme alors les yeux et m'abandonne au
roulis des mers. Le soleil chavire, je m'agrippe au
bastingage. Dans une seconde, je basculerai à
l'extrême pointe de la planète, glisserai le long du
sein vertigineux. Me voici de l'autre côté du globe,
voilà que commence la descente au paradis.)

Dans la hutte, je m'assieds près du feu. Un peu
plus, je m'y blottirais. Qu'il ferait bon habiter mon
coeur, m'y enfermer avec tout mon corps, et n'être
plus que cette palpitation rouge qui voyage beaucoup.
J'y emmènerais Geneviève, elle serait ma prisonnière.
Pas un cheveu entre nous, pas de place pour deux
pensées! Et nous vivrions ainsi jusqu'à ce que les
siècles nous dessèchent. Alors un promeneur ramas-
serait cette feuille veinée rose, la glisserait dans un
livre de poèmes, poserait le livre sur un guéridon de
bois, près d'un bouquet. Quelle éternité! Un poète
pour tombeau, et des fleurs en épitaphe.

— Il ne manquait que toi, Christophe.

— Où sont les autres? lui dis-je en jetant un coup d'oeil rapide dans la hutte.

Mais ces mots qu'elle accueillit sans un sourire ne firent qu'augmenter ma peur, et je regardai, cette fois, dans tous les coins, anxieux d'y découvrir une présence.

— Je t'attends depuis si longtemps.

— Moi aussi.

Et je lui racontai l'autel sous le sapin. Elle sourit.

— C'est que je t'y attendais, Christophe. Mets les courtines sur le compte de ton imagination, mais j'y étais vraiment avec mon corps piqué de mille aiguilles (ce n'étaient pas des coussinets, je te jure). J'étais là aussi ce jour où tu demandas à ton père de te protéger contre moi. À me fuir, tu as gagné une bicyclette et des remords étouffés dans la grange. Tu t'es attardé, Christophe, à des jeux qui ne sont plus de ton âge. Je ne dis pas que ce soit mal, mais sache qu'on ne se refuse pas impunément à moi. Ne sois pas triste, je te pardonne. Tu as enfin déchiré ta culotte de velours et tes mains où fume encore la terre mouillée sentent bon l'épaisse nuit traversée. Tu vois, sous tes ongles bleus par le froid, cette nouvelle chair mince et fluide, ces paupières closes, je vais les brûler à mes lèvres. Les Iroquois les arrachaient; moi, je vais les fondre, n'est-ce pas plus agréable, Christophe?

Je n'entendais rien à ces paroles étranges qui allaient et venaient dans ma tête comme autant de pas nocturnes.

— Allez, approche, Christophe. Tes mains ont tremblé dans la forêt. Les voici libres, je leur appartiens.

— C'est un jeu, Geneviève ? Tu te moques de moi. Je ne vais pas…

— Nous ne sommes pas des enfants, Christophe. Les enfants ne se donnent pas rendez-vous la nuit dans une hutte pour jouer à colin-maillard. Tu es venu jusqu'ici. Tu voulais ton aventure. C'est ici, l'aventure, Christophe. Pas de retour possible. Les loups t'avaleraient, je le leur ordonnerais. Tu m'entends, Christophe !

Mes doigts effleurent sa robe, touchent une épaule, puis l'autre. La chaleur assouplit mes paumes. Déjà la tête se courbe sous ma main, les cheveux débordent, et j'embrasse cette nuque si longtemps rêvée…

(— Geneviève, il faut que je te raconte. J'étais seul avec une fillette ou une femme, je ne sais plus, et elle m'exhortait à la… à l'embrasser. Bizarre, non ?

— Pas du tout. Il n'y a plus de robes que leur blancheur défend. Dissipe ce voile qui te paralyse et bientôt tu entendras toi aussi les doux chants de ton âme venir paître au creux de ta main. Tiens, les madones se sont endormies.)

La campagne, sous les rafales de neige, fume çà et là des pipes rêveuses en forme de maisonnettes de plâtre. Heureuse saison des voyages que l'on fait, allongé sur son lit, un livre à la main, le regard amarré aux fenêtres. La maison léchée par le vieux chien blanc s'endort; le poêle s'assoupit, fatigué et repu d'avoir brûlé tant de vents. Qui n'a vu dans un bol de lait chaud s'évanouir la neige ne sait rien de l'hiver.

Depuis la hutte, Geneviève et moi ne nous quittons plus. Mademoiselle nous a déclarés hors-la-loi et nous jouissons de châtiments enviés de tous nos camarades. À genoux dans le coin, bienheureux exilés, nous sommes les brebis galeuses, les forces du mal. On chuchote à notre sujet des histoires scandaleuses que notre dédaigneux silence confirme. Nous nous tenons par la main, partageons nos sandwichs et buvons au même verre, au plus grand mépris de la morale et de l'hygiène. Ma timidité de jadis est bien morte. J'ai même, semble-t-il, insulté Mademoiselle. Un jour qu'elle me demandait la définition de l'obéissance, je lui répondis que cette vertu consistait à désobéir à qui ne mérite pas de commander. Geneviève m'avait soufflé la réponse, mais j'en étais fier et m'acquittai seul de la punition infligée. Je ne rougis plus, si ce n'est à certains propos de Geneviève.

Dehors, la brise soulève les champs qui viennent se rabattre en de fines poudreries contre les clôtures tandis que mes doigts tournent avec lassitude les pages d'un vieil atlas. C'est vendredi. Geneviève m'a promis un voyage : «Demain, nous ferons un merveilleux voyage.» Elle me dit cela tous les jours. Tantôt, c'est un tunnel dans la neige, tantôt une glissade en traîneau. J'ai beau protester que ce sont là des jeux, elle ne tolère pas d'être contredite :

— Voyons, Christophe, tous les jeux sont des voyages !

Sept heures. Jour de congé. Ma fenêtre semble une joue de cristal que le soleil a embrassée. Tout en laçant mes bottines, je pense que je me passerais plutôt de petit déjeuner et de ma mère que de cette fenêtre à mon réveil. J'aime beaucoup tremper mes rôties dans le chocolat chaud et sentir les yeux de maman sur son petit garçon. Mais enfin, cette fenêtre, c'est quelque chose de plus intime, Geneviève dirait encore « un voyage ».

— C'est Geneviève? J'arrive, maman!

Nous allons au village. Par les champs. Des milles! Sur la neige durcie par les vents mouillés d'un proche printemps, nos pas sont de fragiles ciseaux. Équilibre du songe où flottent nos corps silencieux. Au moindre bruit craquerait la croûte bleutée et croulerait sur nos têtes le ciel lézardé. Le regard libre de tout obstacle court devant, tel un chien échappé. Un mince trait gris barre l'horizon : est-ce un train, ou une voile?

Christophe se lève, ouvre la fenêtre : « Encore une heure perdue à draguer des eaux peu profondes. »

Rien. Ni l'escalier qu'il descend, ni la concierge qui le salue, ni la ville qui s'ouvre les veines et se répand en d'innombrables rivières desséchées. Christophe ne voit rien. De sa chambre à la rue, ses pas l'ont porté sans qu'il s'en aperçoive. Midi. Vient toujours l'instant où la femme cherchée dans tous les coins et recoins de l'attente, parmi les livres entrouverts, dans les plus intimes replis de la mémoire, au fil des plages creusées par la musique, au fond des tiroirs, nous tire hors de nous-mêmes (comment reconnaître l'axe du réel, celui de la fiction?).

D'abord, s'échapper de la piétaille. Quelque part, au détour d'une avenue bavarde, une ruelle déserte s'offre à Christophe. La banalité et la solitude du lieu le séduisent (Les rencontres ne sont possibles que dans un certain vide. Quelle foule pourrait contenir Geneviève?). Il a d'ailleurs toujours détesté les rues, les restaurants ou les poètes qui logent au Michelin ou au Littré (quand tout a été vu et dit, le hasard déménage, c'est un forain). Ne rien chercher, flâner, attendre sans angoisse que le temps moissonne ce que personne n'a semé. Les vérités se donnent à l'homme quand il cesse de les traquer. De même que les femmes (pourquoi cette distinction?).

Mais l'impossibilité d'oublier Geneviève le ramène parmi la foule (quel meilleur endroit pour se cacher ?). Les visages fermés, l'âcre brouillard des odeurs, la lente bousculade orchestrée par des feux artificiels : tous ces gens ont-ils eux aussi perdu quelque chose ou quelqu'un qu'ils n'ont jamais connus ? Foule : immense théâtre ambulant où chacun désespère d'obtenir un rôle qui lui permette d'en sortir. Des enfants qui vous fassent père, une maîtresse poignardée — un assassin en liberté, dix policiers de plus —, de toutes petites banques que l'on presse dans sa poche...

— Pardon, monsieur, madame, vous n'auriez pas un rôle pour moi ?

— Bien sûr, viens chez moi, nous ferons l'amour, lui répond une jeune fille (jeans Wrangler).

— Des affaires, propose un homme dans la quarantaine (costume Bayard).

— Des livres, suggère un couple sans âge ni sexe (cravate Cardin, parfum Rubinstein).

— Laissez-moi partir, supplie Christophe, soudainement pris de panique.

— Mais c'est ce que tout le monde essaie de faire, lui lance une dame offusquée, toute chargée de paquets (trop lourds) qu'elle distribue aux passants attroupés.

Christophe réussit à se dégager avant qu'on ne lui fasse un mauvais parti. S'échapper, à tout prix ! Il hâte le pas, joue l'homme pressé. Mais son attitude ne trompe personne : on ne se hâte que pour aller nulle part. La foule le rejoint sans même se déplacer. Se fondre en elle, flâner, passer inaperçu. Devant la vitrine d'une librairie, il s'arrête, invente un titre, le cherche, se lasse (ces foutues librairies ne tiennent évidemment que des best-sellers : *Le Dix-huitième Orgasme de Jackie, Mangez peu et mourez riche,* etc.).

— Un café, s'il vous plaît.

— Je peux m'asseoir, lui demande un vieillard tout en barbe, vêtu d'une tunique indienne, sandales de dominicain. (Encore un témoin de Jéhovah ou quelque missionnaire déguisé en hippie.)

— Si vous y tenez.

— Vous êtes Christophe Ulric, n'est-ce pas ?

— Puisque vous le dites.

— Et vous êtes à la recherche d'une femme.

— Si vous voulez.

— Cette femme vous la trouverez, soyez sans crainte. Mais à condition que vous cessiez de courir. Avez-vous déjà vu un mendiant courir ? Non, bien sûr, car il irait contre la loi la plus élémentaire qui régit toutes formes d'échange ici-bas : l'attente ne doit jamais solliciter l'événement. Les meilleurs mendiants que je connaisse ne sont pas ceux qui se postent aux endroits présumés favorables, carrefour ou bouche de métro. Non, ce sont ceux qui se laissent guider par l'instinct et qui ne lient jamais l'avenir aux réussites ou échecs passés. Aujourd'hui, dans une grande avenue, demain dans une ruelle. Car personne ne donne par habitude, sinon des sommes dérisoires. Les aumônes généreuses proviennent presque toujours de personnes déjà écartées de leur circuit quotidien pour une raison ou pour une autre (un touriste égaré, une course à faire dans un quartier inconnu, un automobiliste en panne devenu accidentellement piéton, etc…). Les rencontres ne se produisent que dans l'espace et le temps du hasard. Un bon mendiant, c'est donc celui qui peut chaque jour lire différemment la ville.

— Mais ça fait déjà longtemps que j'essaie de deviner cette femme.

— Un : attendre n'est pas imaginer. Deux : l'impatience n'épuise pas le temps.

— Que faire ?

— Un de mes amis mendiant avait la devise suivante : se lever chaque matin comme si on allait mourir le lendemain et vivre comme si on avait toute l'éternité devant soi.

— Et si j'allais mourir avant…

— La mort ne vient qu'à l'heure choisie par l'âme.

— Excusez-moi, messieurs, je n'ai pas le temps de m'asseoir, dit la dame aux paquets que Christophe n'avait pas alors reconnue et qui n'était nulle autre que la marâtre qu'il avait chassée dans la matinée.

S'adressant au vieillard tuniqué :

— J'ignore ce que vous avez raconté à ce jeune homme, mais je sais une chose : ce n'est pas à siroter des cafés en compagnie de prophètes de votre espèce qu'il arrivera à quelque chose.

— Tes paquets sont vides, la vieille. Il n'y a que les imbéciles ou les désespérés qui y croient. Fignole tes emballages tant que tu veux, ça ne changera rien au fait que emboîtes du vide.

Christophe les laisse à leur dispute et se mêle à la foule. Pouvoir tout oublier, y compris Geneviève, n'être que l'infime partie d'un tout oublié ! Mais comment oublier quoi que ce soit au milieu de cette cohue de suppliants ? Tout le monde cherche à gagner la sortie, disait la vieille. Et dans la bousculade générale, la mort fait son nid. Comme au fond des miroirs. À voir son propre visage multiplié par le prisme délirant des piétons, happé par ces milliers de regards neutres, Christophe éprouve bientôt la force du vertige. La ville s'écroule — béton, vitre, ciment : tout se liquéfie — et la foule émiettée dérive à la surface d'une eau fumeuse, rapace.

— Au secours, je me noie, hurle Christophe en s'affaissant sur le trottoir.

Les épaves le frôlent sans s'arrêter, une main lui égratigne le visage, une bouche s'ouvre imprudemment et disparaît après avoir prononcé ces mots : « Il fait chaud, mais tout de même… » Puis un jeune homme blond, qui a miraculeusement échappé à la catastrophe et dont les pieds seulement semblent affectés par la débâcle, relève Christophe et le ranime d'une gifle :

— Faites attention la prochaine fois. Ça n'a l'air de rien une foule. Et pourtant, c'est le torrent de mélasse dont on sucre le porridge originel. Ça vous conduit directement aux enfers, là où toute une série d'éprouvettes interrogent vos chances d'immortalité.

— Je ne serais pas davantage à l'abri chez moi.

— La question n'est pas d'être ou de ne pas être chez soi, mais de ne pas sortir de soi. Prenez un masque et vous serez invulnérable, tout-puissant. Un mot de vous et tous les rats de la ville iront se jeter au fleuve. Un seul geste couchera à vos pieds toutes ces frêles Ophélie qu'on a plaisir à troubler. Elles accourront de partout, enfin libérées des corvées conjugales et des frayeurs de vierges : une vague de dentelles inondera la rue et on n'entendra plus alors que le miaulement des cuisses froissées. Après avoir ainsi allumé dans la race femelle le feu qui vous dévorait, vous pourrez incendier la ville à l'aide de ces torches parfumées. Je vous le dis, il n'y a pas d'autre moyen de se libérer de celle qu'on aime.

Pendant qu'il parlait, plusieurs femmes, séduites par sa beauté et son accent étranger, l'avaient encerclé de leur murmure admiratif. Prenant subitement conscience de leur présence, il leur dit:

— Femmes, suivez-moi jusqu'à ce que vous m'ennuyiez.

Christophe regarda s'éloigner le troupeau derrière ce berger qui n'aime que les loups. «J'ai déjà vu cette tête-là quelque part,» se dit-il en entrant dans une librairie. La libraire avait environ trente ans, portait d'immenses lunettes qu'elle faisait glisser et remontait sur l'arête délicate de son nez, en un geste gracieux qui lui semblait le summum de la coquetterie et de l'intellectualisme. Christophe devina tout de suite qu'elle avait une langue aussi mobile que ses lunettes, salua rapidement et se mit à parcourir les titres du rayon le plus éloigné du comptoir.

— Monsieur cherche quelque chose?

— Quelqu'un.

— Pardon?

— Non, merci. Rien de précis.

— Vous avez bien raison. Je ne comprends pas les gens qui entrent ici comme dans un supermarché. Bouquiner, c'est tellement plus excitant, le hasard des rencontres…

— Les doigts dans les plaies!

— Vous dites?

— Que vous avez bien raison.

— En tout cas, si vous avez besoin de quelque

chose, n'hésitez pas.

Christophe s'arrête devant un livre au titre promet-teur *(L'Origine des livres)*, l'ouvre et commence la lecture de la première page :

« Les livres sont nés de la rencontre de l'homme et du miroir. Une ombre sur le mur, le reflet d'un geste sur l'eau, un visage entre les mains : les pre-miers miroirs ou la genèse des mots. Cet homme, ce premier écrivain qui confia ses manuscrits à d'éphémères témoins, sables ou neiges (peut-on imaginer rien de plus beau qu'un poète traçant sur le sable des songes que la mer gravera à jamais dans les cryptes profondes de sa mémoire ? Le papier aurait emprisonné ce chant ; abandonné à l'espace, il enfante et nourrit les poètes futurs. Car pour un poète connu, que de poètes prodigues qui écrivent dans la nuit, toutes lampes éteintes, et qui brûlent au matin des mots qui ne leur appartien-nent plus. L'histoire littéraire ne retient que le nom des scribes) se dit un jour : « Comme cette main est minuscule... »

— Vous avez trouvé ce que vous cherchiez ? demande la libraire.

— Je ne sais pas encore, répond Christophe sur un ton assez sec.

« ...un rocher n'y tiendrait pas, et pourtant quel plaisir j'aurais à faire des ricochets avec un tel galet. » Alors il regarde les nombreux rochers affleurant à la surface de la mer, son oeil allant rapidement de l'un à l'autre : « Les rochers sont des galets dont la mer compte les ricochets. » Quel-ques années plus tard, son fils allongé contre le flanc d'une femme : « J'aime le double saut de tes

seins sur ta poitrine. » Et le fils du fils : « Le multiple sein des montagnes repose au creux de ma main. » Ainsi s'agrandit la main de l'homme au fil des générations jusqu'à ce qu'une plume puisse y tenir et devienne à son tour un miroir douloureux… »

Qu'est-ce que vous lisez ? s'inquiète la libraire.
— *Le Corps textuel de la femme,* répondit Christophe.
— Connais pas : joli titre, encore un truc struturaliste ?

« …L'oeil s'y découvrit myope : « Mon oeil voyage si loin qu'il me rapporte des Indes les épices dorées, de l'Amérique les fleuves géants. » L'oreille n'eut plus de frontières : « J'entends la voix des morts se brûler au soleil. » L'esprit, se sentant terrien, d'un trait se donne des ailes : « Je creuse le ciel. »

— Ah, j'y suis. Monsieur est sans doute en train de se lire.
— Pas du tout.
— J'aurais pourtant parié ma librairie que monsieur était écrivain.
— Je suis écrivain, mais vous n'avez aucun de mes livres.
— Impossible. Votre nom déjà ?
— Christophe Ulric.
— Ulric, Ulric, attendez que je vérifie. Roman, poésie ?
— Ce n'est pas la peine. Je suis l'auteur d'une trilogie publiée en Argentine dont la traduction fran-

çaise vient tout juste de paraître à Paris.

— Vous êtes Espagnol, je veux dire Argentin?

— Pas du tout, je suis Québécois.

— Je ne comprends pas.

— C'est simple : j'écris en français, puis je me fais traduire en espagnol pour publier enfin une traduction française de la traduction espagnole. Bien entendu, que tout ceci reste entre nous, sinon… Je n'aurais peut-être pas dû vous…

— N'ayez crainte, je ne dirai pas un mot de ce que j'ai entendu. Mais je ne comprends pas pourquoi vous… vous ne faites pas comme tout le monde. L'original est perdu!

— J'y gagne sur tous les tableaux. Si les traducteurs sonts bons, ils corrigent mon texte, l'améliorent, vous n'avez pas idée. S'ils sont mauvais, je suis sauf, ils portent tout l'odieux d'un texte trahi, massacré… Et puis, c'est la seule façon dont je puisse me lire.

— Comment ça?

— Cette impossibilité de se lire, le fatidique *noli me legere* qui frappe tous les auteurs, ne m'atteint plus puisque je lis le texte d'un autre.

— Oui, je suppose que vous avez raison. Que faites-vous présentement?

— Une enquête, pour le compte d'une revue africaine, sur les gens qui n'ont pas encore écrit. Quelles sont leurs difficultés, leurs projets… vous voyez le genre.

— Oui, oui, très bien. Et vous, est-ce que vous écrivez encore?

— Oui, en allemand cette fois. Je veux dire pour

une maison allemande. J'ai déjà rencontré le traducteur.

— Serait-ce trop indiscret de vous demander le sujet?

— Eh bien, il s'agit d'un récit assez symbolique. C'est l'histoire d'une jeune homme perdu au milieu du désert qui ne peut plus avancer tant sa fatigue est grande. Mais il a découvert qu'à l'aube le ciel s'emplit d'oiseaux bleu pâle qui tournent autour de lui. Il tend les bras et les oiseaux viennent s'y poser. Lorsqu'ils sont en nombre suffisant, il murmure un mot hébraïque (que je n'ai pas encore réussi à traduire) et s'envole jusqu'à ce qu'il doute du miracle accompli pourtant quotidiennement; alors les oiseaux le laissent retomber sur le sable.

— C'est très... très beau. Mais j'aimerais bien savoir comment cela se passe, d'où vous est venue cette idée si...

— C'est une question à laquelle il est dangereux de répondre. Derrière la maison d'un écrivain célèbre (je préfère taire son nom) coulait un ruisseau dont les eaux flambaient çà et là de truites orangées. Il passait des heures à contempler ce qu'il appelait, avec une fierté quelque peu précieuse, ses nymphéas. Jamais il ne lui était venu à l'esprit de les pêcher. Il leur donnait des miettes de pain, de petits morceaux de viande et le coeur de samares qu'il froissait entre ses mains. En retour, elles le payaient tantôt d'une scène de roman (c'est à leur flottement énigmatique qu'il devait le passage souvent cité des femmes voilées assassinant calmement le mari adultère), tantôt d'une image («le bâillement imperceptible du feuillage»), tantôt d'une page blanche, le bienheureux sommeil. Un jour, des critiques vinrent explorer les sources profondes de son oeuvre. Il finit par leur révéler l'existence de ses compagnes. On demanda à voir ces fameuses truites de plus près (ces critiques étaient, comme il se doit, de fins gourmets). Il refusa d'abord énergiquement, instinctivement, puis consentit à jeter la ligne dans ce vivier qui lui fournissait ses plus belles pages. Photos. Narration de ses rêveries aquatiques. Éloges emphatiques de ses ballerines, ses maîtresses, etc. Nouvelles photos. La semaine suivante, la prise du maître faisait la une des journaux littéraires. Depuis, il ne pêche plus que du poisson blanc et ses métaphores font bâiller d'ennui ses plus patients lecteurs.

— Morale?

— Servir les mots, sans jamais se servir d'eux. Qui enfreint cette loi risque de les voir se retourner contre lui, et les mots humiliés font à la page des blessures plus profondes que ne le feraient tous les couteaux de l'Andalousie.

— J'ai ici une sorte de petit album (c'est idiot, je sais) où je fais signer tous les écrivains qui passent chez moi. Auriez-vous la gentillesse d'écrire quelques mots…

— Pourquoi pas, un mensonge de plus ou de moins! Vous n'êtes pas Geneviève, j'espère!

— Mon non est Alexandrine.

— Vous portez bien votre nom.

«Que les livres soient sur vos murs des cartes inachevées de l'univers.»

Après avoir écrit ces mots dans l'album des célébrités, Christophe acheta, sous le regard pudique d'Alexandrine, *Le Dix-huitième Orgasme de Jackie* et sortit en lançant un juron composé qui aurait donné beaucoup de mal à ses traducteurs.

« Ne plus jamais remettre les pieds dans une librairie. Commérage de livres, *words, words, words!* Alexandrine… j'aurais dû lui verser un bidon d'essence sur la tête. Libérer l'univers prisonnier de l'immense bibliothèque, le rendre à sa mobilité originelle de manuscrit. L'imprimerie est venue trop tôt baptiser des rêves inachevés, ficher des mots encore à l'état de chrysalides. Jolie collection!

Plaisir de la lecture: mille adresses, pas une demeure. Tant de livres lus et relus avec tant de ferveur ne m'ont jamais été un commencement de quoi que ce soit. (Geneviève est née au verso du livre que le sommeil a feuilleté.) On a mis les rivières en bouteilles! comment pourrait-on voyager? Les sirènes sont des étiquettes… Tiens, voici la commère qui revient délirer à l'ombre de mon cerveau. Et puis cette foule qui ne cesse de pleurer! Je sais bien que toute cette meute braillarde reniflant parmi les odeurs de frites et de caoutchouc des traces qui s'effacent sous les ponts poursuit aussi un quelconque Geneviève. Mais qu'ai-je à faire de ces amants grossiers, dupes de l'ombre dont s'enveloppe leur proie, et qui se réjouissent de l'utilité des ponts? Il n'y a rien ici que des voies sans issue. Si seulement je réussissais à faire taire la ville, ne serait-ce qu'une seconde, je suis sûr que je pourrais entendre le pas de Geneviève. Quand tombera le vent bariolé de désirs inassouvis, quand cessera le grincement de l'acier contre les os, quand le dernier cri poignardera le dernier passant, Geneviève viendra vers moi.

Il appartient à la paupière d'apaiser le sabbat.
Seule l'âme qui a replié ses propres ailes
Ferme tous les bruits ainsi qu'un éventail.
Inviolable est le silence que le silence habite.

Oui, je sais tout cela. Mais je ne suis que désir de silence, et je ne connais pas de désirs plus tapageurs. Pourtant, je nourris l'espoir de voir surgir de ce bordel en flammes une vraie femme. Pas un douteuse Vénus parée d'alexandrins larmoyants, ni un saule pleureur tout juste bon à ombrager l'imaginaire. Une vraie femme, Geneviève. Aussi longtemps qu'une femme n'a pas creusé votre lit, que son amour ne vous a pas égratigné le dos, on la décrète imaginaire. Mais je sais, moi, que Geneviève m'a déjà possédé plus qu'aucune autre femme n'a jamais repu de spasmes la chair et le cerveau d'aucun homme. Je sais qu'elle était là, à portée de la main, et qu'elle n'y est plus, me laissant l'affreuse certitude d'un retour imprévisible. Derrière ce mur, si mince qu'on le dirait de papier, j'entends encore sa voix : «Je ne te demande pas d'abattre ce mur, mais de voir au travers. Accepte que mes seins te crèvent les yeux et tu seras à jamais cloué à moi.»

Je ne suis pas fou, cette femme existe. Non, Christophe, tu n'es pas fou. Tes cuisses ne se souviennent de rien? Il y a des femmes si légères. Point de morsures à ton flanc? Mais il est des femmes qui lisent si peu. Geneviève t'a pris de l'intérieur, ses deux mains pressées autour de ton coeur jusqu'à ce qu'il s'arrête et que tu l'entendes, elle, marcher en toi. Les gens diront que tu rêves éveillé, qu'une femme ne peut se glisser corps et âme à l'intérieur d'un homme.

N'en crois rien. Ne vois-tu pas à l'intérieur de tes paupières l'égratignure irréfutable de son nom, la cicatrice indélébile?»

(Oui, je suis là, Christophe, en toi. Mais toi, tu n'y es pas encore. Il te faudra beaucoup voyager. Dénoue les jambes, traverse les regards, cueille les mains, gravis les poitrines, passionne-toi d'un cil, épouse les courbes, épuise les combes, que chaque chevelure relance ta course, car je sème sur ton chemin les femmes qui te mèneront jusqu'à moi. Ne te refuse ni ne t'attarde à aucune. Et tu connaîtras celle qui depuis toujours t'encercle.)

La première fendait de sa robe blanche le flot des passants qui tentaient vainement de s'agripper à elle pour retomber lourdement dans la poussière de son sillage. Elle était là par hasard et n'avait nullement l'intention de sauver qui que ce soit. À travers le tissu diaphane qui lui servait davantage de voiles que de vêtements, on devinait un flanc de marbre, l'arrogance des seins. Christophe reconnut une beauté dont la fierté, sinon l'ironie, lui était familière : « Aucun doute, voici la première voile de la flotte de Geneviève ! » pensa-t-il.

Comment l'aborder ? Elle n'était visiblement pas de celles que l'on attrape à l'aide de ces épuisettes bon marché dont se munissent les dragueurs du samedi soir (Quelle agréable soirée : excusez-moi, mais vous ressemblez tellement à…, etc.). Existait-il une science des premiers mots ? Une façon de parler comme si on continuait une phrase commencée par l'autre, adresser la parole à une inconnue, la lui renvoyer par retour du courrier ? À vrai dire, la difficulté était autre : cette correspondance, cette conversation était impossible parce que commencée depuis toujours, antérieure à ceux-là mêmes qui en nourrissaient l'incessant murmure. Il faudrait pouvoir l'interrompre pour que l'un et l'autre, dans le temps ainsi instauré, se reconnaissent enfin, prisonniers de mots qui ne sont jamais les premiers.

— Geneviève m'a déjà parlé de vous, dit Christophe en guise d'introduction.

— Mais elle ne m'a jamais parlé de vous !

— C'est quand même bizarre...

— Pas du tout : je ne connais aucune Geneviève.

— Ah ! fit Christophe, aussi atterré que si on venait de lui annoncer sa propre mort.

— Qu'est-ce que vous avez ?

— Si vous partez, Geneviève ne voudra jamais plus me revoir.

— Et qui est cette Geneviève que je suis censée connaître ?

— Je ne sais pas, je ne le saurai qu'après vous avoir parlé.

— Écoutez, je veux bien vous écouter quelques instants si cela peut vous aider à vous souvenir. Mais, dites-moi, vous n'êtes pas un fou furieux, j'espère ?

— Non, non ! Je veux seulement vous parler.

— Soit ! Je vous écoute.

— Puis-je vous avouer sans être indiscret que vous m'êtes apparue comme une voile dans laquelle je voulais enrouler mon corps nu ?

— C'est fait. Mais je vous avertis que si vous franchissez la frontière de vos hallucinations, j'appelle au secours.

— Dois-je me repentir de vous avoir vue et me dissoudre à nouveau dans la foule pour ne pas avoir su du premier coup prononcer les mots qui vous relient à moi, allumer dans votre flanc le feu qui me dévore...

— Qu'est-ce que vous racontez ? Vous êtes certain

de n'être pas dangereux? Et puis, qu'est-ce que vous voulez à la fin?

— Tout.

— Oh la la! On ne peut pas dire que la patience et la sobriété soient votre fort. Personne ne vous a jamais dit que l'amour était une conversation?

— Je n'ai jamais lu cet auteur!

— Quel auteur?

— Alors, c'est oui ou c'est non?

— Je ne sais pas. Il faudrait pouvoir en parler.

— Pourquoi me faire attendre? Votre décision est déjà prise, déjà je vous ennuie. Au premier mot, vous m'avez pesé: que ne m'avez-vous alors rejeté d'un haussement d'épaules comme on chasse une mouche importune?

— Disons que c'est oui. À condition que vous commenciez par le début.

— C'est-à-dire que je devrai vous quitter une fois la «conversation» terminée.

— Juste.

— Et si nous parlions à bâtons rompus?

— Ma pauvre chambre! Vous allez tout mettre sens dessus dessous.

Par une sorte de crainte mêlée d'impuisssance, Christophe fut plutôt maladroit, ce que Chlorella — c'était son nom — ne manqua pas de lui reprocher. Freinant sans cesse son imagination, il n'eut que des élans timides ou désordonnés qui frustraient tant l'esthétique que l'amoureuse. Le doute de soi, forme inversée d'un attachement excessif à soi-même, qui dira un jour de quelles beautés s'est nourri ce ver insatiable? Une parole, un geste se présentaient-ils à lui dont il pressentait un plaisir nouveau, qu'au lieu de les déployer en cet espace féminin seul capable d'en évaluer la qualité, il s'en abstenait, de peur de rompre ce silence qui, croyait-il, le préservait d'une solitude plus grande. Mais comme le désir de l'autre fissurait de partout l'hermétisme prudent d'une mort différée, Christophe fut subitement projeté au milieu d'une conversation dont il ignorait tout, y compris la langue qu'on y parlait. Une table renversée, un miroir cassé, une éraflure dans le cou de Chlorella, quelques gestes bizarres (Christophe éteignait ses cigarettes dans les souliers de Chlorella qui, ravie, remplaça tous les cendriers), étreintes inachevées, récits décousus dont le mot Windigo etait le leitmotiv (le bruit de cette rivière, n'était-ce pas la voix de Geneviève coulant au milieu de son délire?), tel fut le bilan de cette première excursion en terre étrangère.

Geneviève ne lui avait-elle pas prédit cet échec et beaucoup d'autres encore? Sinon, pourquoi aurait-elle postulé la nécessité de remonter jusqu'à elle la longue chaîne des amantes? C'était la difficulé première de l'aventure : se donner à des ombres de Geneviève. Ainsi Christophe avait-il connu la double tentation paralysante : ne voir en Chlorella qu'un reflet lointain de Geneviève et s'y refuser (d'où ses gestes brisés, brouillons du rite amoureux), tout jouer sur Chlorella et renier Geneviève (d'où son sentiment d'impuissance, car aucun génie ne saurait féconder un reflet). Seul moyen d'atteindre le dernier tiroir de ce coffret gigogne où Geneviève se tenait : croire à la grâce des échecs («Je serai l'éternelle raseuse des nuits blanches…»).

La rue est déserte. Le pas de Christophe se fait plus lent. Soudain une idée s'empare de lui : pourquoi avait-il rencontré Chlorella et non pas une autre ? S'il avait vraiment flâné comme il en avait l'intention, peut-être se serait-il trouvé dans une autre rue à l'instant même où une autre femme plus abordable lui était destinée. Peut-être s'était-il trompé de chambre ou y était-il monté au mauvais moment. Qui sait si une heure plus tôt ou plus tard une autre femme n'occupait pas la même chambre ? Au fond, sa propre maladresse n'était imputable qu'à Chlorella : on ne pouvait faire mieux avec un tel sujet. Il était évident qu'il avait été victime du hasard ; il s'était sans doute trop attardé à la librairie, au café (que devient la vertu de flânerie ?). Il se rappelait même un visage, plutôt séduisant, qu'il aurait dû suivre. Que ne l'avait-il fait ? Pourquoi avoir choisi (que devient le hasard ?) précisément une femme aussi déconcertante que Chlorella ? Peut-être était-il encore temps ? Il faut plus d'une femme pour gâcher irrémédiablement la nuit… Il déambula ainsi jusqu'à une heure tardive dans les peut-être et les conditionnels passés d'une littérature conjecturale aussi pénible qu'inutile. Orgueil insensé que de vouloir corriger le destin, prétendre être l'auteur de son propre récit !

Rien. Christophe ne se souvient de rien. Ni de ce sourire complice, ni de cette main qui s'ouvre, lumineuse dans la pénombre : Chlorella. Est-il possible d'avoir si mal aimé que le corps même de la femme ne soit plus dans notre sang qu'un peu d'eau tiède ? Est-il possible d'avoir serré contre soi la clef des songes et de la perdre bêtement sur le chemin du retour, à nouveau livré aux sollicitations indéchiffrables de la nuit ? (On ne réveille pas une femme avant d'avoir allumé toutes les lampes.)

Christophe s'efforce vainement de recomposer cet espace merveilleusement plein et fuyant, cette rondeur que baisers et morsures n'entament ni ne tarissent jamais. Il lui semble que d'un souffle parfumé va surgir, à quelques pieds du sol, l'ottomane chargée de velours chatoyants, une jambe légèrement repliée, une hanche paresseuse, l'odalisque trop blanche. Mais rien, ni le vase, ni la fleur, Christophe ne voit rien. Seul ce nom désormais exsangue, comme un caillou sonore : Chlorella.

La pluie se mit à tomber. C'est alors que Christophe, levant les yeux, vit une fenêtre allumée. Comme toujours, à la vue de l'un de ces phares priant sur la ville, il ressentit une grande joie. C'était d'ailleurs le but inavouée de ses rares promenades nocturnes : pouvoir rêver au pied de ces ermites vêtus de lourds rideaux ou de gazes quasi immatérielles. Cette lumière blêmissant la noirceur qui assaille, n'est-ce pas l'âme qui fait quelques pas à la surface du corps ? Cette lumière qui creuse la chambre et en soutient les murs contre la menace des ténèbres, n'est-ce pas l'esprit qui invente et veille sa demeure ? Et au centre de cette demeure, une table, de l'encre, du papier... Un désir effréné l'agite. Une fenêtre glisse sur la mer. (Je suis sauvé ! Ohé ! Prenez-moi à bord. Je serai mousse. Mettez-moi au charbon, épinglez-moi au mât. Je consens à toutes les corvées. Mais ne me laissez pas périr. Je suis à bout. J'ai tellement nagé, l'eau me cimente les bras. Ohé ! Le temps de savoir où je suis, où je vais. Le temps d'une parole. Il y a si longtemps que je me parle, c'est miracle que je sois encore en vie. Je vous attendais. Soyez mon maître. Cette solitude me dévore autant que le sel. Vous êtes la première lumière que je voie depuis des siècles. Vous n'allez pas me rejeter à la nuit, dites ? Ohé ! Je vous donne ma vie. Puisque de toute façon je la perds, je veux mourir là-haut, la tête entre les cordages…)

Faisant fi de l'heure et des convenances, Christophe décide de monter chez cette personne qui l'appelle, l'attend. À toute vitesse, il grimpe les trente-six marches de l'escalier, frappe à la porte, éclate d'un rire atroce, et rentre chez lui.

Le lendemain, Christophe se réveilla avec l'aube et dégagea avec mille précautions son corps enfoui sous les épaisses chevelures couleur de miel ou de copeaux de bois. Chlorella, Geneviève dormaient bien sagement dans sa tête et il n'avait nullement l'intention de les réveiller. Jour de repos!

«Dans huit heures, j'y serai, pourvu que je ne m'égare pas en route. Il y a déjà dix ans que je n'y suis allé. Y aura-t-il encore des chemins qui se rendent jusqu'au lac Alouette? Peut-être en interdit-on l'accès aux visiteurs? Dans ce cas, j'achète le gardien: un fusil dont je n'ai que faire, et si le canon n'en reluit pas assez, je le fourbis avec un billet de dix. Non, la difficulté sera de m'y retrouver dans cet enchevêtrement de chemins qui, neuf fois sur dix, finissent en sentier ou s'arrêtent brusquement au pied d'un pont effondré. Mon père saurait m'y conduire. Mais il est sans doute perdu ailleurs dans une autre forêt, encore plus au nord. Un beau jour, sans le savoir, il passera des sapins aux icebergs! Enfin, je mettrai une semaine s'il le faut. J'ai plein de conserves dans le coffre. Au besoin, je lancerai l'hameçon.

De toute façon, on ne s'égare jamais en forêt. Elle nous promène selon ses désirs qui sont aussi les nôtres dès qu'on y consent. Ceux qui s'impatientent des détours et des retards qu'elle leur impose feraient mieux de rester à la ville, ils font fausse route. Là, il ne peut y avoir de contretemps pour la simple raison que le temps n'existe plus, tout dissous qu'il est dans l'espace. Ces touristes, comme disent les bûcherons, sont une version forestière du donjuanisme : la forêt, comme la femme, ne leur sera jamais qu'un prétexte à boire de la bière en s'excitant d'une bête tuée ou d'un baiser volé. Il faut avoir entendu les propos de ces fauves citadins du week-end livrés à un espace dont ils se défendent tant bien que mal : la profondeur et la beauté du lieu ne s'y reflètent guère. Au contraire. Plus l'eau est limpide, plus ils crachent dedans espérant ainsi brouiller l'image qu'elle contient. Plus le silence est pur, plus ils sont grossiers. Un retentissant blasphème célèbre chaque prise de qualité. Les histoires se truffent de calembours obscènes dont la femme, bien entendu, fait les frais. (Attention, ne pas réveiller Geneviève ou Chlorella, fixer mon attention sur la route. Alexandrine, je t'ai vue. Soit, tu peux rester encore quelques instants.) C'est qu'ils perçoivent instinctivement dans ces eaux et ces bois le corps délié de la femme, l'âme secrète de la forêt. Tout entière soumise aux éléments féminins au point d'en épouser la morphologie (je connais des lacs qui ont des ventres merveilleux), la forêt les précipite au fond d'eux-mêmes. D'où cette débauche verbale, réaction puérile de l'être que subjugue une force trop grande (je parle en connaissance de cause, il est temps de me taire. Terminus, tout le monde descend! Ce n'est pas la peine de quitter la ville si on la traîne derrière soi. Alexandrine, retourne à ta librairie voir si j'y suis).

Quatre heures du matin. Le plancher de bois rugueux s'étire et craque sous les bottes de cuir. Le cèdre répand ses parfums autour du poêle. Je me glisse plus profondément dans mes couvertures encore humides, regardant le jour se lever sous les gestes amoureux de mon père. Un magicien tirant de ses manchettes un chapelet de colombes ne m'aurait pas captivé davantage. Le soleil attendait, pour éponger à nouveau toute cette encre renversée, le signal de cet homme debout à l'ultime frontière de la nuit, fanal à la main, dans les yeux la joie de se soumettre à une tâche si dure.

Si je suis là, en cet instant, traversant une campagne grise, c'est à lui que je le dois. Je ne sais si les aubes lui survivront. Aurai-je la force de continuer son oeuvre? Il faudra, sinon je connaîtrai le sort de Charlevoix. Allumer les jours, provoquer l'inconnu! Mon père avait reçu toute une forêt à inventer, et moi qui n'ai qu'une petite chambre je m'égare parmi les signes et figures que je n'ose regarder.

Le bruit de l'eau froide versée dans une cuvette chante à mes oreilles. Bientôt la douce laine des vêtements sur mon corps grelottant. Bientôt les lourdes odeurs de la cuisine qui vous réchauffent dès le seuil. Le café, les galettes de gingembre (Dieu qu'il serait facile d'avoir toujours dix ans!). Les immenses tables recouvertes de toile cirée seront prises d'assaut; mon père donnera ses ordres avant de disparaître en forêt.

S'il m'arrive de l'accompagner, le plus souvent je vais seul de mon côté...

Des épines de rosée se cassent et ruissellent sur mon front, mes paupières s'humectent d'une lumière tendre comme de la laitue, et si mes pieds s'ébrouent gaîment dans les feuilles, c'est que j'ai chaussé des lièvres. Une branche trop sèche flambe comme du cristal, des milliers d'oiseaux apeurés s'engouffrent dans mon coeur. Une fraise me cligne de l'oeil. Il me semble entendre une biche bâiller derrière un buisson : ou c'est une biche, ou c'est une abeille. À travers les cils du feuillage, je broute un peu de soleil... Pourquoi tous les hommes ne viennent-ils pas mourir dans ce sentier ? Il y a pourtant ici tout ce qu'il faut : de la terre, des pierres et des fleurs. Seulement, on doit se lever tôt. On ne saurait bien mourir passé six heures.

De grands paquets de brume se libèrent silencieusement de l'étreinte du lac. Des canards en profitent pour le caresser en tout sens. Et les voiles qui s'envolent du centre frissonnant font là-haut des nuages dont rêvent les étrangers.

J'ai depuis vu la mer. Mais cette grange bleue sans toiture ni cloison n'héberge que des regards d'horizon, des âmes nourries de soifs divines. Seuls ceux qu'aucun silence ne retient peuvent entendre sa parole. Tous les autres en sont foudroyés. Je n'ai ni l'âme, ni le regard qu'il faut. Je suis encore trop amoureux des lampes et des crépuscules, complice de leur intarissable querelle. J'ai besoin d'être recueilli, enlacé, enveloppé, sinon je me dissous. Sans l'écho, je dérive, épave sans nom à la surface du vide. Un lac me comprend si bien! Il dispose autour de ma voix des montagnes qui la traduisent, encercle mon regard de peur qu'il ne s'enfuie, et sa légère respiration dont on perçoit à peine le rythme n'éveille pas la double image contradictoire d'un dieu en mal d'unité. C'est une mer pour enfant, et elle me suffit.

De grandes roches pensives s'allongent à la surface de l'eau, baigneuses sans âge offertes à tous les vols fatigués. Un rossignol déchire la ramure d'un chêne, les alouettes percent çà et là des clairières. La forêt que dénouent les multiples voix accourt rafraîchir son corps ajouré. C'est ainsi que les poissons nichent dans les branches d'arbres renversés.

Un hameçon, de la ficelle, et une main attentive que les heures ni les moustiques ne sauraient lasser. J'attends que le lac réponde à mon appel, veuille bien m'accepter en sa demeure. Le signal convenu: une truite. Je n'ai pas lancé au bon endroit, trop profondément ou pas assez, ce n'est pas le moment, il y a trop de vent, l'appât n'est plus frais, etc... L'invisible est si capricieux! Deux petits coups secs, je tire, rapidement (la main doit coïncider avec cet instant miraculeux; tout l'art réside en ce geste quasi divinatoire): c'est un poisson blanc. On l'oublie et on recommence.

Au loin, les râles de l'étrange corrida retentissent. Les arbres s'abattent sous les coups répétés des haches que la résine enivre. Dépouillés de leurs branches, aussi risibles que des aigles plumés, encore vivants (pour combien de temps?), ils voient leur propre

cadavre traîné par les chevaux... Un poisson blanc !
Si j'allais voir mourir les arbres ? Non, c'est un piège.
Je me souviens d'avoir pêché ainsi une dizaine de ces
ridicules poissons derrière lesquels se cachait une
truite d'une livre. Je reste. Un hameçon finit toujours
par drainer le lac pourvu qu'il n'en craigne pas les
longs silences.

Midi. Sur une pierre brûlante, dorment deux truites. Je sais que je devrais les mettre à l'ombre ou les
enfouir dans la mousse. Mais j'aime trop leur couleur, et puis leur chair ne m'intéresse pas : je ne mange
jamais de poisson. Fier comme un dieu, je les con-
temple pendant que je dîne d'un sandwich et d'une
pomme. Ce soir, je les montrerai à mon père avec
toutes les autres.

J'étais beaucoup plus intelligent à cette époque. Et
plus heureux. Je savais le temps nécessaire à la conquête des profondeurs et rien ne pouvait m'en distraire. Pas même la joie de la dernière prise.
Maintenant que les désirs brouillent mon attente,
qu'ils ont fait de moi un homme en laisse, je regrette
cet enfant qui promenait sans effort ni désespoir tout
un lac au bout de ses doigts. La pureté de ses gestes ! Tailler la gaule à même une branche soigneusement choisie pour sa flexibilité, y nouer une ficelle,
trouver le caillou qui tiendra lieu de pesée, simuler
la vie autour de l'hameçon, lancer le piège à ce point
précis des eaux que dicte le hasard, puis l'immobilité. La tentation était forte de jouer aux ricochets :
aucune éclaboussure. Marcher pieds nus dans le ruisseau ou cueillir des framboises ? Plus tard, au retour.
(Je rougis de ce beau papier qu'une plume gâche par
son impatience, de cette table que je vais déserter sous

80

prétexte que dix mots à l'heure ça ne fait pas un récit.)

Encore une, ça fera la douzaine. Hop là! Ça y est. Je cours porter la bonne nouvelle au camp. « Papa, lui dirai-je, tu peux être fier de ton fils. Devine. » Il dira exprès un petit nombre tout en lui prêtant, par une exclamation exagérée, une allure fabuleuse. Je poserai mon trésor sur la table et l'obligerai à le dénombrer.

— Onze, bravo!

— Mais non, pas onze, douze, papa, douze!

— Dans ce cas, trois fois bravo! Si tu continues de la sorte, je devrai te dénoncer au garde-pêche. Tu vas vider le lac!

À nouveau les tables fumantes, la délicieuse soirée à écouter les récits grouillants de bêtes sauvages et de muscles légendaires. On se répète les blagues et les catastrophes d'antan, les pipes se rallument: « Te souviens-tu d'Alfred Carpentier? » Les souvenirs se font épiques. Neuf heures. On s'enfonce avec nostalgie dans les années trente. « La glace était mince… » Dix heures. « Ouais, il faudrait penser à rentrer. » Mon père les accompagne jusqu'à la porte, éteint le fanal. Je me couche, quelque peu honteux de mes douze truites, cependant que mes paupières se ferment sur un rêve naissant.

C'est le matin. Je m'apprête à partir pour la pêche. Première sensation étrange: je franchis la distance qui me sépare du lac avec une rapidité étonnante. Pourtant je suis sûr de ne pas avoir couru, je ne me souviens même pas d'avoir marché. Dès que l'image du lac s'est présentée à mon esprit, j'y fus aussitôt transporté. Après tout, il est possible que j'aie marché sans m'en rendre compte. Ce ne serait pas la première fois que je rêve éveillé. Aucune trace de rosée sur mes souliers et mes pantalons. Curieux! Enfin, je ne me soucie pas davantage de cette autre bizarrerie.

Je m'assieds sur une roche comme si de rien n'était. Mais voilà que j'éternue et que cela ne produit aucun son. Je me lève, tends l'oreille vers la forêt : pas un seul bruit, un silence absolument blanc pèse sur toute chose. Je saisis un caillou, le lance violemment dans l'eau : pas un couic, pas une ride, de la ouate tombant sur de la neige. Le ruisseau aussi semble figé. Les bulles ne bavardent plus, comme si le soleil n'arrivait pas à les crever. L'absence de son entraîne peut-être l'arrêt de tout mouvement ou en change la nature. Ainsi s'expliquerait le fait que je ne me souviens pas d'avoir marché du camp jusqu'ici. À cause de la perfection du silence, une simple représentation mentale du lieu où je désirais me rendre aurait suffi à déplacer mon corps… Est-il possible de se mouvoir ainsi brusquement dans un autre temps, sans être mort? Cette pensée m'effraie. Il se pourrait donc que je mette des jours à revenir au camp! Pourquoi pas? Hier, quarante-cinq minutes; ce matin, une fraction de seconde; ce soir, une semaine.

Autre sensation étrange : l'absence de sensation. Je ne perçois plus le silence ambiant, ni mon propre corps. En vain, je frappe du pied contre le sol ou crie à tue-tête : aucune douleur, aucun écho. Je jette néanmoins ma ligne à l'eau. Quelle espèce de truite vais-je cueillir? Si elles existent encore et qu'elles n'ont pas changé, tout n'est pas perdu, je pourrai regagner un paysage réel. Je lancerai la première dans le bois et de ses frétillements elle ranimera cet espace fantomatique. Quelle joie ce sera d'entendre à nouveau remuer le feuillage! La brume va enfin se lever, qui paresse obstinément à la surface du lac. Et les bûcherons, où sont-ils? Ils dorment sans doute, ils attendent la fin de l'éclipse.

Peut-être est-ce la fin du monde, je veux dire le début de cet autre monde qu'on appelle éternité? Surpris par l'éternité en ce matin d'août… Le passage d'un monde à l'autre (qui n'est de toute évidence que le passage d'une vision à une autre) se serait effectué à l'instant précis où je franchissais le seuil du camp. Oui, c'est alors que je vis le lac et que s'est abolie mystérieusement la distance entre la figuration de celui-ci et sa réalité. Voyager à la vitesse de la pensée, ou comment attendre que les choses viennent à notre rencontre! Ainsi, ce serait là le paradis? Difficile à croire. Comment peut-on concevoir le paradis sans musique, sans aucun son? À moins que je n'aie pas encore l'oreille qu'il faut. Non. À bien y penser, cette forêt paralysée, ce lac étouffé par la brume ressembleraient davantage aux limbes. Drôle de chavirement! Enfin, cela vaut mieux que d'avoir été pétrifié un mois plus tard, pendant la leçon d'arithmétique.

Tout à coup, ma canne se courbe sous une forte secousse. Je la lève délicatement de peur de la casser. Le poisson s'annonce énorme. C'est à n'y rien comprendre: l'appât est intact. Nouvelle secousse, plus forte que la première, et toujours rien. Au troisième appel, me voici happé vers le fond, tête première, les deux mains crispées sur le manche de la canne. Les bras tendus à l'avant forment une proue qui ouvre un couloir vertigineux, trop étroit, dont les murailles liquides sifflent à mes oreilles. Au risque de me noyer, je ne lâcherai pas prise. Je tiens à savoir où l'on m'entraîne. Quand je serai à bout de souffle, j'ouvre les mains et je fais surface. L'obscurité me presse de toutes parts. Je suis certainement descendu à une profondeur dont on ne revient pas vivant. Mes poumons commencent à gémir. Je me vois flottant parmi les herbes du rivage, le front bleu, la bouche enluminée de sang. Déjà je me regrette. Les images se bousculent, le cortège s'ébranle : un cahier d'écolier, des galettes au gingembre, la robe de Geneviève, un petit traîneau rouge, une mitaine enneigée pendue au-dessus du poêle, un missel, le sapin… L'angoisse non de mourir, mais de ne pouvoir feuilleter cet album colorié jusqu'à la dernière page. Qu'on m'accorde encore une seconde ! Les lièvres sautillent sur la rivière. Une seconde de jeu et je suis à vous. Les fraises s'égrènent contre mes tempes martelées, mon verre va déborder, je m'évanouis.

Le miracle se produit. Une lumière verdâtre filtre entre deux rochers. Je me coule par cette étroite fenêtre, mes genoux heurtent le sol, deux rayons violets en jaillissent et me traversent la poitrine. Je respire à nouveau. Une fillette s'avance vers moi, l'oeil amusé, la bouche malicieuse.

— Comment, c'est toi, Geneviève ! Où suis-je, que fais-tu ici ?

— Que de questions ! Donne-moi plutôt la main que je te fasse visiter les lieux.

— Mais c'est une forêt !

— Pas tout à fait. C'est l'intérieur de la forêt. Viens, tu vas comprendre. Tu vois ces rochers contre lesquels tu as trébuché, ils sont de cristal. Au moindre choc, ils émettent une lumière qui fait la chaleur des pierres où tu poses tes truites. Tu entends tous ces chants?

— Oui, mais je ne vois aucun oiseau.

— Bien sûr, puisque c'est de cette musique que naissent les oiseaux. Lorsque ceux-ci apparaissent, ils ne sont déjà plus de ce monde. Leurs chants sont des complaintes d'exilés.

— Et d'où vient la musique dont ils se détournent pour pouvoir voler?

— Du simple mouvement de l'eau dans ma chevelure.

— Et la brume sur le lac, comment tu fais?

— Je me couche toujours avec cette robe moitié mousseline, moitié lainage. À l'aube, je me déshabille, la robe s'envole, effleure la surface du lac, puis disparaît au ciel. Robe, brume, nuages. Tu avais raison de parler de paresse. Si la brume s'attarde, c'est que je flâne au lit, à demi vêtue. Mais tu deviens indiscret, mon cher Christophe!

Je me laisse guider parmi les sentiers, curieux et ravi d'assister au dévoilement de toutes ces naissances. Une minuscule feuille, à peine visible, se dissout en dégageant un parfum: ce parfum, me dit-on, est la rosée. J'apprends, stupéfait, que les biches se nourrissent d'abeilles, que les ruisseaux se figent si Geneviève ne rit pas, que les truites ne sont que des jeux de lumière.

— Pourquoi m'avoir attiré jusqu'ici, Geneviève?

— Pour que tu connaisses la source de ta joie.

— Mais c'est un véritable antre de sorcière!

— Non, Christophe. C'est le coeur de Geneviève. »

Christophe s'était si bien abandonné aux images de jadis qu'il avait roulé pendant des heures sans prendre garde aux chemins qu'il empruntait. Il s'était promis au départ de surveiller les rares indications dont il se souvenait. Il n'en fit rien. Aussi s'étonnait-il de n'avoir hésité à aucun croisement et de n'avoir eu à se justifier auprès d'aucun gardien. De même que les somnambules ne trébuchent jamais parce qu'ils obéissent totalement à leurs rêves, Christophe, soumis à son guide de dix ans, n'avait pu s'égarer. Geneviève lui racontait souvent de telles histoires (l'homme qui se concentre fortement sur la femme qu'il désire la trouve fatalement, qu'elle lui soit étrangère ou qu'elle habite une planète inconnue) auxquelles il feignait de croire. Son scepticisme ne résista pas à l'expérience. Stoppant sa voiture près d'un vieux pont de bois, Christophe en reconnut les poutres tachées de peinture rouge. Aussitôt son regard s'enroula aux hanches gracieuses qui remontent le silence jusqu'en ses terres gelées... Déjà le désir de la terrible nudité prononce le nom de la chaste amoureuse : Windigo, Windigo !

«Emporte-moi, faiseuse de lointain, en ce pays où tu deviens une étrangère. Comme tu écartes cette lourde chevelure qui pèse sur ton front, une parole divise le roc. Rien ne l'arrête, ni les ruisseaux qui lèchent ton flanc, ni les sables qui tamisent ton élan. Car tu as l'âme migratrice que poursuivent les voyageurs.

Un îlot çà et là découpe un sourire au centre de ta méditation. Tu ne te nourris que de verts cailloux et de glaise légère. Ta peau est une améthyste que la mort enchâsse. Et les dieux à ton ombre se recueillent.

Je te confie ma cargaison de rêves informes, comme on pose sur le bord d'une fenêtre des fruits inachevés. Je les ai déjà offerts aux trop brefs galops des vents, et tous les nuages sont des routes éphémères. Toi seule, mon unique aimante, peut à mon âme donner le lieu et le mouvement de sa naissance. Car ta chair diaphane est le seul miroir dont mon regard ne soit exclu.

Mon coeur se serre, des canifs le tailladent, les flammes le brûlent. Pourquoi cette violence? Qu'ai-je fait? Quel est ce corps qui se détache et s'éloigne de moi?

Adieu, pensées amères, citrons dérisoires qui avez bafoué ma soif, compagnes des solitudes croupissantes! Adieu, tièdes chambres aux murs d'acier! Enfin consumées toutes ces heures jaunies passées au chevet d'espoirs rachitiques. Mon coeur est une samare à la dérive. Ton étreinte m'est douce, femme aux pandiculations infinies. Va, porte-moi au sein des mémoires encore lisses où une feuille qui tombe renverse le temps.

Nous traversons le peuple fatigué des montagnes, pansons le pied meurtri des bêtes. Prières ou confidences des uns et des autres ne sauraient nous retenir. Notre route est si longue que les mauves infléchissements d'une vallée nous sont des auberges interdites. Nous déclinons des pentes l'invitation trompeuse. Point d'épanchement (une seconde de sommeil et nous voici prisonniers d'un ventre paisible), fi des lacs! Tantôt humbles en des rétrécissements nécessaires, tantôt grondant de cataractes arrogantes, nous savons l'art des dialogues insolites. Nous creusons le sol, nous sommes la respiration des forêts. Sans nous, elles tourneraient en rond telles des brebis égarées. Notre souffle leur donne un berger. Mais qu'importe ce que nous sommes, et la lumière et les fleurs qui nous débordent! Laissons-nous paître par tous les silences et que nos pas mouillent dans les aubes les plus reculées.

Emporte-moi, faiseuse de lointain, car mon âme n'a d'immobilité qu'en toi. »

Baume du crépuscule sur les brûlures de la forêt. Traînées de soleil parmi les cendres grisâtres du jour. Nouvelles perspectives crayonnées par les ombres. Voix stridentes du choeur nocturne. Christophe songe vaguement à trouver un gîte, encore que la pensée de dormir sous un sapin lui sourit. (À la ville, je ne rêve que de chambres capitonnées. Ici, la plus sommaire cabane est une idée superflue! Est-il possible que le seul enveloppement des feuillages me soit une demeure? Feuillage des odeurs tissées par le vent, feuillage des couleurs filtrant la lumière, feuillage des sons percés de silences… Suis-je à jamais emmêlé à cette immense natte ou n'y suis-je qu'un hôte de passage ? Ce retour à la première femme, ces chevauchées grisantes à la faveur d'une rivière : qui suis-je en train de parodier ? Mourrais-je si l'on m'arrachait à tout jamais de ce lieu ?)

Christophe secoue violemment la tête, ses mains tremblent. Chasser une fois pour toutes l'affreuse question ! De ses poings crispés, il se frappe le front, la poitrine, les cuisses. On dirait un malheureux affairé à se détruire et qui cherche le point de son corps propice à une telle entreprise. Coups de pieds frénétiques contre le tablier du pont.

« Absurde ! Tellement absurde ! Douter de tout, toujours, en tous lieux, en tout temps. Je suis une machine à fabriquer le doute. Venez à moi, hommes confiants, âmes sereines, j'ai un secret à vous vendre. Non, pas un secret, une arme, un bijou d'arme. Qui n'aime pas les armes de nos jours ? Une arme très spéciale, comment dirais-je, une arme défensive. Oui, c'est ça, défensive. Elle ne fonctionne que si vous la tournez contre vous. Intéressant, n'est-ce pas ? Qui ne désire pas une petite mort de temps à autre ? C'est d'un mécanisme enfantin, vous allez voir :

— Vous, monsieur, qui prétendez aimer la soupe chinoise, en êtes-vous bien convaincu ? Cette petite sauce dont j'oublie le nom, vous ne pouvez la digérer, ça vous fait vomir, vous n'en dormez pas de la nuit, et vous persistez à dire que c'est bon. Un peu de sincérité ; entre nous, on ne mange de cette bouillie que par snobisme ou politesse.

— Vous avez raison. Il est vrai que je préfère la bonne vieille soupe aux légumes.

— Vous me dites être amoureux fou de votre femme. Que je vous admire, cher ami!

— Il n'y a pas de quoi, je vous assure. C'est normal, non?

— Chose rare, qualité précieuse que la fidélité à un si capricieux coquillage! D'autant plus qu'on doit fermer l'oeil sur tout le reste de la plage.

— Une minute, je n'ai rien dit de tel. Il m'arrive souvent d'avoir des regards prolongés sur d'autres. Je sais apprécier les courbes pures, les lignes volutées...

— Veloutées?

— Non, volutées.

— C'est un néologisme?

— Est-ce que je sais, moi? Où en étais-je?

— Aux lignes volutées.

— Je disais donc que je sais apprécier les lignes veloutées, pardon, volutées, les chairs fermes, le pitchpin de la blondeur.

— Très jolie cette expression.

— Hum! Elle n'est pas de moi. Bref, le mariage est une chose, l'esthétique une autre.

— Dois-je entendre que l'époux et l'esthète font chambre à part?

— Ma femme n'a rien d'une sylphide, j'en conviens. Elle est noire et plutôt grassouillette. Mais de là à affirmer...

— La soupe chinoise, mon ami, la soupe chinoise.

— Vous allez toujours à l'opéra, je crois?

— Et comment donc! C'est ma nourriture hebdomadaire. L'homme ne vit pas que de pain.

— C'est de Beaudelaire?

— Possible. L'opéra, c'est tellement, tellement...

l'épithète m'échappe.

— Divertissant?

— Non, laissez, je peux trouver des qualificatifs plus originaux. Tellement substantiel. C'est ça, substantiel. Toutes ces voix qui donnent corps à la musique…

— L'alourdissement en quelque sorte.

— Mais non! Je veux dire qui la rendent plus substantielle, moins éthérée…

— C'est ce que je disais: qui l'alourdissent. L'homme ne vit pas que de musique.

— Que voulez-vous dire?

— Que le chant est la carapace de la musique, un moyen de se préserver du silence qu'elle dégage.

— On ne va pas à l'opéra pour méditer. Et puis, on s'y ennuie moins qu'au théâtre.

— Une nourriture divertissante, quoi! La soupe chinoise.

— Monsieur assiste à la messe?

— Oui.

— Monsieur croit en Dieu?

— Il va de soi, pourquoi irais-je à la messe?

— Monsieur croit-il en Dieu parce qu'il va à la messe, ou y va-t-il parce qu'il croit en Dieu?

— Ce sont là des sophismes qu'un croyant ne s'abaisse pas à réfuter.

— Si Monsieur ne peut déjouer d'aussi puérils sophismes, qu'en sera-t-il des ruses du Malin? Voyons, que Monsieur réfléchisse un peu.

— Soit, puisque vous insistez: je continue de croire parce que j'assiste à la messe, c'est quelque chose de vital, une nourriture…

— Substantielle! Pardon, je blaguais. Si je comprends bien la subtile argumentation de Monsieur : sans le culte, plus de foi ! Bizarre, j'avais toujours cru l'inverse.

— Croyez ce que vous voulez.

— Monsieur souhaite que je l'imite.

— Vous pouvez rire. Dieu, étant l'alpha et l'oméga, se moque de tous les paradoxes, souffre toutes les inversions.

— Tiens, tiens ! Monsieur devient sophiste à son tour. Dites-moi, monsieur, l'âme de Monsieur ne baigne-t-elle pas dans la soupe chinoise ?

Voilà ma marchandise. Achetez en toute sûreté, prenez-la, je vous la donne. Vous hésitez encore, vous ne croyez pas à son efficacité. Alors j'en fais l'essai sur moi-même :

— Geneviève existe-t-elle en dehors de moi ? Ne serait-elle pas fabriquée de toutes pièces par un cerveau incapable d'amour qui se console de son impuissance en d'imaginaires orgasmes ?

— Puisqu'elle s'incarne en vous, c'est qu'elle existe.

— Mais qui peut affirmer que la femme née de mon esprit n'est pas qu'un spectre ? Comment savoir si les mots peuvent par eux-mêmes créer l'expérience qui les suscite ? Cette recherche d'un vécu dont le réel ne garde aucune trace n'est-elle pas l'aveu de la plus pitoyable indigence ?

— Plus l'indigence est grande, moins elle est pitoyable. Le plein est la tentation du vide, le rapport qui l'affecte d'un signe négatif. En d'autres mots, la perte du réel purifie l'absence jusqu'à ce que l'imaginaire repeuple la transparence. Ainsi en est-il de Geneviève : elle apparaîtra quand vous aurez renoncé à toutes les preuves. D'ailleurs, elle n'a rien de spécial votre Geneviève : toute femme existe selon l'intensité du regard qui la supprime et l'engendre.

— Mais il existe quand même des femmes qui sont indépendamment de mon regard. La rue en est pleine.

— Si vous croyez cela, vous êtes perdu, mon cher. Vous en êtes encore au thomisme, à un réalisme assez vulgaire que le Docteur angélique a lui-même répudié avant sa mort. Dès l'instant où l'on doute que notre regard crée l'univers, il n'y a plus qu'à se fermer les yeux et à attendre bêtement la mort déjà commencée.

— Inventer une femme et dormir avec elle serait la même chose ?

— Si vous ne créez d'abord la femme (façon de parler : c'est elle qui vous invente à travers le regard que vous portez sur elle), vous ne coucherez qu'avec un fantôme.

— J'ai la faiblesse de croire, moi, que si vous ne dormez d'abord avec une femme, vous ne créerez que des fantômes.

— Etc... etc...

Vous pensez certainement que ce sont là propos d'une tête fatiguée. Le grand air, le calme, et l'arme est aussi inoffensive qu'un pistolet à eau. Erreur ! Seconde démonstration.

— Pourquoi suis-je ici ? Amour de la forêt ou périple littéraire ? Vague nostalgie de l'enfance ou besoin de pénétrer l'envers de moi-même ? Est-ce la rivière que j'aime ou les reflets de mon visage en elle ? Où finissent nos rêves, où commence la rivière ? Où suis-je ? D'où vient cette eau qui m'envahit et me sort par les yeux ? Dieu, pourquoi tout ce galimatias ? Dès qu'un oiseau s'envole de la rivière, faut-il absolument, au nom d'une logique implacable, nier l'une pour assurer le vol de l'autre? Une seule question: mourrais-je si l'on m'arrachait à tout jamais de ce lieu?»

Christophe prit sa tête dans ses mains, murmura d'une voix proche des larmes «je le veux, je le veux», puis se jeta sans hésitation du haut du pont. Il s'enfonça entre deux rochers et émergea quelques pieds plus loin. De lents remous le prirent dans leur ronde (Emporte-moi, faiseuse de paix! Ah! le bien-heureux engourdissement des plaies, ces nuages sur mon front dénoué! Plus que ce mouvement irréver-sible, cette chair voyageuse. Les cuisses, la poitrine enveloppées de lumière palpable, cette neige dans la mémoire. Qu'il est doux de se taire, de voir les mots crever à la surface, bulles légères, éphémères. Percé de mille fenêtres ouvertes, mon corps enfin lavé par la prise. Plus que cette route avalant les auberges, le sommeil infini, la cire veinée bleue de cette étreinte liquide. Sans racines, nénuphar, libre, libre…). Chris-tophe allait sombrer quand un courant contraire l'arra-cha aux remous et le déposa sur un coude de sable. Il regarda la distance qui le séparait du pont (je sais désormais que cette rivière n'est pas imaginaire).

Il se rendit à sa voiture, changea de vêtements et s'engagea dans un sentier qui menait à une cabane béante de partout: plus de porte, pas un carreau aux fenêtres et un toit réduit à l'état de grillage. La lampe de poche balaya les souris de la place. Une chaise à trois pattes et une table encombrée de bouteilles vides semblaient prises dans l'odeur de bois pourri. Sur le mur du fond, un calendrier racorni figurant une scène de chasse, et une photo de femme dont la bouche jaunie vantait les vertus d'un quelconque dentifrice. Christophe examina longuement ces deux témoins inutiles comme s'il y avait eu entre eux une complicité, un secret à surprendre. Le calendrier datait de 1951, mais il était impossible de savoir si la réclame publicitaire lui était ou non antérieure. Cela n'avait évidemment aucune espèce d'intérêt et Christophe s'irritait de la bêtise d'une telle curiosité sans pour autant réussir à s'en défaire. (Les grottes de Lascaux, version québécoise!) Il regarda une dernière fois la gueule fluorée et le chevreuil traqué, renonça à déchiffrer l'énigme (quelle énigme?) puis, s'enroulant dans une couverture de laine, il se coucha sur le plancher pour chavirer aussitôt dans un profond sommeil.

Il se réveilla très tôt (plaisir de se lever tôt: aucun regard n'a encore froissé la lumière) tant le soleil criblait la cabane délabrée. Il sortit de son sac un morceau de pain et une orange qu'il posa sur la table où ils formèrent comme une nature morte vers laquelle convergeaient tous les rayons du jour naissant. Le fruit incendiait la mie et recevait en retour l'or qui se dégageait de la croûte (la difficulté ne réside pas dans la composition mais dans la découverte de formes amoureuses les unes des autres). Christophe se souvint de ce bibelot qu'il n'arrivait pas à placer dans le salon pour la simple raison que «sa place» était sur le réfrigérateur, de cet ami philosophe dont il ne pouvait souffrir la présence plus de trois minutes parce que le gaillard le traînait dans les ruelles obscures de théories qu'il ne connaissait pas jusqu'à ce que son compagnon s'écroulât de fatigue au pied de son raisonnement (mais quel joueur de cartes c'était!). Avant d'entamer son petit déjeuner, Christophe regarda l'orange et le pain en faisant lentement le tour de la table, et se dit que la connaissance n'était rien d'autre qu'un juste rapport avec l'univers (s'insérer, au bon moment, au bon endroit de toute cette mécanique : rien de plus, rien de moins). Parvenu à la rivière, Christophe décida de la remonter le plus loin possible vers le nord (au-delà du pont, je ne sais rien d'elle) et commença d'en longer la rive encombrée d'épaisses broussailles. Il avançait péniblement, mais le plaisir de surprendre l'éternel passé de la Windigo, d'en connaître les premières figures (D'où vient-elle ? A-t-elle jamais commencé ?) lui faisait oublier ses efforts dont l'eau, voyageant en sens inverse, semblait se moquer. Puis il s'arrêta au pied d'un ruisseau peu profond qu'il hésitait cependant à franchir. Quelque chose l'empêchait de poursuivre sa route et il sentait qu'il serait téméraire d'aller au-delà de cette frontière sans avoir identifié la force qui l'y retenait. Il scruta attentivement cette eau froide qui se jetait quelques pieds plus loin dans la Windigo, et vit plusieurs jeunes truites qui résistaient vainement au courant qui les emportait. Ce n'était certainement pas leur simple présence qui inquiétait Christophe (ces truites viennent d'un lac, puis après ?). Il essaya de détacher son regard du ruisseau pour le poser à nouveau sur la rivière : peine perdue. Il était littéralement hypnotisé par ces eaux bavardes dont il ne pouvait décrypter le langage en grande partie à cause de ce débit trop rapide que provoquait l'approche de la Windigo. Il longea donc le ruisseau jusqu'à ce que celui-ci se fasse plus silencieux et que le fond de sa parole soit de sable immobile. C'est alors qu'il vit apparaître au creux du ruisseau le visage de Geneviève dont les traits sans cesse composés par le mouvement de l'eau étaient à la fois ceux d'une enfant et d'une femme. L'image disparut, puis vint se loger dans la tête de Christophe (remonter ce ruisseau, trouver le lac qui le nourrit).

À mesure qu'il progressait, il lui venait des pensées multiples qui ne faisaient pas plus de bruit qu'une brise dans une porte ouverte. Quel bien-être dans cette tête qui d'habitude grondait et gémissait dès qu'une image ou une pensée y pénétrait. Hier encore, des hordes de brigands à l'assaut. Maintenant, un peuple de colombes glissant sur un parquet ciré. Peut-être l'effort verrouille-t-il les portes qu'il essaie d'ouvrir? Un ruisseau ou la métamorphose des Huns en blanches colombes! Mais de ces pensées Christophe ne pouvait se souvenir: elles allaient et venaient sans laisser de trace comme si elles entraient par la porte de sortie. Aucune preuve de leur passage, si ce n'est une sorte de vide que ni les parois du crâne ni l'avant et l'après ne pouvaient démarquer. «Le silence est fait de paroles qui se taisent» (Geneviève).

La vieille marâtre, se sentant menacée, profita d'une distraction de Christophe (il avait songé à Charlevoix) pour le rappeler à l'ordre: «Les seules pensées fécondes sont celles qui s'incrustent dans le cerveau, non celles qui le lavent, le vident. Je te l'ai toujours dit: l'oisiveté est un mirage peuplé de songes décevants. Que te reste-t-il de tout ce va-et-vient de fantômes? Une impression de paix et rien dedans, rien au bout. Je suis l'effort, mais aussi le résultat. Sans moi, tu es voué aux chaînes éternelles de l'ignorance, chaînes d'autant plus fortes qu'elles te sembleront légères. Incline-toi profondément à mes pieds et tu posséderas la terre. » Christophe eut la sagesse de ne pas argumenter et la vieille, tombant hors de lui, se noya elle-même dans un pied d'eau. (Quand avec mes hâleurs ont fini ces tapages/Les Fleuves m'ont laissé descendre où je voulais.)

Christophe s'arrêta : un autre ruisseau s'offrait à lui. Lequel est lequel ? Il opta pour le nouveau venu après s'être assuré qu'il charriait lui aussi des truites. Pourquoi celui-ci plutôt que l'autre ? Il n'en savait rien, et c'était tant mieux. (Pile et Face, auteurs du *Livre de la sagesse.*) La présence prochaine du lac se traduisit par une joie accrue : un panneau indicateur ne l'eût pas convaincu davantage de la justesse de son choix. « Le hasard est un choix inconscient, heureux ou malheureux selon qu'on accepte ou rejette l'événement dont il est le germe » (Geneviève).

Il enleva ses chaussures, retroussa le bas de ses pantalons et marcha dans le ruisseau. La douceur des cailloux, la fraîcheur de l'eau, le soleil pataugeant à ses côtés, tout lui disait qu'il était bel et bien là où il devait être. La facilité de ses pas ne cessait de l'étonner : pas un faux mouvement, le balancement parfait d'une pierre à l'autre, l'équilibre d'une bête. S'il hésitait parfois, c'était pour mesurer la distance d'un saut et poursuivre, aussi léger que les feuilles lui frôlant les chevilles. Déjà il pressentait l'audace et la maîtrise de ses gestes futurs (bientôt je voyagerai en torrent).

Il connut néanmoins des instants de doute. Le ruisseau s'était soudainement rétréci et semblait vouloir aller s'étouffer dans une mare. Christophe repoussa l'hypothèse d'une erreur et continua d'avancer. Sa fidélité fut récompensée. Le ruisseau s'élargissait progressivement et devint un torrent tout blanc d'écume. Christophe y mena une course folle, s'agrippant à une branche, bondissant sur un rocher, reprenant souffle à la faveur d'une berge. Grisé par les soubresauts et revirements imprévisibles de l'eau, il avait l'impression de franchir des milles en une seconde, tant la forêt chavirait de tous côtés. Plus loin, le torrent redevint ruisseau (heureusement, car je n'aurais pu chevaucher une telle bête encore bien longtemps) et l'eau, quoique plus profonde, se fit à nouveau songeuse (le ruisseau est un rêveur, le torrent un visionnaire).

Le soleil s'affaiblit. Christophe s'inquiète. S'il allait ne pas gagner le lac avant la tombée de la nuit. Une autre heure s'écoule au fil du même ruisseau que la brunante peu à peu efface. Mais voici que sous ses yeux remue faiblement ce lac qu'une fillette avait inventé le matin même, il y a dix ans.

Geneviève avait raison : longue et nécessaire est la chevelure d'amantes qui mène jusqu'à elle. Depuis ce jour où Christophe découvrit que la rivière nourrissait des liens étroits avec le lac, qu'elle trempait sa force au lacis des ruisseaux avant de s'élancer vers un déchiffrement de l'inconnu, il s'enferma chez lui. C'était la seule voie possible. Si la Windigo lui avait brusquement arraché l'âme au point qu'il avait failli en mourir, c'est qu'il en ignorait le paisible enfantement. Fable de l'homme, piétinée par les sabots qui lui promettaient une glorieuse équipée. «Il est strictement interdit d'enfanter sans le concours d'un homme ou de soulever une montagne sans l'autorisation préalable du maître» (*Manuel des visionnaires*).

L'eau, cette image de l'espace et du temps enfin réconciliés dans les mailles limpides, n'était-ce pas son âme qu'on avait ainsi déployée dans la forêt pour qu'il en perçoive le véritable cheminement ? Comme elle se joue des caprices du sol et de l'heure ! Le jour ne saurait la tarir, ni la nuit l'égarer. Elle retourne tous les pièges, elle est le filet renversé. Elle suscite les arbres qu'elle abreuve, féconde les pierres. Née du silence, formée au fil des songes, sa parole recule le lointain : sa source est aussi sa fin. Malheur à celui qui croit pouvoir l'entendre sans avoir apprivoisé son oreille aux bruissements qui la précèdent ! Malheur à l'esprit qu'un ventre n'a pas conçu et que les chevelures n'ont pas délié.

« L'homme qui songe est un dieu, celui qui pense un mendiant ! » Que de fois Geneviève lui avait-elle répété ces mots ! Il en pénétrait maintenant le sens, et renonça à tous les raccourcis que l'impatience dessine au dos de l'errance (si je parviens à recréer en moi l'immobilité du lac, racine de tous les mouvements harmonieux, peut-être connaîtrai-je ces amours dont Geneviève est l'achèvement). Christophe se livra donc à des gestes et à des objets futiles qu'il investissait du pouvoir d'instaurer la paix en son être tourmenté.

Dehors, la neige déchaînée tournoie, grimpe, flotte, puis s'abat contre le mur d'un vent contraire qui la gifle et relance sa course. Des colombes aveugles s'assomment aux arêtes des toits, poudroient de leur plumage hérissé d'invisibles corridors. Les maisons s'arrondissent, les fenêtres se retranchent derrière un treillis de givre. L'hiver façonne à grands coups d'ailes des chambres qui lui sont fermées. Dans l'une d'elles, Christophe s'apprête à jeter la ligne.

Tisonnier à la main, il relève une flamme fatiguée, fouette les paresseuses assises aux angles de la cheminée, en caresse une autre qui vient de percer l'écorce, resserre tout ce troupeau en une seule gerbe droite et forte. Il lui faut un feu aussi tranchant qu'une lame d'acier pour découper dans le froid ce cercle de chaleur, ce trou dans la glace où laisser flâner un hameçon. Peu à peu, une douce tiédeur se répand dans la pièce. Dehors, les chevauchées meurtrières. Ici, l'égouttement tranquille du temps.

D'abord faire taire les rafales de l'intérieur. Et surtout ne pas céder à la tentation d'ouvrir la fenêtre pour se griser, ne fût-ce qu'une seconde, de toute la violence de cette blancheur. Christophe est désormais prévenu, il sait que la moindre détonation hisse des voiles à son coeur, qu'un ciel cravaché d'éclairs le taillade de couteaux délicieux, qu'un canot fracassé le remplit d'une joie insensée, et qu'à un seul mot d'Hamlet il incendierait la ville par simple goût des girandoles insolites. Mortelle race icarienne!

«Charlevoix, mon frère, tu n'es pas mort. Je suis cette coquille de gland où tu voulais te réfugier. Tes misérables lunettes, j'en recollerai tous les morceaux. J'irai au bout de cette nuit qui t'a brisé, je te le jure. Mais je dois attendre encore un peu, sinon je m'écroulerai à tes côtés, vaincu à mon tour, le rêve bavant à ma bouche, comme une bête ensanglantée. Ne me juge pas. J'aurai des gestes qui te sembleront dérisoires, mais souviens-toi de ta propre liturgie à l'étable, et tu comprendras. Nous sommes des aventuriers avec des mains de prêtre! Quand nous les aurons suffisamment durcies au pelage des bêtes familières, nous partirons. Charlevoix, mon frère, tes bottes trop grandes…»

Christophe apaise son regard fasciné par la tempête en le ramenant près de la cheminée ainsi qu'un chat affolé que la chaleur endort. Il sent bientôt l'engourdissement gagner son corps, les traits de son visage se relâchent, le tisonnier dans sa main s'allège. Et pourtant, dans sa tête, aucune ombre de sommeil. Au contraire, à l'assoupissement des membres correspond une sorte d'attention diffuse, sans objet précis, l'attente. L'enfant sur son rocher pratiquait déjà cette immobilité complice des truites. Peu à peu, Christophe se laisse captiver par les figures multiples que les flammes esquissent au fond de l'âtre.

C'est une ballerine dévidant son corps pour une arabesque et dont le mouvement dégage une blanche lumière qui aussitôt la consume. Un sein violet qui s'incline vers un baiser. Des mains jointes. La flèche chancelante d'une cathédrale. Une procession de femmes et leurs hanches déroulant des cerceaux à l'infini. C'est la nuque courbée des collines au crépuscule, l'éclatement d'une orange au pied d'arbres verdâtres, la respiration bariolée d'une sorcière, une chevelure bleue qui pavoise des courtines vermeilles, la chair cendrée fuyant la caresse (cet éclaboussement de formes et de couleurs, n'est-ce pas Geneviève?).

Le feu brûle ses propres armes, c'est là son secret. Son étreinte pénétrante réduit toutes choses à des parfums. L'écorce la plus imperméable, le bois le plus vert se livrent, après de brèves résistances, à ses longs baisers mauves. Crépitement, sifflement, pétarade, gémissement ne sont qu'une mise en scène réglée conjointement par la victime et l'assaillant. L'oeuvre commence lorsque le feu renonçant à la flamme s'enferme à l'intérieur du bois. Ainsi, à cette seule condition (qui le rend invisible), est-il le sourcier des essences. Voilà pourquoi Christophe n'avait perçu dans la cheminée que le visage reflété de Geneviève, des bribes de visage énumérées à la vitesse d'une lumière agonisante. Il comprenait enfin ces perpétuelles fuites de Geneviève qui le faisaient tant souffrir (une bouche qui se dérobe, une main qui s'esquive, une chair qui se refuse) : toute femme qui fuit vous guide vers elle. Bêtise de l'homme : elle le convie à une fête plus intime et il s'attarde à presser son ombre contre sa poitrine. (La danse n'est que l'enveloppe de la musique, la flamme que le reflet du feu.) Christophe se souvint alors de son rêve de jadis : cette forêt au fond du lac Alouette où Geneviève l'avait attiré par ces jeux de lumière que sont les truites.

La neige continue de tomber, mais si lourdement que le vent, tel un cavalier prisonnier d'un songe, n'arrive plus à soulever la spongieuse laine qui boit tous ses élans. Christophe s'est avancé près de la bibliothèque qui déploie, chatoyantes, ses phalanges victorieuses : les classiques armés d'une solide reliure noire, les non moins prestigieux boucliers étrangers, les recrues intrépides aux flancs presque nus, et quelques visiteurs historiens ou critiques fouinant parmi leurs rangs (donnons à Alexandrine ce qu'elle veut avant que cette divagation militariste ne m'entraîne dans une guerre trop coûteuse : seule la conquête de la vérité fait les soldats immortels — les poignards traversent les poitrines, mais que peut le temps contre un livre inspiré ? Satisfaite, là ?).

Christophe prit un livre, en lut quelques lignes et le posa sur la table. Puis il le reprit après s'être soigneusement lavé les mains. C'était une manie ! Quinze fois par jour, il répétait ce geste qui, non seulement, pensait-il, accroissait sa perception sensible, mais sans lequel il eut été incapable de lire ou d'écrire. Une poussière sous l'ongle ou un peu de moiteur sur les paumes formaient un écran opaque qui anéantissait tout effort de la pensée, comme si celle-ci devait obligatoirement passer par la main et se brouillait à la moindre impureté qu'elle y rencontrait. Quelle joie de promener ses doigts sur le livre, d'en tourner les pages, d'en lisser la charnière, de palper ou d'effleurer sa chair pulpeuse ou friable ! Christophe s'attardait de longs moments à cette première lecture qui lui procurait un plaisir différent et peut-être plus intense que celle des yeux. Parfois même, il croyait la seconde superflue s'imaginant que les mots caressés monteraient d'eux-mêmes jusqu'à lui. Ainsi cet homme qui ignorait l'art d'égrener ses pas dans la rue connaissait la voluptueuse flânerie des doigts.

Mais la vieille ne tolérait pas de tels vagabondages : « Un livre doit être exploré, fouillé de la première à la dernière page. Chaque syllabe dévorée ! Que pas une parenthèse ne vous échappe. Vous me remettrez votre copie lundi. » Condamné dès son plus jeune âge aux lectures forcées, Christophe entendait encore la voix criarde de la vieille : « Jusqu'au bout, jusqu'au bout ! » Mais le souvenir du ruisseau où elle s'était noyée lui donna le goût de l'école buissonnière (ce roman m'ennuie : l'ombre sera épaisse et les étoiles scintillantes jusqu'à la fin, le héros libertin viendra moucher ses fautes passées dans la robe indulgente de la fiancée. En voilà assez ! Au feu, la vieille !). Heureux comme un gamin à sa première cigarette, il lança le livre dans la cheminée. Une mauvaise flamme jaunâtre s'en dégagea (l'épreuve du feu me donne raison). Puis l'idée lui vint de faire subir le même sort à tous ces fâcheux que lui avait imposés la marâtre. Il y en avait bien une centaine qui croupissaient sur les rayons, appuyant leurs corps débile contre des noms sacrés (délivrons les dieux de leur image falsifiée). Il les exécuta sommairement, saluant chaque condamné d'un cri joyeux: «Au feu, la vieille!» La besogne achevée, l'odeur des macchabées dissipée, le silence se répandit dans la pièce.

Christophe ouvrit un livre, et s'y enfonça sans bruit comme on disparaît dans la mer… Des femmes l'enveloppèrent aussitôt d'une si douce tendresse qu'il crut s'évanouir. Leurs doigts trop délicats s'emmêlaient en de fragiles couronnes, et lui, il rêvait de leur donner son coeur à moudre. D'entre leurs cils tombaient des regards qu'elles épinglaient à leurs gazes et il en jaillissait des fleurs dont elles se parfumaient le corps. Des fruits dorés éclairaient la sombre frondaison, les arbres marchaient parmi des étoiles rouges et des nénuphars cependant qu'un jeune dieu ravissait la plus belle à deux pas d'une robe dont le printemps avait fait son jardin. Puis d'un coquillage immense s'épanouissait la femme unique… Christophe ne put retenir un geste enfantin: il porta à ses lèvres les algues blondes qui flottaient autour de son visage. Pour la première fois, il croyait voir Geneviève telle qu'elle était, l'image pure de Geneviève que son désir maladroit ne brouillait plus. Un poète l'avait connue, aimée avant lui! Il en ressentit une grande joie: cette femme existait donc. Il savait gré à cet heureux amant de lui avoir donné un corps plus beau que lui-même ne l'avait imaginé. Mais on verra bien, pensa-t-il, si cette perfection n'est pas l'esquisse d'une beauté encore plus grande (qui sait quelle Geneviève m'est réservée?). Ce poète avait nom Botticelli.

Christophe se leva, mit une bûche dans la cheminée, et se rendit à la fenêtre contre laquelle il appuya son front. Il ne neigeait plus, le vent s'était couché au ras des maisons (je ne risque plus rien). Mais la brûlure du froid sur son front réveilla les galops endormis. On l'appelait, c'était certain. Toute cette neige offerte à ses pas! S'il ne s'y précipitait immédiatement, elle allait repartir dans le premier traîneau que le vent ne manquerait pas de lui fournir. Et Dieu sait si elle se lasse rapidement, aussi légère qu'une femme ou qu'une feuille de papier. Elle attend quelques instants et si personne ne vient, hop là, envolée! Prochain rendez-vous : dans un jour, dans un mois. Christophe sentit tout le silence amassé depuis le matin s'échapper par cette brèche dans son front. Il fallait s'éloigner de la fenêtre. Mais où trouver la force nécessaire? Abandonné à lui-même, il serait resté là, tel un enfant fasciné par les chariots de bohémiens. C'est alors qu'un souffle effleura sa nuque et qu'une mèche mouillée lui frôla la joue. Se détournant vivement, il vit au fond de l'âtre le coquillage se refermer sur une épaisse chevelure dorée. Une fois de plus, Geneviève le sauvait d'un mirage : le temps n'était pas venu de s'aventurer hors du silence.

Fin d'après-midi. Les heures brunes avaient gagné les murs de la pièce. Christophe alluma une lampe. «Tiens ton regard fixé sur l'eau tiède qui coule de cette lampe et je te promets la paix.» (Au point où j'en suis, un exorcisme de plus ou de moins!) Il s'assit donc devant la lampe et s'efforça d'y concentrer son regard. Mais si les yeux étaient immobiles, la pensée, elle, recevait Alexandrine et buvait avidement les potions de la joyeuse commère. Christophe rageait de la voir ainsi s'intéresser à des histoires d'une cruelle banalité : est-ce que les religieuses prennent leur bain dans l'obscurité? Peut-on traverser l'Atlantique en chaloupe? Oui, je sais, la hauteur des vagues… Mais une chaloupe, c'est léger, ça devrait pouvoir déjouer n'importe quelle vague. Peut-être qu'un canot d'écorce ferait mieux l'affaire. D'où venaient les Indiens avant d'être sauvages? Est-ce que la concierge viole son mari? Que deviennent les lettres égarées? Les employés des postes les lisent le soir quand il n'y a pas de variétés à la télévision : «Chérie, écoute-moi ça : «Je t'aime et t'embrasse partout!» Une inondation qui durerait toujours, ce serait amusant. On sèmerait des truites dans les rues, le métro serait un sous-marin, tous les architectes seraient des enfants. Au fait, est-ce que Voltaire avait des enfants? Est-ce qu'un philosophe peut avoir des enfants? Question épineuse. Certains oui, d'autres non. Tout dépend des exigences ontologiques de leur système. Excusez ce dernier gargarisme. Ce n'est pas grave, dites-vous? Au contraire, j'ai commis une faute très grave : les mots doivent signifier. Je suis au cœur du problème? Ça ne m'en sort pas. Calver et Luthin : de qui est ce calembour involontaire? Maman Jammes, maman Jammes…

Christophe allait renverser la lampe d'un coup de poing quand il vit derrière les gesticulations de la commère se répandre une nappe lumineuse. Dès lors cessa le bavardage absurde qui l'étourdissait et une paix liquide descendit en lui. Cela venait du dehors et l'imbibait, comme si par une mystérieuse osmose tout son être fût devenu perméable à cette blancheur qui l'envahissait. Puis la lampe elle-même disparut et Christophe eut la sensation d'être un minuscule point fixe baigné d'une lumière dont il était à la fois la source et la réflexion. Il prit peur et cria violemment pour se réveiller de cette neige trop douce : «Je suis Christophe Ulric, je suis Christophe Ulric.» L'abat-jour émergea intact et les galoches d'Alexandrine retentirent aussitôt, pénibles mais rassurantes (assez de cette paix qui singe la mort ou la folie. Et si je n'avais pu me dégager de cet infime cachot, cette pointe de stylo? J'aurais dû me méfier : les jeux de Geneviève, je les connais).

Il éteignit la lampe, en ralluma une autre, et se dirigea vers la salle de bains. En tournant le robinet d'eau chaude, il ne put s'empêcher de murmurer à l'intention de Geneviève : «Cette eau est moins dangereuse, j'en contrôle le débit.» Heure délicieuse que celle du bain. La chair enfin assouplie, le tiède brouillard des vapeurs, les savons aux couleurs parfumées, les mains aussi légères que des fleurs aquatiques parmi le grésillement bleuté de la lavande, les serviettes pendues tout autour comme de fraîches ensevelisseuses, les flacons aux odeurs palpables, les couleurs délavées, l'ardoise d'un miroir embué (la salle de bains est une forêt imaginée par un enfant de la ville). Christophe passa des vêtements propres; il se sentait beau, il allait sortir. «Oh! combien de marins, combien de capitaines…»

La nuit était tombée, mais elle restait curieusement suspendue à quelques pieds du sol, comme repoussée par la clarté laiteuse de la neige dans laquelle Christophe avançait aussi heureux qu'un oiseau griffonnant la surface blême d'un lac. Pas de lune. Plus d'angoisses. Du moins le croyait-il. Après tout, la femme n'était-elle pas exclusivement un être de fantaisie? Chapeaux, bijoux, dentelles, cosmétiques et talons hauts : l'élégance n'était-elle pas une forme d'humour? (Muse: celle qui plonge l'écrivain dans le noir pour mieux se faire une beauté. Les mots les plus profonds sont parfois nus, le plus souvent couverts de tissus légers. C'est tout Shakespeare.) Christophe sifflotait, cultivant inconsciemment une désinvolture dont il aurait besoin et qui lui ferait évidemment défaut. Les rues étant désertes, il en profita pour régler son compte à la foule, une fois pour toutes (tels sont les chiens, telle est la foule. Le jour où vous découvrez qu'ils sont myopes et que votre silhouette fait le double dans leurs prunelles, vous cessez de les craindre. Dis-toi bien, Christophe, que l'obésité bougonneuse des épicières et le cerveau crotté des voyous sont des armures de papier mâché.).

De ce pas allègre, Christophe se dirigeait vers un café qu'il fréquentait jadis pour ses tartes au citron et ses nombreuses clientes. Il s'asseyait toujours à une table dissimulée par la boîte à musique, d'où il pouvait regarder, sans attirer leur attention, les jeunes filles se pâmer d'un coca ou d'une guitare électrique. Elles étaient plutôt banales, à vrai dire, avec ces immenses chandails qui leur battaient les genoux et ces airs de collégiennes fautives empruntés à Sagan en même temps que le rouge à lèvres de maman. Elles avaient des castagnettes au bout des doigts, un foulard noué autour du cou et dans le cœur un magazine américain. En deux minutes, elles avaient séché tous les cours, brûlé foyers, églises, sociétés; puis, c'était l'aventure sous les caméras, l'hôtesse de l'air séduisant le passager cossu, l'inévitable croisière sur les mers du Sud (quelque part en dessous de l'Alaska et de la Gaspésie), et pour les plus ambitieuses: les collants noirs de la première ballerine ou la poitrine meurtrie d'une Phèdre irrésistiblement belle, avec des légions d'Hippolytes moins pudiques à la sortie. «C'est tout ou rien! Garçon, un autre coca.» En attendant, il fallait bien tricher, déjouer les monstres qu'on ne pouvait encore abattre. Baisers volés, rêveries érotiques, crises religieuses, une dose de spleen, deux pages de *Seventeen,* etc...

Malgré leur enfantillage assommant, Christophe passait des heures à les contempler. De temps à autre, un sourire le payait de son admiration. Comme l'étrange garçon ne relevait pas l'invitation, c'étaient, parmi les verres entrechoqués, des éclats de rire étouffés. Il n'avait aucune envie de se mêler au groupe. Seuls le fascinaient ces chevelures, ces mains, ces nuques et ces visages s'agitant dans la lumière sucrée. Et il y avait ces trop courts instants où l'une d'elles, cessant de jouer, passait un doigt sur ses lèvres songeuse comme une enfant au milieu d'une ronde. «Si on pouvait fondre tout cela dans un seul creuset, pensait alors Christophe, tous ces regards barbouillés, il en resterait quelques onces d'or liquide, de quoi vivre toute une vie sans manquer de tendresse.» Mais de cette alchimie, Christophe, trop timide, ne pouvait que rêver. De l'église à ce café, c'était toujours la même natte qu'il souhaitait et n'osait dénouer.

Parfois une jeune fille venait s'asseoir à la table voisine. Elle n'était pas de l'autre bande, ni d'aucune d'ailleurs, car Christophe la vit toujours seule. Elle portait invariablement un long manteau de laine bleu, un pantalon gris et des bottes en cuir. Ses cheveux bruns lui tombaient jusqu'aux épaules. Elle n'avait de visage que de grands yeux. À sa main droite, une pierre mauve. Elle buvait lentement un chocolat chaud sans détacher son regard de la nappe à carreaux rouges et blancs, allumait une cigarette dont elle ne tirait que quelques bouffées, la laissait s'éteindre dans le cendrier, déposait une pièce de vingt-cinq sous près de la soucoupe, puis sortait comme si elle était vraiment entrée quelque part. Christophe ne se souvenait que de la bague et de ces yeux profonds, trous de lumière immobile où il serait volontiers jeté. (Chez elle, la décantation a atteint l'extrême point de pureté. Le corps et les gestes ne font plus qu'un peu d'ombre ceignant l'âme, une mince pellicule ainsi qu'une gangue déjà saturée d'or. Elle s'est retirée dans ses yeux; si elle les fermait, elle deviendrait invisible, seule l'améthyste voltigerait au-dessus de la table désertée.)

La neige s'était remise à l'ouvrage. Elle filait de grands jets de coton qui tamisèrent bientôt l'haleine jaunie des réverbères. Le jour, c'était la troïka déchaînée; le soir, le rouet paisible. Tantôt diablesse, tantôt grand-mère, la neige orchestrait savamment l'hiver : cravaches et pantoufles, comme dans les ménages réussis. Christophe remontait la dernière rue le séparant du café, résolu à aborder l'une des femmes qu'il y rencontrerait pourvu qu'elle porte une bague ou un foulard. Il ne lui venait pas à l'esprit que les jeunes filles de jadis... Il s'imaginait les retrouver toutes, plus vieilles de quelques années, mais vêtues du même chandail et sirotant le même coca. Aussi faillit-il faire demi-tour quand il vit, dès le seuil de la porte, tous ces chemisiers de coton indien plus transparents que les gazes de Botticelli, tous ces jeans rapiécés, fleuris. Mais puisqu'il était là, autant s'y réchauffer.

Il alla s'asseoir à la seule table libre et commanda

un café. Il venait d'allumer une cigarette quand elle entra. Voyant son embarras, il l'invita d'un geste de la main qu'il voulut le plus naturel du monde mais qui trahissait néanmoins une fébrilité anormale. Elle s'avança, Christophe se leva :

— Si vous voulez vous asseoir, je m'en vais, dit-il.

Elle eut un sourire amusé qu'elle ne put retenir à temps. Le ton sur lequel Christophe avait dit cette phrase la rendait équivoque. De plus en plus troublé par l'améthyste, il tenta de se reprendre :

— Je veux dire que cette table est libre puisque j'ai terminé.

Au même moment, le garçon lui apporta son café. Elle posa alors son sac sur la table, et invita Christophe à s'asseoir :

— Vous êtes trop gentil, ça ne m'ennuie pas du tout. Allez, buvez votre café et excusez mon sourire de tantôt.

— Un sourire ne s'excuse point, lui répondit-il, fâché de ces mots qui venaient de lui échapper.

Chaque fois qu'il voulait dire une chose simple, de crainte de bredouiller quelque sottise ou de rester bouche bée, il se prenait à citer Cary Grant ou Errol Flynn. Mais, encore une fois, la maladresse du ton le sauva. Elle comprit qu'il n'était en rien un virtuose de la séduction et que sa préciosité procédait plus d'une gaucherie enfantine que d'intuitions galantes. Il appela le garçon et commanda « un chocolat chaud pour Mademoiselle ». Confus de son étourderie, il demanda :

— C'est bien ce que vous prenez, n'est-ce pas ? Je ne sais trop pourquoi j'ai dit cela. Peut-être à cause de votre bague et de vos yeux.

— Continuez, je vous prie. Ces associations me fascinent.

Christophe hésitait. Après le «sourire qui ne s'excuse point», il n'allait pas lui servir le «vous me rappelez quelqu'un». Comme elle insistait, il lui raconta l'énigmatique jeune fille d'alors sans oser la regarder de toute la courte durée de son récit. Il s'attendait au sourire moqueur dont on accueille ce genre de boniments et s'estimait ridicule, disgracié. À sa grande surprise, elle lui dit :

— Rassurez-vous, je ne bois que du chocolat chaud.

Ils restèrent là, silencieux, jusqu'à ce que la cigarette eût déroulée sa dernière volute.

— Je vous raccompagne ?

— Si vous voulez.

Ils marchèrent côte à côte, leur pas s'enfonçant dans une neige et un silence de plus en plus lourds.

«Suis-je bête ! Elle est là, je voudrais tout savoir d'elle et je me tais. Si j'ouvrais la bouche, quelle débâcle ! Je devrais lui demander son nom, c'est le premier mot derrière lequel viennent se ranger tous les autres. Mais je n'en ai aucune curiosité de son nom, j'ai l'impression de déjà le connaître. Avec de tels yeux et une améthyste, comment ne pas s'appeler Véronique ? Ou je me trompe et elle me croit fou ; ou je dis vrai, et elle s'imagine que je l'ai filée. Bon ! Je suis certain maintenant que si je lui adresse la parole, je vais prononcer son nom. Une gaffe de plus ! On ne fait pas plus brouillon que moi. Et cette commère de malheur qui me débite parfois des discours entiers sans une faute, orthographe et ponctuation comprises, n'est jamais là au bon moment, naturellement. Il n'a pas l'air de lui peser à Véronique, ce silence. Elle m'a sans doute déjà oublié. Ce n'est pas moi qui l'en blâmerai. Au contraire, je l'envie de pouvoir côtoyer un fantôme sans même s'en effrayer. Ce que je donnerais, moi aussi, pour l'oublier ce compagnon ennuyeux. L'oubli total, du haut d'un pont… Mais voilà, il faudrait qu'on me pousse ou que je trébuche, car je n'arriverais pas à sauter ! Incapable de vie, inapte à la mort. Une naissance éternellement agonisante, encore et toujours les limbes. Synthèse des néants, celui de derrière dont on n'émerge pas vraiment tout à fait, celui de devant où on ne s'enlise jamais assez. Tiens, voici Alexandrine de retour, vêtue cette fois en pleureuse. C'est un peu tôt, non ! Véronique est toujours là que je sache. Il est peut-être encore temps. L'inspiration, l'illumination, ça doit exister, sinon on ne les aurait pas inventés ces mots. »

— Nous y sommes, dit-elle, en s'arrêtant devant une grille.

C'était raté, pensa Christophe. Il lui serra la main :

— Bonsoir, Véronique.

— Mais comment savez-vous mon nom ?

— Toujours à cause de vos yeux et de l'améthyste.

— L'autre s'appelait ainsi ?

— Je ne sais pas.

— Je vois.

— Qu'est-ce que vous voyez ?

— La même chose que vous.

— Mais je ne vois rien

— Moi non plus. Je crois qu'il est temps d'invoquer le hasard, n'est-ce pas?

— Le hasard ne fait toujours que la moitié du chemin.

— Et vous vous apprêtez à faire l'autre moitié, je suppose.

— Oui, je rentre chez moi.

— Vous mentez mal. Je présume que vous n'habitez pas sous les ponts. Venez, je vais vous préparer un chocolat chaud. Rien de mieux pour amortir les chutes.

Christophe la suivit, sans résister, comme on se laisse couler au fond de l'humiliation. (Je me laisse ramasser comme un enfant gelé qui pleure dans la rue. Elle va me bourrer de friandises, me consoler le gros chagrin par des baisers d'âme soeur. Et moi qui rêve d'amour! Comment pourrait-elle savoir que j'ai un coeur d'enfant coincé dans une tête d'amant? Consulter un psychiatre: «Tous vos maux, cher monsieur, viennent d'une combinaison psychologique indigeste: le sein et le caramel, passé l'âge de trois ans, se mangent à des moments différents. Supprimez l'un ou l'autre, vous vous porterez à merveille. Vu votre âge, je vous conseille d'abandonner le caramel. Vous y reviendrez plus tard.»)

Véronique avait raison. Le chocolat avait endormi Christophe, ou peut-être était-ce ces yeux dans lesquels il avait disparu qui lui assuraient une mort moins violente. Il se laissait submerger par la beauté de cette femme, sans aucun espoir, en un pur stoïcisme d'eunuque. Elle lui offrit de dormir sur le divan: elle aurait plaisir à bavarder, il était dans un tel état, etc. Malgré le désir qu'il avait d'accepter son invitation,

Christophe refusa. Il n'allait pas recommencer l'expérience malheureuse de Chlorella. Il se leva, remercia et sortit.

De retour chez lui, Christophe ranime les braises exsangues de la cheminée. Soir de défaite. Pieds et mains abandonnées au feu, il éprouve la douce sensation de ses membres reliés entre eux par les mille et une ficelles d'un sang intact. Mais il ne tient pour rien d'avoir sauvé sa peau. Se survivre? Prisonnier d'une poitrine vide, ronfler à l'abri de la nuit, tout fier de sa carcasse sous les couvertures. L'hymne à la vie, quoi! (Chaque jour qui m'éloigne de Geneviève est un sursis refusé.) Rengaine de l'échec. Il n'était pas né pour cette aventure, cette pauvreté lui était insupportable, ailleurs tout lui serait donné, il n'aurait qu'à écouter Alexandrine, une gloire tricotée sans effort, une existence justifiée, tout un fichier de preuves (des femmes faciles qu'aucune Geneviève ne couvre de son ombre, ne pare de majuscules, ces gouffres insidieux assoiffés de mots qu'ils ne rendent jamais). Et pourtant, depuis longtemps déjà… une robe déchirée, une épaule égratignée, l'appel nocturne de la forêt. Il n'avait pas dix ans que déjà ses jeux mimaient un récit qu'il passerait le reste de sa vie à vouloir comprendre (quelle est l'adresse de cette femme à qui j'écris des lettres blanches?).

La peur, toujours la peur, cette immense araignée qui tisse autour de la main les routes éphémères des limbes, on avait bien tenté de s'en défaire avant de partir. Bains parfumés, poèmes, lampe magique et déesses marines, rien n'avait pu la convaincre de disparaître ou de sécréter une encre moins pâle. Elle se nourrit du silence qui devrait l'effacer, profite de la révolte dont elle est source, croît au rythme de l'espoir (comment sortir de ce royaume où les routes se changent en filets dès qu'on s'y engage ?).

Soir de défaite. Geneviève n'existe pas encore que déjà elle n'est plus. Dernière illusion : croire que celui qui poursuit une image lui-même existe. Pureté de la nuit, perfection des limbes : détruire ce qui de toute façon n'a jamais commencé.

Et la mort que l'on voulait tranchante n'en finit plus d'affûter sa lame contre nos os. On en appelait à la rupture violente, à la brisure définitive qui libère le bateau ennuyé des quais. Mais les amarres trop savamment lovées s'effilochent à peine sous nos doigts meurtris. Sourds gémissements de l'usure. Voyagerons-nous toujours loin de notre regard? À lui la haute mer, à nous les ponts goudronnés, le cabotage nostalgique.

Christophe songeait aux arbres abattus dans la forêt de son père, déchirant l'espace de leur dernier craquement, déracinés du ciel par le poids des nuages, victimes dorant le sol de résine fraîche. Mais à cette mort qu'il enviait répondait la légende gaspésienne des anses pleureuses. Deux chênes géants aux faîtes entrecroisés frottaient leur écorce dans une plainte lugubre que le vent charriait jusqu'au village voisin. Ainsi coincé entre la mer et les râles de l'étrange noce, tout le village effrayé inventait des fantômes, le diable le berçait de sa noire chanson, on en devenait fou. Un prêtre armé d'une hache découvrit les malheureux et mit fin à leur torture (qui donc me délivrera de l'amante frigide?).

S'il est des lieux où souffle l'esprit, comme le dit

la chanson, il en est d'autres où il s'endort. Quelque temps après la rencontre de Véronique, Christophe reçut la visite d'un oncle qui avait fait fortune dans la pomme de terre grâce à une combinaison personnelle d'engrais et de fumier, et qui traînait sur lui, à titre d'échantillons, les fortes senteurs de sa recette magique. Comme Christophe parlait vaguement de la lassitude de la ville, le bonhomme ne manqua pas d'avoir une illumination.

— Quinze jours à la campagne, c'est ce qu'il te faut, mon Christophe. Tu as les joues aussi blanches que des patates gelées. Le grand air, la cuisine de ta tante vont te changer ce petit sang clair en une bonne sauce épaisse, rouge comme du feu.

Christophe n'avait aucune envie de cette cure qu'on lui proposait. Ça l'agaçait même prodigieusement de voir l'intrus décidé à engraisser son neveu.

— Pourquoi pas la moulée à cochon? lui dit-il.

Mais l'autre se mit à rire, son Christophe avait toujours de bonnes blagues, on lui donnerait la chambre à Gaston parti pour l'armée, comme ça il pourrait travailler en paix à toute sa paperasse. Les limbes appellent les limbes, Christophe s'en fut à la campagne.

On se lève très tôt là-bas. C'est pour s'y ennuyer plus longtemps. À la fin de la première journée, l'oncle l'avait initié à l'art de combattre les coccinelles cependant que la tante avait commencé l'opération sauvetage par la soupe au chou et la tarte au sucre. Il avait beau sourire, on lui trouvait l'air triste, malade. Le soir venu, le couple chuchotait des complots apostoliques tout en berçant sa fatigue sur la galerie. Du balcon de sa chambre, Christophe les écoutait compter leurs bons points, imaginer de nouvelles tactiques. Il fallait coûte que coûte dérider ce pauvre neveu prisonnier du métro, empoisonné par l'air sale de la ville, etc… etc…

— Les patates ne semblent pas l'intéresser tellement. C'est curieux, moi, à son âge, je ne pensais qu'à cela. Les insecticides le font tousser, quelle misère ! Il a dit que c'était dommage de mitrailler ainsi ces petites bêtes inoffensives dont les couleurs sont nécessaires à la vie des champs.

— Voyons, Alfred, qu'est-ce que tu me racontes là ?

— Je ne te raconte rien, ce sont ses paroles à lui.

— Ah bon ! Je me disais aussi !

— J'ai cru qu'il était fou.

— Il faut que tu le comprennes, Alfred, tout le monde n'est pas né pour la patate, tu l'as toujours dit. Ce que je ne comprends pas, c'est qu'il a à peine goûté à ma soupe. Mais il a pris deux fois de la tarte, t'as remarqué, Alfred ?

— Ouais… Demain je l'amène faire de la clôture. Un peu d'exercice, ça va lui redonner de l'appétit.

— Si je faisais un ragoût…

— Au fond, il ressemble à son père. Lui aussi, il trouvait ça mort la campagne. C'est la forêt qui les démange.

— Mais laisse-lui le temps d'arriver à ce petit. Il s'y fera, on est si bien ici. N'est-ce pas, Alfred, qu'on a toujours été heureux ici ?

— Bien sûr, la vieille. Seulement, la campagne, il faut la vocation, il faut s'habituer.

(S'habituer ! On ne s'habitue qu'à des rêves avortés !) Toujours l'usure, la petite mort quotidienne, bucolique qui vient brouter au creux de votre main

121

les restes d'une soupe au chou et s'endort dans la fosse peu profonde d'un labour. Nostalgie de cet arbre où se gratte une vache et dont l'écorce se souvient encore des courses à l'orignal. Nostalgie des mares, ces lacs diminués que n'incendie plus l'arc-en-ciel fugitif d'une truite, greniers obscurs où croupissent crapauds et grenouilles. Nostalgie du ruisseau qu'on mène à l'abreuvoir et dont la voix éteinte s'étrangle sous le sabot et la bave jaunâtre. Nostalgie des buttes et des collines, géants ridicules dont s'amusent l'oeil et le pied des enfants. Nostalgie de ces bois que tiennent en respect quatre champs de pissenlits, si maigres qu'une perdrix y fait la loi. Nostalgie des vents dispersés sur les terres plates et qui tirent d'une branche ou d'un silo une faible musique coupée de silences où nichent les chiens.

Et toutes ces moissons qu'on engrange, l'enfant aura à peine le temps d'y sécher un chagrin ou d'y cacher un baiser que la fourche aura mis ses jeux et ses amours à l'étable. Aucune rosée ne saurait le laver des odeurs héréditaires du purin et les lessives gesticulant au-dessus de la cour ne lui vaudront jamais une marionnette. Le père aura beau lui lire l'almanach du peuple, lui faire bouffer de la verdure et du grand air, il sait bien lui, qu'avec sa chemise de flanelle rouge, ses culottes rapiécées et les poules qui lui collent aux semelles, il est cet innocent captif qu'un bruit d'automobile ou un récit d'aventures fait pleurer de joie et de désespoir. Arracher le chiendent, ramasser les patates, puis, les ongles noircis, vendre sa détresse sur le bord de la route. Il sait déjà que monsieur de La Fontaine n'aurait pu faire parler les animaux s'il avait vécu dans une basse-cour. Il sait aussi que les mains tachées de terre n'ont droit qu'aux images du livre, et que les livres de toute façon coûtent plus cher qu'une charrue et rapportent moins. Force lui est de se rabattre sur son paroissien. Ça ne l'amuse guère, mais à qui confier sa soif? Les séances du hangar tournent court : ni lui, ni sa sœur ne connaissent d'autre décor que celui du village, d'autres personnages que ceux du curé et du maquignon.

— Dix sous la livre, monsieur.

— Je t'en donne quinze, mon petit, tu t'achèteras du bonbon.

La voiture s'éloigne, la campagne à nouveau se referme. L'enfant étouffe un sanglot et jette dans le fossé les cinq sous inutiles.

Tristesse des dimanches après-midi, des chemises blanches et des cravates mal nouées que votre chien, inquiet, regarde pendant que sur la galerie on n'en finit plus de compter les voitures qui vous séparent du lundi. Et toutes ces belles étrangères dont les cheveux flottent à quelques pieds de vous, vous leur donnez votre âme et elles n'en savent rien.

Entre ville et forêt, la campagne assassine lentement ses enfants. En ce lieu de vieillesse précoce, les fenêtres allumées ne filtrent plus que des regards myopes. À dix-sept ans, l'enfant cède à l'inconnu, et c'est l'armée! D'une campagne à l'autre, il aura tout perdu jusqu'au moindre souvenir du moindre rêve. (Dire qu'on appelle ça la vie saine, cette tuberculose des eaux et des bois!)

Trois jours plus tard, Christophe, ayant résisté aux pièges vertueux de ses hôtes (le dernier fut un petit tracteur rouge que l'oncle lui offrit de conduire, jouet tout juste bon à égratigner le sol, singe des monstres d'acier qui défient les montagnes), décida de ne pas prolonger leur supplice et le sien. Il les remercia de leurs bontés, on lui trouvait encore mauvaise mine, demain on cueillerait des fraises, etc. Il dut invoquer un travail urgent et ne leur échappa qu'en mettant la voiture en marche.

Près de la route, un enfant se tenait derrière ses boîtes de légumes. Honteux du mirage qu'il suscitait et comme pour l'effacer plus rapidement de ces tristes yeux, Christophe appuya violemment sur l'accélérateur.

Sa chambre ne lui fut pas un meilleur asile. Pendant toute une semaine, il connut la molle cruauté des nuits blanches. Était-ce la fièvre, le délire ou la chanson des anses pleureuses qui le tenaient ainsi éveillé? Une chose est certaine: il aurait bien aimé se voir piétiné et déchiqueté par un déferlement de toute la faune équatoriale. (Il y en aura pour tous. Les bêtes les plus répugnantes, les plus gloutonnes, les plus sadiques sont particulièrement invitées. N'entendez-vous pas le râle de mon âme sonner la curée? Elaps vient de chez Hermès, quelle douce écharpe à mon cou! Gaviol aura les orteils, Eunecte les cuisses, et si Moloch veut bien se donner la peine de fouiller du côté des aisselles, il y trouvera un peu de viande. Phacochère, naturellement, s'empiffrera d'intestins. Roussette, contente-toi des cheveux. Et que tous les autres dont j'ignore le nom fassent comme chez eux.)

Au lieu de quoi, tantôt assis, tantôt couché, Christophe se voit grignoté par ces peuplades d'images jusque-là tenues pour inoffensives et qui n'en préparaient pas moins, à l'insu de la mémoire, l'émiettement de la conscience.

C'est, dans la cour du collège, un ballon qui roule

dans une flaque boueuse; le retour à la salle d'études où les galériens enchaînés aux gros dictionnaires suent abondamment sous l'oeil sévère du garde-chiourme : cap sur les langues mortes! Une plume incertaine, l'encre sur les doigts. Le jugement dernier de tous les lundis matin, l'exécution sommaire des moins de soixante. C'est l'automne qui se fane aux fenêtres et votre âme qui se demande déjà si la vie ne cessera jamais d'être verlainienne. Veston bleu et pantalon gris :

— Pourquoi cet uniforme, mon Père?

— Soldat, apôtre, honnête homme.

— Mais je suis un enfant.

Une bille éclatée, une grimace vengeresse. *Deo Gratias!* La fuligineuse neige du printemps… Les journaux intimes tenus au fil des regrets, vaguement poétiques, pleins d'aubes invoquées qui se dérobent de lendemains en lendemains. Un ongle cassé, des cheveux qui tombent, de la cendre de cigarette sur votre gilet : c'est trop peu pour fustiger la condition humaine, c'en est un trop faible raccourci, et pourtant, certains soirs, il n'en faudrait pas plus à votre sang pour se figer dans un dernier bâillement.

La chasse au noumène, ce lièvre invisible tour à tour cible de nos courses métaphysiques, complice des filles inaccessibles. Les confessions de jadis, ou les latrines sacrées dont on ressortait dépouillé de ses rêves, purifié de tout amour, honteux d'avoir vendu son âme pour quelques péchés. Une mitaine bleue évite votre main, un patin blanc s'éloigne, et à nouveau la patinoire comme une chair glacée qu'écorchent les ricochets de votre coeur déçu. C'est une promenade dans le parc, les pelouses froissées de rires amoureux, et votre oeil indiscret, que toute cette tendresse afflige, se console au plumage des canards.

Lassitude des repas et des lectures, une assiette refroidie, un livre entrouvert, les siestes prolongées, les mouches au plafond. Cinq heures dix. Encore une journée perdue à attendre on ne sait trop quoi; quelqu'un ou quelque chose en nous qui attend on ne sait trop quoi. Oublier les heures feuilletées sous le regard implacable de l'horloge, la lèpre des cendriers, ces pas que l'on doit inventer, l'oreiller où les sommeils s'additionnent sans jamais atteindre le compte exact de la mort.

Un autre verre de limonade, de bière ou de vodka. Sept heures trente. On n'a plus d'allumettes, le restaurant n'est pas assez loin, ça ne fait pas une sortie. Le tourne-disque, les revues, quelques pages de… Dix heures. Personne ne frappe à la porte. C'est l'heure où les uns s'ouvrent les poignets, où les autres qui n'en ont plus la force coulent dans une nuit équivoque. Bilan : pas une douleur, pas une goutte de sang, ni mort ni naissance, les limbes (comment décrire cette platitude d'une perfection désespérante sinon avec de l'encre blanche sur du papier blême?).

Retour des rongeurs. Une éclaboussure sur votre pantalon fraîchement nettoyé, un autobus bondé, une fourmi qui ne vous inspire rien. C'est une route déserte entre deux rangées d'arbres qu'on suivrait jusqu'à la Windigo et qui va s'écraser dans un pâté de maisons, accueillie par l'épicerie, célébrée par l'église, colportant son ridicule voyage de perron en perron. C'est une parole qu'on n'ose dire, une femme qui se gratte, une ballerine qui trébuche, une neige qui ne tombe pas, la brume sur la ville et le feu éteint dans la cheminée. C'est votre âme qui demande grâce et votre coeur qui n'en continue pas moins de battre comme s'il n'avait rien entendu et qu'il servait encore à quelque chose de chahuter dans une maison vide.

Vienne l'instant, vienne la mort. *Deo Gratias!*

Cet instant était venu. Christophe se leva. Il était deux heures de la nuit. Il se rasa, se lava soigneusement les mains une dernière fois, mit son plus beau costume, et sortit.

Le pont se trouvait à quelques rues de chez lui. Chemin faisant, il s'égara quoiqu'il fît ce trajet quotidiennement. Un clochard à demi soûl lui indiqua sa route. Christophe hâta le pas, courut presque, et en cinq minutes fut rendu. Essoufflé, il s'appuya au parapet qu'on venait de repeindre en vert. L'eau se devinait à peine, il allait sauter. Alors une femme est venue qui l'a regardé un long moment, puis s'est éloignée sans se retourner.

La mort est trompeuse, Geneviève.
Tes amants ne tombent qu'en toi.

« Tout est possible ! La vie désormais en moi afflue, se déverse, facile, féconde, ouverte, enfin libre. C'en est fait des gros insectes têtus dont les rondes enchevêtrées bourdonnaient çà et là des barrages où s'assommait mon pauvre sang. Si par hasard quelques gouttes perçaient ces frontières, elles étaient arrêtées aux postes suivants. Une vraie pyramide de castors. Les brèches ne duraient que le temps d'un espoir, un doute plus épais les colmatait aussitôt. Au pied de la chute, il ne reste qu'un mince filet si peu profond qu'on ne peut y baigner qu'une moitié de son visage. Ça ne suffit pas. On a vingt-quatre ans, beaucoup de rêves à irriguer. On sait bien que là-haut, il y a tout ce sang captif. On y pense parfois. Ce serait un torrent, une inondation, de quoi fertiliser les pierres. Le débit diminue, les sables triomphent. On a dû consolider les piquets, resserrer les noeuds. Les insectes achèvent leur tâche, nous aussi. Puis on se dit qu'après tout il ne valait peut-être pas la peine d'être déçu, que les récoltes prodigieuses ne nous étaient peut-être pas destinées — on s'illusionne, c'est bien connu —, et que ces quelques pouces de sable que l'on va mouiller de notre dernier regard étaient sans doute notre seul héritage, un jardin fait sur mesure; notre tombe, quoi!

Personne ne pleurera votre départ. Quelques fleurs et puis voilà. Les gens diront: «Bravo, bravo! Bien joué! Quelle sortie! Sa petite phrase, il l'a dite sans fioriture, sans déborder son rôle. Du bon travail, comédien honnête. Ne me parlez pas de ces figurants, valets ou autres, qui ne peuvent se retenir. Ça les démange. Ils se veulent tous Hamlet. Celui-ci a compris. Quel était son nom déjà? Christophe Ulric. Eh bien, il s'est dit: «Je ne suis que Christophe Ulric, tenons-nous-en là.» Bravo! Cette unique réplique d'une cruelle banalité, cette petite phrase que le destin vous a confiée, vous feignez d'y croire, ça ne vous passionne pas tellement, mais puisqu'il en est ainsi.

En coulisses, vous n'en continuez pas moins d'espérer un grand rôle; vous repassez dans votre tête une tirade sublime, essayez un geste fracassant. Un jour, vous cédez à l'inspiration : «Oh! que désormais mes pensées soient sanglantes, pour n'être pas dignes...» Une voix amusée, moqueuse ou irritée, interrompt brusquement votre envolée : «Ça ne va pas, non! Qu'est-ce qui vous prend, mon petit?» Vous regagnez piteusement votre livrée : «Madame est servie.» «C'est beaucoup mieux ainsi, mon petit. Tu verras, tu iras loin.» Quelques autres tentatives malheureuses et les phrases incendiaires ne colorent même plus vos lèvres fermées. Les insectes ont si bien asséché votre rêve que le mince filet où vous ne pouvez baigner qu'une moitié de votre visage suffit à vous noyer.

Que de temps ai-je mis à comprendre que ces digues étaient l'oeuvre de la vieille marâtre! C'est d'elle que naissaient les troupes meurtrières d'insectes, c'est moi qui l'engrossais d'un orgueil insensé. Parvenir à Geneviève, me disais-je. Et je croyais à la vertu de mes propres pas! Oui, je croyais vraiment, suis-je bête, provoquer l'événement, mériter notre rencontre. J'implorais son aide, mais j'étais convaincu de pouvoir me débrouiller seul. C'est que la vieille m'avait bien dressé : «D'une main ferme, dessinez vous-même votre propre visage!» Comment ne pas se rendre à ces séduisantes maximes qu'elle empruntait à ses amis casuistes, boutiquiers aussi ignares que célèbres : «L'homme se fait, l'homme n'est que la somme des ses actes, etc...» Il n'y avait plus qu'à s'adonner à ce jeu dont les chatoiements ascétiques ou libertins ne manquaient pas de charme. Un dernier trait pour la narine gauche et le nez sera très réussi. Vite un miroir. Pouah! On le voulait fin et gracieux, c'est un champignon. Mais il ne faut pas s'attarder à une première expérience. La parthénogénèse a ses règles: patience, obstination, et un brin de complaisance. On le recommence ce nez de malheur jusqu'à trente ou quarante ans, sans plus de succès. Puis on finit par l'accepter tel qu'il est, on lui invente des qualités, il avale bien les odeurs: bref, ce n'est pas un si mauvais nez. De la parthénogénèse au maquillage.

Les pensées, on les travaille assez bien. Mais c'est plus difficile, ça ne rapporte pas tellement. Sol ingrat! Pioche, foreuse, râteau, pelle, charrue, on essaie tout ce qui nous tombe sous la main. Le soir venu, comme on n'a rien trouvé à se mettre sous la dent, on dérobe dans le champ voisin quelques légumes plus ou moins frais: ils étaient si près de nos propres labours, les clôtures sont des frontières artificielles, etc... Parfois des cultivateurs rentiers au service de la vieille ont un bon mot qui stimule: «Celui qui dans toute l'année trouve une idée nouvelle est un homme heureux.» Peu à peu vous pénétrez leur secret: tout ce qui, de près ou de loin, ressemble à un légume (cailloux, herbes, orties), ramassez-le, faites mijoter, fermez les yeux et mangez. Puisque vous les avez ramassés, ce sont des légumes. Si ce sont des légumes, vous devez les manger. Donc la récolte est bonne, ce n'est pas un sol si ingrat.

C'est ainsi qu'on s'enferme dans un personnage grotesque et rachitique, prisonnier de la vieille dont on n'est plus que le paillasson. L'humidité du cachot nous a fait tousser tous nos rêves, son exiguïté nous maintient au ras du sol. Dans le creux de notre main, un trousseau de clefs rongées par la rouille qui n'ouvrent aucune porte. Derrière nous, la fenêtre grande ouverte. On ne la regarde même pas, c'est un mirage. La vieille l'a dit : « On ne peut sortir que par la porte. » De temps à autre, on tourne une clef dans la serrure (ivresse passagère des résolutions), on donne violemment de l'épaule contre la porte, sans conviction, histoire de vérifier une fois de plus l'hermétisme de son malheur, de bâillonner son âme d'une évidence de plus.

Toujours l'orgueil d'écrire soi-même sa propre vie, fût-ce dans une prose médiocre. « Que j'éclate, que je sois autre ! » : élans velléitaires, car l'odeur de la misère nous est un opium nécessaire. Mon gobelet est petit, mais je bois dans… Vive le goutte à goutte. Ma phrase est simple mais pure. Contre mauvaise fortune…

C'est un miracle que Geneviève n'ait pas désespéré de mon incroyable bêtise. Des signes, elle m'en donnait plus qu'il n'en fallait. Je les négligeais, je n'osais les relier entre eux de peur qu'ils ne m'entraînent loin de moi (le je est un cachot, mais je m'y sens chez moi !). Alors tous ces signes destinés à creuser la nuit, ces phares déchiffrant le large, la vieille les confisquait pour nous les montrer par le bout rétréci de sa lorgnette. Les révélations sur le hasard venaient appuyer la thèse de l'omnipotente volonté. L'impossible flânerie, une dangereuse tentation d'oisiveté. L'expérience du silence, discipline en vue d'une plus grande maîtrise de soi. La contemplation d'une lampe et l'immersion dans la blancheur paisible qu'elle provoquait, de la magie noire. Les visites d'Alexandrine, la part honteuse d'une pensée distraite.

Tout était là. Il n'y avait qu'à voir. Toutes ces fenêtres ouvertes, et je continuais à gratter murs et portes de mes ongles écorchés. Je vois enfin que les miettes lumineuses tombées de Geneviève donnent sur un monde nouveau non plus régi par mes débiles mains, mais par la main heureuse de Geneviève.

Tout est possible! La vie désormais coule en moi, ininterrompue, puissante. Doux abandon à l'innombrable sein, et je suis multiple! Adieu, craintes et souffrances, vomissures d'une nuit révolue. Christophe Ulric, ce décadent aux amours infirmes, n'est plus. Il voyage, gifle et mord avec l'insolence d'un prince. Il ne paie rien, ne signe plus rien, une femme s'en charge. Adieu, foules, je ne suis plus du nombre. Invulnérable, vous dis-je. Vous pouvez y aller de vos regards les plus vides, j'enjambe tous les gouffres. Mes tibias sont d'ivoire, mon flanc de marbre, mes semelles de feu. Vous êtes prévenus. Toi, la commère, à la rue! Est-ce clair? Je reçois d'autres invités dont ta présence me privait. Et toi, la peur, compagne morbide de mes suicides quotidiens, toi qui palmais mes doigts, givrais mes baisers, faussais ma voix, sache que je t'ai déjà étouffée sous la chevelure de Geneviève.

Adieu, labours, champs et maisons tout empoissés de semences et de soupes. Je plante des forêts sur ta poitrine plate, je te déchire le ventre de torrents, te voici femme, enfin, pauvre campagne. Laisse là tes pommes de terre, mon petit; secoue la poussière dont les voitures t'ont aveuglé, jette la ligne dans ce lac et les truites te laveront du caquettement des poules.

J'ai tous les pouvoirs, je suis l'amant de Geneviève.

La force de Geneviève coule en mes veines. Christophe Ulric n'est plus. Parti. À la faveur d'un sang nouveau. Vous ne le reconnaîtriez pas, cher oncle. Il ne vous voit plus, chère tante. Les rivages s'éloignent où grouillent les peuplades mangeuses de varech. Le sein de Geneviève fend l'inconnu. Voyager, c'est facile. Il suffit d'épouser une proue.

Finis les portraits de l'artiste par lui-même. C'en est fait des nez laborieux et des chétives pensées. Une femme m'invente, et la mer de refléter mon visage si beau. Car je suis tel. L'eau salée blondit mes cheveux, la crête des vagues blanchit mes dents, ma peau flambe au soeil. Ma nudité n'est plus monotone, au moindre effleurement d'un doigt ou d'une brise, une musique en jaillit. C'est le froissement satiné des amantes au réveil, le fruit moelleux des songes dans la tête des dieux. Je suis le clavier des harmonies errantes, l'auberge des vérités répudiées. Un caillou roule-t-il sur la mousse d'un continent que j'en perçois la chute silencieuse le long de mes jambes. L'imperceptible écoulement du verbe sous une lampe solitaire ruisselle aussitôt en moi. J'ai le je-démiurge bien assis sur des cimes imaginaires? Pas du tout, je n'y suis pour rien, faux débat. Le corps de Geneviève occupe le centre de l'univers, je l'enlace et je connais.

Une femme m'a pris sous sa chevelure. Ancré pour toujours et libre à chaque instant, la voici cette étreinte ardemment souhaitée. Abreuvé des flammes que soufflent autour de sa nuque les serpents dorés, voici le feu animal qui étanche ma soif. Caressé de mèches plus légères, embrassé de toutes parts, dénombré jusqu'en mes plus secrètes attentes, deviné, dévoilé, touché. Tes doigts, pèlerins malicieux, sourciers de ma chair... Ah! que la moiteur m'est une douce rosée!

Il est des oiseaux qui ne se posent que sur... Venez à moi, migrateurs égarés, j'ai trouvé le lieu où cesse l'exil. J'ai connu, moi aussi, la poussière des grandes routes au ciel grisâtre, et ces désirs violents de m'abattre n'importe où, sur le roc meurtrier, dans les marais spongieux. Dix fois, j'ai maudit le destin de m'avoir affublé d'ailes inutiles. Était-ce la peine, me disais-je, d'avoir fabriqué un objet si complexe, de lui avoir insufflé le goût et le pouvoir de voler, sans avoir enfoui dans tout ça l'instinct nécessaire du sens et de la direction? Dix fois, je me suis méprisé au risque de m'enliser dans chaque nuage. Dix fois, j'ai douté de la beauté de mon corps et de son mouvement qui anime l'espace. Je suis descendu plus bas qu'aucun autre, là où les ailes égratignent la mort. Je me suis nourri du sable que charrient les mauvais vents. Et je vous le dis, frères épuisés, une femme nous porte, nous ne voyageons qu'en elle. C'est elle qui, au crépuscule, couche sous nos ventres meurtris les eaux silencieuses de ce lac que ride parfois le souffle d'un orignal.

(Charlevoix, toi qui es mort pour avoir cherché le coeur de la forêt, ce point précis entre la feuille et la goutte d'eau, toi qu'aucune femme n'enfanta, tu n'as pas su voir ce que tu cherchais. Tu craignais les bêtes et tu rencontres une femme. Les vieux du village t'avaient trompé, ils ne savaient pas. Les bredouillements recueillis sur tes lèvres racontaient sans doute ton incroyable découverte, ta première aventure amoureuse.)

La nuit la plus profonde se dissout dès qu'elle entrouve à nouveau les paupières. Elle feint le sommeil une seconde, et nous voici au parapet vert comme s'il était en notre pouvoir de quitter un corps qu'elle tient au creux de sa main. »

Ophélie ne s'était pas retournée. Christophe l'avait suivie. Elle habitait un appartement plus étrange que luxueux. Dès le seuil, le pied s'enfonçait dans un tapis mauve qu'ondulaient hanches et seins de Vénus tissées, lui expliqua-t-elle, par l'un de ses amants. Christophe y vit le signe irréfutable d'une métamorphose prochaine. Il marchait là-dessus, sans même regarder toutes les femmes allongées sous ses pas. Il se souvint du rêve fait, un jour, dans la rue : « Et vous, femmes, suivez-moi jusqu'à ce que vous m'ennuyiez… » et sourit. Les meubles semblaient dessinés par Ingres, tant par la pureté que par l'alanguissement de leurs lignes. Une causeuse formait un cercle parfait, à la manière d'un chat recroquevillé, à l'intérieur duquel on pénétrait en déplaçant la partie mobile dont on distinguait à peine les charnières.

— Encore une bizarrerie d'amant, dit Christophe.

— On ne peut rien vous cacher, lui répondit-elle. C'est mon petit donjon.

La cheminée surtout retint l'attention de Christophe. Les flancs en étaient constitués de deux immenses chandelles pleurant un marbre bariolé dont jaillissaient, tordus et grimaçants sous les brûlures de cette lave, tous les membres humains. Au fond de l'âtre, une plaque de cuivre, sorte de bas-relief où se profilaient des vierges et des licornes noircies, fouettées par les flammes. Comme manteau, un poisson si arc-bouté qu'on ne pouvait rien y déposer. Bref, une cathédrale délirante.

— Bosch et Gaudi sont aussi de vos amants, je suppose.

— Vous me flattez !

Passant son bras sous celui de Christophe, elle l'entraîna jusqu'au mur situé à gauche de la cheminée :

— Voici ma bibliothèque.

— Mais c'est du trompe-l'oeil, s'exclama Christophe.

En effet, tout un pan de mur figurait des rayons et des livres si soigneusement peints que la netteté des couleurs jointe à la diversité des formes donnait une impression de relief. Le nom de l'auteur s'inscrivait sur la tranche de chaque volume ainsi dessiné.

— Pas tout à fait, reprit-elle.

Ce disant, elle appuya le doigt contre un Shakespeare qui aussitôt disparut dans le mur et découvrit une petite case dans laquelle se trouvait un bout de papier.

— C'est mon anthologie. Après avoir lu un auteur, je consigne là ce qu'il en reste. Ainsi au lieu de m'encombrer d'une matière volumineuse et souvent grossière, j'en conserve la quintessence, pardon, je veux dire l'essentiel. Vous ne serez sans doute pas d'accord avec cette anthologie qui n'en est pas vraiment une. Ce n'est pas moi qui choisis telle phrase plutôt qu'une autre, c'est elle qui s'accroche à moi.

— Et les livres ? demanda Christophe.

— Je les brûle. C'est à ce moment-là qu'ils commencent à vivre. Je sais, on m'a dit que certains les gardaient précieusement jusqu'à leur mort. À mon avis, c'est une erreur. Un livre qu'on ne récrit pas soi-même n'est plus un livre. Il est plus facile de le relire, je l'avoue. C'est une tentation très forte, comme tricher en classe. Aussi vaut-il mieux supprimer la tentation et rejoindre la pensée d'un auteur par des voies qui ne sont pas toujours celles de la mémoire.

Christophe donna libre cours à sa curiosité. Shakespeare : «Je lui lâcherai ma fille»; «Et fourrons ses entrailles dans la chambre voisine». Rilke : «Et cependant ce néant se met à penser». Valéry : «Le vent se lève, il faut tenter de vivre». Verlaine : «De grâce, éloignez-vous, madame, il dort…». Aquin : «L'image n'est qu'une absence, le négatif d'un fantôme qu'on chérit —. Dostoïevski : «Mais la vérité ne consiste pas à manger des petits poissons, je vous l'ai déjà dit». Hölderlin : «L'homme qui songe est un dieu, celui qui pense un mendiant». Vadeboncoeur : «Il faut dessiner pour savoir ce qui se trouve derrière notre dos». Rimbaud : «Quand avec mes hâleurs ont fini ces tapages, les Fleuves m'ont laissé descendre où je voulais». Jabès : «Tu écris. Le dos du feuillet est toujours blanc».

Il aurait bien continué sa cueillette de citations, mais Ophélie l'interrompit d'un éclat de rire :

— Tous les mêmes, dit-elle. Ils plongent dans ma bibliothèque comme des enfants dans une bonbonnière.

— Vos disques, demanda Christophe, vous les brûlez aussi ?

Et pendant qu'elle tirait de sa pochette un concerto de Bach, Christophe alla laver ses mains légèrement tachées de la poussière du parapet. Les visages de Chlorella et de Véronique surgirent un instant au fond du lavabo. Il sentit l'angoisse monter en lui. Mais les visages disparurent avec le dernier hoquet de l'eau savonneuse.

La chambre égalait en étrangeté le salon qu'ils venaient de quitter. Un coquillage ovale dont le bois beige était profondément strié de rainures rouges tenait lieu de lit. À chaque extrémité, deux ancres bleu pastel reliées à la drôle d'embarcation par des chaînes d'or. Sur le côté gauche, en lettre gothiques, un nom : Le Bateau ivre. Aux quatre coins de la pièce, un filet tendu où pendaient des cheveux de femme et des toiles d'araignées. Grâce à un jeu de miroirs mobiles placés dans les angles, le plafond fourmillait de plantes aquatiques et de minuscule nymphes dont on ne pouvait dire si elles s'échappaient de truites géantes ou s'y engouffraient. La Naissance de Vénus, il va de soi, occupait tout un mur. Sur un autre, Tolède balafré de maelstroms violets. Devant la fenêtre, un immense aquarium s'irisait de poissons tropicaux et de pierres précieuses, tourmaline, améthyste, aiguemarine. Des peaux multiples jonchaient le plancher.

— Ça vous plaît ? demanda-t-elle.
— De très mauvais goût, répondit-il
— Bien sûr. Ce n'est pas ce que je vous demande.
— Je ne sais pas encore, reprit Christophe.
— Vous aurez le temps d'y penser. Je vous embarque.

Elle referma la porte de la chambre, appuya sur un bouton, une musique courut aussitôt le long des murs. Christophe crut reconnaître Monteverdi, mais déjà sa tête chavirait…

L'orage se devine au brusque silence qui s'abat sur les eaux. Recueillement, attente des vents dont les sabots piétinent l'horizon. Dans quelques secondes, la mer passionnée, les grandes lames giflant la frêle carène. Chut ! une parole pourrait tout déclencher.

139

Crispation des muscles, pâleur des joues. Saurons-nous fendre les phalanges hirsutes qui s'avancent vers nous? Premier frémissement, la surface s'enneige de crinières agitées. Faire demi-tour? Des vallées se creusent de plus en plus profondes, les galops y dégringolent vertigineusement et reparaissent à la crête du sommet opposé, plus nombreux et menaçants, là, à portée de la main. Trop tard. Rien ne peut plus arrêter cette force. C'est la mer assoiffée d'étreintes. C'est Vénus tout entière à sa proie attachée...

Des pieuvres se lovent à tous ses membres. Les algues refluent dans sa bouche, et sa langue brûle sous le goût amer du sel. L'air alourdi de parfums étrangle la respiration. Le clapotis des lèvres multipliées gonfle des bulles qui se crèvent en un fracas de lumière rose. Des souffles chauds patinent le long de ses cuisses cependant que des courants contraires le long de ses cuisses cependant que des courants contraires froissent sa nuque. Deux fleurs renversées, tantôt de chair, tantôt de plomb, lui crèvent les yeux comme si elles s'enfonçaient dans le soleil. Roulis, tangage, secousses, ou l'impossible équilibre! Trois fois, il faillit être projeté par-dessus le bastingage. Un cheveu le rattrapa, une morsure le retint, un cri le harponna. Tumultueuse traversée, rires nerveux, ressac des caresses, quand finira ce cauchemar délicieux? Les flots ont gagné le ciel. Ainsi coincé entre la double poitrine haletante, Christophe s'évanouit.

Dissous, libre, heureux! Les eaux s'apaisent, les tranchées se referment. Les cavaliers s'éloignent et la rumeur de leurs courses folles feutre les corps assoupis de songes et de murmures. La mer s'est remise à son rouet, elle s'enveloppe à nouveau de laine douce. L'aube bâille déjà à la proue.

— Était-ce Monteverdi? soupira Christophe.

— Je ne sais plus, répondit Ophélie.

Et le sommeil de figer les dieux. Voyager, c'est facile, il suffit d'une amante.

Il y eut quelques autres Ophélies. Les rivages avaient définitivement sombré. Plus de retour possible. Christophe Ulric s'était bel et bien échappé. D'un mouvement irréversible, il perçait les limbes ainsi qu'une coque dévide les mers. Mais malgré tous ces voyages qui exploraient toujours plus profondément l'espace et le temps concentrés dans la femme, ces lignes et ces figures amassées en elle, le sourire énigmatique de l'univers sur son ventre, Geneviève ne cessait de se dérober. À chaque instant, son image semblait contenir le lointain pour s'évanouir aussitôt et relancer le mouvement. Christophe avançait, sans angoisse, tendu vers cette femme qui attendait on ne sait quoi pour se donner à lui, avec cette paisible impatience bien connue des enfants et des chercheurs lorsqu'ils s'essoufflent derrière une balle ou une équation.

Car il posséderait Geneviève, c'était là une certitude. Ne ressemblait-elle pas à cette fillette qui l'avait jadis entraîné dans une hutte de chasseur ? C'était toujours la même histoire : profiter de la distance qui nous sépare d'elle pour mieux la connaître. Épreuve du temps, sagesse des saisons qui ne viennent jamais trop tôt ou trop tard pour qui sait les attendre. Car toute présence précède la rencontre, se loge dans l'avant-dire de la venue. Un bruit de sève, un dessin de givre, une feuille fermée, tel pelage des bêtes, tout se vit à cet instant. On ne possède que ce qui est derrière. Voilà pourquoi Christophe, s'il désirait posséder Geneviève, souhaitait davantage que la rencontre n'interrompe pas sa course, que la cible et la flèche restent fidèles au mouvement qui les unit. Il ne saurait donc y avoir d'échecs (la grâce de lever les yeux et de voir que l'amour en l'homme l'a porté au-delà de lui-même) ni de contretemps (lorsque l'eau semble immobile, c'est qu'elle attend la rivière). Bref, Christophe savait depuis Ophélie que toute mort a source et achèvement en Geneviève.

Toutes ces femmes... qu'on ne se méprenne point ! Christophe Ulric n'avait de don Juan ni le profil, ni la voracité. Il croyait même que ce personnage était un mythe né d'imaginations impuissantes de même que la répétition monotone d'une ébauche tient lieu d'oeuvre à l'artiste craintif. Il ne se livrait pas à une quelconque métaphysique de la cuisse nombreuse, ni ne se leurrait d'épuiser une femme comme on vide une coupe. Qui peut affirmer avoit pénétré le secret d'une femme ? Qui peut se vanter d'être descendu aussi profondément en lui-même ? Il se soumettait à ces regards amoureux qui seuls détachent l'être des limbes en le révélant à lui-même. En un mot, il amassait au cours de ces rencontres assez de lumière pour se faire des yeux capables de voir pleinement Geneviève.

Il y eut donc quelques autres Ophélies. Elles s'appelaient Marguerite, Barbara, Florence. Chacune tendit à Christophe le miroir de son corps et le quitta, une fois sa tâche accomplie. Pas de sanglots, pas de rupture, ces femmes ne s'attachant pas Christophe, mais le détachant, comme il a déjà été dit.

Marguerite :
— Il ne te sert à rien de flatter mes seins si tu ne prolonges ta caresse jusqu'à mon ventre où ils s'enracinent. Correspondances, correspondances… Isole un millimètre de ma chair et tout mon corps se referme. La main n'est créatrice que si elle est multiple, que si elle a la faculté de percevoir les relations, etc, etc… Mais laissons ces bagatelles ! Je t'en ai parlé parce que tu me dis ne pas supporter la campagne. Pourquoi la forêt et pas la campagne ? Je te concède que la première a plus de caractère. Tout y est jaillissement. Même le silence semble rempli de voix qui menacent de s'engouffrer par le plus imperceptible craquement. Par contre, la campagne est plus méditative, inclinée sur ses champs comme sur des livres jaunis par le gel, feuilletés par les vents. Elle a aussi son mouvement. Mais l'oeil ne suffit pas, il faut coller son oreille à la terre pour l'entendre cheminer à travers les saisons. On m'a renvoyée du collège à la suite de l'inévitable dissertation Verlaine-Rimbaud que j'avais intitulée *Pour une géographie érotique de deux poètes*. Je comparais l'écriture verlainienne à l'amour de la campagne et du ventre («un sein, un torrent, disais-je, l'aurait réduit au silence, tant leur fulgurance l'eût pulvérisé de frayeurs»). Rimbaud, évidemment, participait du

double mouvement paroxystique de la forêt et du sein («où vouliez-vous qu'un tel homme se fasse les dents et invente la langue, sinon à l'arrogante flèche charnelle qui ne sonne aucun angélus et dans ce lieu sauvage que Hugo n'avait dépouillé que d'insiginifiantes fleurs?»). Mais toi, si tu veux à la fois embrasser l'une et l'autre d'un même amour, mes seins et mon ventre, tu seras le plus grand. Tu auras pour toi le cri et la chanson bien douce. Dis, tu me promets de manger de la soupe au chou?

Marguerite avait dix-sept ans. Christophe la vit trois fois. C'est elle qui lui présenta Barbara.

Barbara:

— J'ai perdu beaucoup d'hommes (éclats de rire). Ils s'éparpillaient à mon contact comme des feuilles au vent. Une main ici, une confidence là, des baisers qui tombent sur l'oreiller, des jambes qui heurtent le bois du lit. Bref, une dispersion en règle. L'un d'entre eux me disait, un soir: «Voilà j'en aurai pour des semaines à recoller les morceaux.» Commentaire superflu que j'avais déjà lu à la tristesse de son regard, un de ces regards d'enfants ou de bêtes perdus. On a tenté de définir ce phénomène par une sentence morale dont l'aura de fatalité n'éclairait rien du tout: *Post coïtum, omne animal triste.* J'affirme, moi, que cette tristesse ne frappe que les faibles d'esprit. Et j'appelle faibles d'esprit tous ceux qui font l'amour par désoeuvrement, passion ou dilettantisme. On devrait en interdire la pratique à ceux qui ne savent pas que c'est, avec la création artistique, l'un des exercices les plus difficiles de la pensée qui exige une attention délicate pous susciter et recueillir l'être nouveau au seuil même de sa naissance, et cette conscience analogique qui lui donne un visage, comme on nomme les fleurs par un bouquet. Imaginons un instant que Proust se soit contenté de noter pêle-mêle le mauve de Parme, le goût de la Madeleine, et la sonnette de Combray sans jamais en arriver à la mosaïque temporelle que nous admirons. Il se serait perdu, lui aussi, en gestes et en sensations décousus. Ainsi quand un homme s'éloigne de moi, plus triste qu'à l'arrivée, je sais qu'il s'est brûlé inutilement à mon sang, qu'il s'en est barbouillé sans en boire une seule goutte. Tu aimes les calembours? Non! Moi non plus. Tant pis, je t'en propose un : dis-moi comment tu aimes, je te dirai comment tu écris. Souviens-toi qu'on peut s'étendre sur mille femmes ou sur mille pages (ah! ces calembours, on en prend vite l'habitude!) alors qu'une seule aurait pu être le creuset de toute une vie.

Barbara avait lu les cahiers de Christophe et les avait annotés.

Florence :
— Un seul reproche : tu t'évanouis trop souvent. J'aimerais croire à un don total. J'y vois plutôt une faiblesse que je te pardonne volontiers, mais que tu aurais profit à corriger. On se guérit du vertige, ou on y sombre. Au plus fort de la douleur comme du plaisir, que tes membres ou les plus secrètes jointures de ton âme craquent sous le fouet ou le baiser, garde ton regard en dehors de la débâcle, sinon tu ne pourrais en revenir. Il ne s'agit pas d'épicurisme

ou de stoïcisme, mais de conscience. Si tu te pâmes dès que j'effleure ta hanche que sauras-tu du dessin qu'y traçait mon doigt? Que sauras-tu de toi si le désir t'aveugle? L'amour libère de l'obscurité des visages inconnus qu'il nous faut regarder sous peine d'errer à jamais. À quoi bon s'y adonner si tu embrouilles tout de râles et de délires? Tu ne veux pas connaître le sort de Charlevoix, je suppose. Tu dois entrer dans l'amour les yeux ouverts, sinon la mort te guette. Non pas cette mort qui est l'achèvement de nos étreintes imparfaites, mais une mort brutale, incompréhensible, une mort qu'aurait désertée la femme. Car il faut que tu le saches: entre nos corps ainsi dénudés pour les caresses coulent les eaux d'un autre temps. Nous sommes les rivages mal assurés d'une rivière qui voyage au-delà de nos mémoires. Quelle différence alors entre perdre pied et s'y avancer consciemment, puisque de toute façon nous serons emportés? Une noyade ou une naissance: à toi de choisir, Christophe! Allez, viens près de moi apprivoiser des vertiges sans cesse plus grands.

Ainsi parlait Florence de la mort, mais Christophe ne songeait qu'à Geneviève.

Christophe avait entrepris d'écrire l'histoire de Charlevoix. Mais il n'arrivait pas à libérer le récit de son désir de Geneviève. Ce qui compliquait grandement l'existence du narrateur sollicité par deux voies apparemment étrangères, sans compter la présence de la Windigo qu'il était le seul à connaître et qui ne s'en appropriait pas moins tout l'espace comme si elle émanait des personnages poursuivis avant même que ceux-ci soient atteints. Plusieurs fois, il avait failli renoncer : Chlorella, Véronique et que de pages biffées ! Puis vint Ophélie. Geneviève à nouveau lui faisait signe, Christophe reprit la route. Petit-Poucet, c'est devant lui qu'il devait jeter les mots afin de ne pas perdre la trace, et il ne s'arrêtait qu'une fois les mains vides. Autrefois, ces haltes le plongeaient dans la crainte : « La nuit tombe. Vais-je mourir ici à mi-chemin de Geneviève et de chez moi ? » Peur d'être dévoré par les jours immobiles, d'avoir quitté inutilement une vie paisible. Puis, il se souvenait de la petite robe blanche debout au seuil de la nuit, la première nudité offerte à ses doigts gelés. Il en serait toujours ainsi, pourquoi s'inquiéter ? Il posait alors sa plume et attendait les mots nécessaires. Des femmes lui en vidaient de pleines corbeilles à ses pieds, la Windigo les charriait par bancs, ils s'échappaient d'un coquillage, la poudrerie les soufflait contre la fenêtre, une bûche en flammes lui en sculptait des dizaines, l'imagination payait son tribut d'épithètes et la mémoire fournissait le temps des verbes dont Geneviève était la chair. Ayant ainsi fait provision, Christophe continuait sa route à travers chambres et compagnes, parmi les chevelures et les songes.

Il savait que d'autres n'acceptent pas de partir à l'aveuglette. Aussi quelquefois rêvait-il d'itinéraires bien arrêtés qu'il notait naïvement dans les marges. Mais les points cardinaux, tels des écoliers moqueurs, s'amusaient à changer de place. Les lignes droites rompaient brusquement les rangs en courbes zigzagantes. Compas et boussoles n'arrivaient plus à s'entendre. Les lunes refusaient d'accoucher à la fin du mois. La mousse ne se souvenait plus du Nord, le soleil prolongeait indéfiniment ses siestes de midi. C'était l'indiscipline totale. Devant l'inefficacité de cartes aussi surréalistes, Christophe s'en remettait à Geneviève (l'écrivain et l'amant ne sont-ils pas des pêcheurs pêchés? Ceux qui prétendent le contraire pêchent dans leur baignoire).

Novembre. L'automne déjà a tendu ses dentelles aux fenêtres. Les clous craquent dans les murs, les vents pillent la ville. Muni de victuailles et d'allumettes, armé jusqu'aux dents de lainages épais, on se barricade. La cheminée veille jour et nuit. Les livres jonchent fauteuils, tables et lits. Novembre. C'est l'étang gelé et les rues désertes. C'est le visage de l'homme par la solitude reflété. Miroir insupportable que les uns embuent de cartes, d'alcool, de bruits. Miroir délicieux que les autres ne se lassent de polir. Novembre. Temps suspendu ainsi qu'un pont entre morts et vivants. Temps bienheureux des exils révolus.

Depuis le matin, Christophe travaillait à ses cahiers, sans trop de succès. Il en était à ce point de son récit où Geneviève et Charlevoix devaient se rencontrer. Mais les deux histoires semblaient s'ignorer et tenir à leurs mondes parallèles.

Fatigué, il s'était endormi au milieu d'une phrase, la main refermée sur sa plume noire. Il fit alors ce rêve familier de son corps flottant à la surface d'une rivière qui perçait le flanc d'une montagne et débouchait dans un espace fécondé d'une étrange lumière. Le claquement d'une fenêtre battue par le vent le réveilla. Il se dirigea vers elle pour en pousser le verrou, appuya son front à la vitre baignée d'un soleil jaune, puis l'ouvrit toute grande comme on mord dans une orange. L'air embaumait le bouleau déchiré, la neige se devinait au plumage hérissé des oiseaux : l'hiver bivouaquait dans les forêts du Nord, demain il serait là. (Pourquoi n'irais-je pas à sa rencontre ?)

Jamais les chemins qui mènent à la Windigo ne lui furent aussi faciles. La campagne traversée, il les sentit couler sous lui, tels des fauves liquides s'égratignant aux cailloux, contournant un rocher, léchant un cap, avalant les descentes pour s'arrêter enfin au pied du vieux pont taché de peinture rouge. Les deux mains cramponnées au volant, Christophe n'avait eu qu'à se laisser conduire. C'est ainsi qu'il remonta cette nuit de novembre qui se perdait à l'aube dans les brumes glacées de la Windigo.

Elle était encore là ! De grandes ailes givrées s'agitaient au-dessus d'elle. Elle allait partir...

On ne revit plus Christophe Ulric. Sur la banquette avant de sa voiture, on retrouva un cahier. À la dernière page, griffonnés à la hâte, ces mots : «Emmène-moi, faiseuse de lointain...»

DEUXIÈME PARTIE

Le livre du regard

Il y avait trop de mots dans ma vie. Trop de femmes aussi. Ou trop peu. Il est difficile de trancher. Tout dépend de quoi l'on parle, de quelles femmes, de quels mots il s'agit. Et encore! S'il ne fallait que dénombrer les espèces et les individus, la tâche serait facile et bien inutile. Je sais. J'ai déjà essayé.

Les mots. Jetons déposés sur le comptoir contre la quotidienne subsistance (deux syllabes, une laitue : dring, encaissées, digérée), prière de les insérer dans l'oreille (attendre la tonalité musicale, composer le numéro : allô j'écoute, tu m'aimes, adieu…) : joli, le troc des sentiments! Ou bien, les pièces rares, sollicitations des profondeurs aquatiques, désertiques ou autres. Invitation à l'abîme dont le fond se dérobe et maintient le secret dans la spirale de la chute (âme, rivière, arbre : tous piégés de vide). Puis les amis, ceux qui s'offrent dans l'innocence apparente de la forme, promesse d'évidence contenue dans la simplicité de la ligne et la franchise de la couleur (pain, pomme, orange…) et qui trahissent à coup sûr, profitant de l'impression de proximité et de tangibilité qu'ils suscitent pour mieux se dissoudre à l'approche de la lèvre ou de la main. Enfin, les sphinx dont la tâche est de protéger la question (cette zone creuse qui est l'écorce renversée des mots) en nommant la pure impossibilité de toute réponse : amour, mort, vie. (Note : l'efficacité des jetons n'enlève rien à leur caractère poreux. Il faut les manier avec une extrême prudence, une exacte connaissance du rituel jugulatoire. Sinon, c'est la nudité brusquement retrouvée, la liberté dévastatrice. Rappelez-vous l'histoire du bon berger allemand qui mord son maître, les mystérieuses fugues d'un serviteur fidèle.)

Il en fut de même des femmes, que seule une démarche scrupuleusement logique permet de distinguer des mots (il faudra, un jour, définir le principe très particulier de ces vases communicants dont Mallarmé a relevé l'existence : la chair est triste, etc...). Femmes faciles, monnayables ou non, qui fuient vers vous l'espace dangereux de leur corps et, croyant s'en délivrer à la faveur d'une étreinte volontairement charnelle, vous y précipitent en riant. Un peu d'attention suffit à reconnaître le sourire ambigu de ces offrandes « trop belles pour êtres vraies ». Vous êtes assis à un bar, sur un banc public (l'endroit importe peu) et vous regardez autour de vous, histoire de faire prendre l'air à votre regard. Tout à coup, celui-ci devient plus lourd, refuse de rentrer. Cherchez alors la femme, vous l'y retrouverez. Emmêlé à quelques chiffons bariolés, gisant sur les plages d'un dos bistré — vertige des sables, fuite troublante des épaules, défilé obscur au sein des dunes qu'échevellent de blonds ou noirs simouns —, appuyé à la courbe ininterrompue (le mollet corrige la jambe en continuant l'arc des sourcils) commencée au grain de la peau. Bref, pendant que vous êtes sagement assis, votre regard s'étourdit et se brûle aux sables volutés que dissimule à peine la faible enveloppe des rires et des couleurs.

Et pourtant! Qui ne perçoit, malgré les forts parfums et l'épaisseur du sang qui rugit, dans cette chair qui déjà vous façonne et vous enlise, à travers le treillis des enlacements, au coeur même des grottes qu'ouvrent les caresses, qui ne sait pas alors qu'il n'est aucun abri contre le silence, que tout espace n'est que pointillé? Et si ces femmes n'offrent aucun appui solide, ni même éphémère, que dire des autres, les éternelles absentes? Leur regard: il vient, se retire, semble jouer avec son ombre entre deux clignements de paupières. Passerelle jetée entre deux cils qu'une larme détruit. Nuit débordant le visage. Leur chair: espace vitré qui multiplie, dissout, déchire, recrée sans se soucier des cris, insensible à la morsure comme au baiser. Surface polie qu'égratignent faiblement quelques reflets verdâtres.

Je distinguais enfin une troisième catégorie. Celle que l'on couche sur toutes sortes de papiers, la plus dangereuse de toutes, qui, dès l'amorce d'un mouvement de votre main, empoigne le stylo et mène le bal. Massacre votre style, se maquille à sa façon, se métamorphose quand bon lui semble au plus grand détriment de la cohérence, joue la prêtresse offensée pour une phrase écrite en son absence: «C'est ça ou rien du tout.» Et comme elle sait disparaître! Encore plus facilement que les deux autres. Rien ne peut la retenir lorsqu'elle plonge subitement en elle-même et que s'évanouit jusqu'au souvenir des mots dont elle se parait.

Il est des instants où l'écrivain, l'amant, pressent entre leurs mains un silence qui n'est plus le leur.

Ils se tiennent difficilement dans l'attente. Appellent. Et tout recommence, les mots, les femmes qu'on attend, qu'on appelle — douloureux équilibre —, éternel miroitement de formes dormant en eau peu profonde et qui cependant s'enfoncent dans les étoiles. Si proche et si loin. Trop proche, trop loin. Voilà comment se solde infailliblement ce genre d'inventaire! Par l'intermittence d'un feu clignotant dans la nuit. La question initiale (trop ou trop peu) doit alors se formuler différemment, le nombre se détruisant dans l'inconsistance de l'unité. Dois-je défier le hasard des signes, poursuivre ce que la nuit sans cesse reprend? Mais au fait, qui, du feu ou de la nuit, troue l'autre, crée l'intermittence?

À l'époque où je gribouillais l'histoire de Charlevoix, je m'agrippais à toutes les bouées: verbe, bouche, objet. Jusqu'à ce que la Windigo fût la plus forte. Alors je compris qu'il me fallait moi aussi emprunter cette route par laquelle tout se dérobait, cette fissure invisible qui buvait toute présence. Peu à peu je pris l'habitude d'accompagner mes visiteurs (c'est ainsi que je les nommais) jusqu'à la sortie, puis discrètement de les suivre aussi loin que possible. J'épiais leur fuite qu'autrefois j'attribuais à mon impuissance. J'écrivais des mots et je les regardais mourir. C'était là le plus difficile, accepter que la phrase commence là où disparaissent les mots. Je fis la même expérience avec la femme. Le corps chasse des images. Aussi se débat-il sottement dans un espace que la proie a déserté ou n'a jamais habité. Ouvrir les mains, trouver l'intimité au coeur de la plus grande distance!

Puis, il y eut cette découverte capitale: ils ne s'éloignaient pas de moi, c'est moi qui m'éloignais en eux. C'était un après-midi d'automne. Quelque chose ou quelqu'un, sorti du rêve qui avait interrompu mon travail, frappa à la fenêtre. J'étais devenu à moi-même un mot dont le vent du nord emportait la dernière lettre. Aucune résistance. J'allais enfin me rejoindre de l'autre côté des feuillets noircis, là où Geneviève recueille nos vies une fois passées au crible du silence. Cette opération serait longue et difficile. Car il ne suffit pas de plonger dans les eaux glacées. La Windigo mène à Geneviève, mais encore faut-il la remonter jusqu'à sa source.

Oui, j'ai fait ce projet insensé. Trouer la plus infime partie de mon être (qui parle de suicide?), pratiquer au centre de toute pensée, de chaque cellule une petite ouverture (disons de la grosseur d'une tête d'épingle), atteindre ainsi à la merveilleuse respiration du vide et du plein. La nuit devancée, désormais impossible! Heureuse étreinte que l'absence dénoue et ressoude en un cercle plus vaste (les amants m'ont toujours semblé trop linéaires, et ce malgré l'exemple des chats). Légèreté de la femme que nos corps n'étouffent plus. Légèreté de la parole délivrée de l'absurde prétention de dire. Légèreté de l'espace pointillé que le silence dispose en figures si multiples que l'oeil ne peut en retracer la genèse ni en fixer le dessin (parole en archipel, dit le poète).

Bref, depuis que le narrateur m'a fait la grâce de me rendre à cette rivière (il en a mis du temps), qu'il a trébuché dans les mots et que ceux-ci, sous la force du choc, se sont vidés de tous leurs muscles bavards et métaphoriques, depuis qu'une respiration (relativement) calme a aplani les hoquets de cette phrase qui m'a précipité dans cette rivière (voilà ce que c'est que de s'abandonner à l'eau ! On dérive à l'intérieur d'interminables parenthèses pour échouer sur le rêve qui nous avait largués. Qui résume, recule : je m'en souviendrai). Heureusement qu'un rocher, heurtant l'épave de mon corps, vient de le recourber vers son destin : ce sein glacé, ce rien parfaitement rond où s'abreuve et s'immobilise tout mouvement.

Pureté du nord ! Blancheur de Geneviève !

Le corps est un piège, ça je le savais déjà. Sinon, je ne serais pas ici en ce moment. Mais perfectionner le piège au lieu de le déjouer, voilà qui est tout nouveau. Bien sûr, je n'aurais qu'à ramener les bras contre moi, interrompre le battement des pieds. Mais je m'y refuse. Non par crainte de la mort : le chant des anges ou des sirènes m'a toujours séduit. J'en ai souvent perçu l'appel. (La trajectoire inattendue d'un parfum qui, sur le point de s'évanouir, réintègre subitement la fleur à l'instant même où elle allait se refermer. Cette neige hésitante et frôleuse qui ne tombera que demain, sans que l'on sache si ce sera la même. Telle lumière des sous-bois qui saisit et épanche le regard, comme la mer reprend une vague oubliée sur le sable. Un mot banal, si neutre que l'esprit se doit de lui attribuer une signification pour se défendre du vertige qu'il provoque.) Donc, le chant des sirènes, j'aurais très bien pu l'entendre chez moi. Il aurait suffi d'une distraction à peine dirigée pour que plus rien ne m'en distraie. C'est justement ce que je veux éviter. «Une naissance ou un suicide», dixit Florence. Sombrer ici, loin de Geneviève, il n'en est pas question.

Mais comment ajourer le corps (condition néces-saire à sa survie, prérequis de toute vision) sans le saborder ? L'effort que je déploie présentement accroît son opacité, signe son arrêt de mort. Plus j'avance, plus il m'est difficile de ne pas fermer ici et là quel-ques fenêtres. J'ai besoin de toutes mes énergies pour maintenir le paradoxe à la surface, c'est-à-dire que je dois tricher un peu, tout comme les pharisiens aux prises avec le chas de l'aiguille et le chameau de la parabole. Et pendant ce temps, les oiseaux et les pois-sons voyagent sans ennui, toujours errants et jamais égarés. L'homme est vraiment la dernière victime de l'espace. Tous les autres savent déjà le rythme qui en crée l'équilibre. Je croyais que l'approche de Gene-viève m'enseignerait peu à peu cette miraculeuse res-piration. Peut-être est-il encore trop tôt. Il est d'ailleurs toujours trop tôt pour désespérer. Le cho-colat chaud de Véronique ?

Étrange, ce silence de Geneviève. Elle qui d'habi-tude ne se gêne pas pour bouleverser mes projets ou dénouer, à coups de sabre, mes inextricables débats intérieurs. Encore plus étrange, ce rêve que j'ai fait à l'aube. Vision serait un terme plus exact puisque je ne dors plus. C'est d'ailleurs l'un des aspects tout à fait nouveaux de mon expérience que cette absence de rêve. Exception faite des légers assoupissements dus à la fatigue, dont la durée et la fréquence ne favo-risent pas vraiment une vie onirique, je suis con-damné à garder les yeux ouverts. Au début, j'y voyais l'avantage d'une espèce de traduction simultanée. Par le truchement d'une paupière vigilante, j'allais pou-voir enfin décrypter tous les messages à l'instant même où l'inconscient s'apprêtait à les formuler. Évidemment, je me leurrais. Le doute habituel d'en avoir mal interprété le symbolisme fit place à celui, plus grave, de l'avoir moi-même inventé de toutes pièces. J'en fus donc réduit à la pénible solitude de la conscience, n'osant plus rêver de peur que la lecture du rêve n'en précède la naissance. À moins que je vive littéralement un rêve… Je préfère ne pas envisager cette hypothèse, car cela m'étourdit autant que si je marchais la tête en bas ou que le circuit sanguin tout à coup se détraquait (comparaisons encore trop rassurantes). Pénible solitude donc, et solitude doublement pénible depuis cette vision !

Je suis assis sur un rocher en bordure de la mer. De l'eau se dégage une brume verdâtre. Qui s'épaissit et s'assombrit vers le large. C'est le jour qui émerge de la mer et découpe dans l'obscurité un cercle diffus de lumière glauque. Étonnement d'assister à cette inhabituelle naissance du jour, d'être le premier à pénétrer ce secret dangereux, à approcher ce foyer invisible, source de toute vie. Le lieu et l'instant que tous ont cherchés (cosmogonies, creusets, poèmes), la formule que tant de nuits avaient enfouie au plus profond des mémoires studieuses, venaient de m'être révélés. Cette lumière fragile et puissante. Humide. Verdâtre. À quelques pieds de moi, autour de moi. Je n'ai rien découvert. J'ai toujours été là. Immobile, sur ce rocher. Depuis toujours. Cela est. Si familier. Je suis ce rocher. Immobile. Cela est. Je suis cela. La mer étale s'ouvre silencieusement. De longs cheveux flottent à la surface, retombent contre un visage ruisselant. Geneviève ! Debout dans la brume qui colore sa peau. Irréelle et vivante. Souriante. Beauté et éternité de son corps. N'en finissant plus d'avancer, mouvement que le sourire annule. Joie unique, mille fois répétée. Un feu s'allume dans la mer. Imbibe la nuit. Une femme sourd au centre du cercle, regarde l'homme assis sur le rocher. Maintenant. Toujours. Toujours. Maintenant.

Lorsque je sortis de cette vision, le courant m'avait entraîné assez loin derrière. Ce qui me troubla fortement. À l'agacement de devoir parcourir toute cette distance effacée en quelques secondes (ou minutes, je ne sais plus) s'ajoutait la crainte d'être à nouveau victime de ces instants d'abandon. Je surmontai vite cette crainte en imaginant une stratégie susceptible de limiter les dégâts en cas de paralysies momentanées : feindre le sommeil et imprimer à tous les membres un mouvement quasi automatique qui atteigne à la régularité du réflexe. J'ai déjà fait quelques essais. Ce soir, je tenterai l'expérience décisive. Ne plus résister au sommeil, opération vol de nuit. Bien sûr, toute ma théorie repose sur des prémisses analogiques dont la valeur, j'en conviens, est fort problématique (il y a peut-être entre le sommeil et la vision une différence aussi grande qu'entre l'immobilité d'un animal et celle d'une pierre). Qu'importe ! D'ailleurs cette question relève de considérations techniques et n'a, à ce titre, qu'une importance insignifiante. Je ne m'y suis attardé que pour projeter sur elle la cause véritable de mon agitation. Car, je dois l'admettre, cette vision n'aurait nullement interrompu ma course que mon angoisse serait la même.

Tant de vert baignant le corps de Geneviève! Carrefour de toutes les sèves puisées au coeur du minerai et de la plante, distillées au regard phosphorescent des poissons, décantées au labyrinthe des siècles, étoilant l'aube d'une chevelure chlorophyllienne. Vert. Bourgeon immémorial d'une lumière plus vaste contenant la nuit. Vert. Osmose des contraires. Vert. Montée de la salive à mes lèvres. Descente du poison dans le fruit. Vert. Chute de l'homme en lui-même, rencontre de la femme. Vert. Toute parole lancée au fond de l'eau resurgit métamorphosée en nénuphar géant.

Tant de mer baignant le corps de Geneviève! Quelle est donc cette Geneviève qui contredit l'espace et la saison de mon aspiration présente? Est-il possible que le nord soit tel, que la Windigo naisse d'un tel printemps? Blancheur de Geneviève, silence aveuglant des neiges! Mon corps étoilé dans la glace bleutée, enfin rendu à l'immortalité, ce maximum de conscience dans le minimum de sang et de souffle. Pureté originelle, vie cristalline, me serez-vous refusées?

Aurais-je été dupe d'un mirage? Victime de l'eau comme d'autres le sont des sables? Non, cela est absurde. Il faut que cette source existe, que je force les obstacles — craquement du gel contre mes tempes —, que je pénètre la première forêt, remonte la dernière cascade et m'endorme, les yeux ouverts dans ton ventre givré. Tu m'entends, Geneviève? Il en sera ainsi. Tous les signes recueillis, recréés, mots et femmes que je porte en moi refluent vers ce point. J'adhère à ce point inconnu par tout ce qui, une fois dans ma vie, a crevé l'enveloppe mince ou durcie de mon être (Charlevoix, le sapin sacrilège, le laboratoire secret du lac Alouette, Véronique…). Nul n'est son propre abri. (Qui a dit que la fêlure dans la tasse à thé est un chemin qui mène au pays des morts?)

Se tenir à la charnière du souffle, vivre l'abolition de tout rythme. Équilibre et transparence des figures soumises à la courbure d'une amphore. Mon corps étoilé dans la glace bleutée. Geneviève?

Solitude. J'ai beau aviver cette image, la porter au paroxysme de l'intensité par une attention désespérée, à l'instant où elle compose un espace dont la clarté et la proximité me ravissent, la voici qui chavire dans cette aube verte et inopportune sans même la blanchir quelques secondes. Il me faut en finir au plus vite avec cette querelle de couleurs. Déterminer une fois pour toutes laquelle est un mirage. C'est fait. Et je procéderai ainsi à chaque intrusion de cette anti-Geneviève.

Il m'est difficile de me remettre de cette sorte d'incident. Incident? Je minimise à dessein cet affrontement d'images, sinon il risque de me déchirer ou, du moins, de m'égarer inutilement. S'il me fallait consentir à chaque image qui se présente, je n'en suivrais aucune jusqu'au bout. Le commérage serait mon lot. Bien sûr, il y a cette disponibilité dont Geneviève parlait («nécessité d'égrener les femmes intermédiaires sans t'attarder à une couche plus profonde ou fuir une bouche fermée»). Mes arguments, ma soumission (le moyen de résister à Geneviève?). Mais tout cela, c'était avant ma providentielle chute dans la Windigo et l'irréversible désir de voir sa source. M'abandonner à la polarité, me complaire dans ces remous, mille fois non! Je ne peux pas. En voilà assez! L'incident est clos, la coque calfatée. La volonté est aussi une vertu dans laquelle on taille les gouvernails.

Certains prétendent que le moyen le plus efficace de se débarrasser d'une idée ou d'une image indésirables consiste à se réfugier dans l'objet. Elle entre par la porte de devant, vous sortez par celle de derrière. Tout comme on esquive poliment (les altercations sont de très mauvaises frontières en ce pays) une personne qu'on ne veut plus recevoir : «Monsieur est sorti.» La visiteuse pourrait vous attendre, se cacher dans un coin et vous surprendre au retour. Mais, de fait, cela n'arrive presque jamais. Elle ne s'incruste que si on lui fait la conversation et lui sert des gâteaux. J'essayai donc cette méthode dite de la fuite. L'air de facilité suggéré par cette appellation ne résiste pas à l'expérience (fuite : à ranger dans cette catégorie de mots nés sans doute d'une intention ironique que l'usage a oubliée en cours de route et que l'étymologie même serait incapable d'exhumer). Ne fuit pas qui veut! Il y a des gens qui habitent une demeure sans porte ni fenêtre (il n'y en a jamais eu ou ils ne s'en souviennent plus) et évidemment ce sont ceux qui reçoivent le plus, et le plus longtemps. L'idée de sortir leur vient-elle (cas d'incendie, de désespoir, de nécessité affective ou biologique)? ils se frappent contre les murs, tâtonnent dans le noir, renversent les meubles pour finalement mourir brûlés vifs, aveugles ou mal aimés. Difficulté qui m'est familière (à chacun ses verrous; certains connaissent les mêmes ennuis de l'autre côté) et dont Geneviève profita à plusieurs reprises. Me dégageant trop lentement ou trop bruyamment de moi-même, elle m'interceptait à la sortie.

Voir devrait être si facile. Surtout l'automne. Lorsque tout l'espace ivre de son propre chant précipite le regard en quelque mystérieux sabbat. Quand les arbres, voilant leur nudité prochaine sous le bourdonnement des couleurs, appellent la complicité des cils. Cette lumière purifiée à l'approche de la mort n'est-elle pas du regard l'ultime possibilité? Je dois pourtant relever des douzaines de paupières avant de me perdre dans la clarté orangée de la forêt. Et si par bonheur je viens à bout de cette opération, l'école buissonnière est de courte durée. C'est incroyable! Cette vision a le pouvoir de submerger non seulement les images contraires mais aussi tout objet irréductible aux éléments marins. Quelle retraite plus sûre qu'un érable flamboyant? J'avais volontairement évité les conifères et porté mon attention sur un érable situé non loin devant moi. À mesure que je m'en approchai, il m'enveloppa de sa rumeur plus dense, son feuillage d'un rouge plus vif se referma sur moi. Comme un dahlia avalant un insecte. Je me dissimulais à l'intérieur de son agonie, au coeur de la flamme qui le consumait. Puis je vécus — cela se passa si vite, en une fraction de seconde peut-être — la pâleur du cri, les taches jaunes, racornissement, chute, putréfaction. Déjà je pressentais la marine: liquéfaction du sol, engloutissement de l'arbre, bourgeonnement subit d'une minuscule plante perçant la surface de l'eau. Mon érable, réduit à la dimension d'un nénuphar, flotte au centre d'un cercle de lumière glauque, frôlant l'épaule de Geneviève qui s'avance vers moi.

Je n'abandonnai pas pour autant. L'érable a trahi, allons ailleurs! Je recommençai avec l'orignal, une montagne, une cascade, la terre brunâtre du rivage. Rien n'y fit. Chaque objet qui me recueillait se dégradait instantanément et me jetait à la mer. Qui plus est, métamorphosé, il s'insérait tout naturellement dans le tableau dont il précisait ainsi le dessin. Si bien que l'expérience se retournait contre moi et approfondissait ce que je m'efforçais d'effacer. L'objet n'étant finalement qu'une image (temporairement) obscurcie, j'en revins donc à ma première méthode que je modifiai grandement : opposer non plus une image à une autre, mais opposer à l'image brute (naturelle) une image plus complexe, c'est-à-dire incluant l'objet susceptible de la traduire (l'obscurcir). L'image ainsi mise en forme devient son propre objet et ne peut chavirer qu'en elle-même. Dire que je croyais en avoir fini avec les mots !

Pureté du Nord. Espace que le froid dissout ainsi qu'un galet pénétré par la mer. Rapprochement dangereux que je n'ai d'ailleurs pas formulé moi-même. On me l'a insidieusement suggéré afin de saper l'image amorcée. Je devrai être vigilant, éviter toute figure de style qui favorise ces intrusions (au sens géologique). À vrai dire, peut-être ai-je songé une seconde (atavisme) à l'adverbe de comparaison, entrebâillement de la phrase par où l'autre s'est infiltrée. Pureté du Nord. Espace que le froid dissout, que le temps cristallise. Temps sans mémoire, temps fixe du poème. Forêts, caps, vallées : poussières givrées ! Diaphanie de l'objet ainsi pulvérisé dont la forme est un prodigieux équilibre.

Il suffirait d'un vent venu du sud, d'une pensée trop lourde pour que tout s'écroule. Mais le silence tamise aux abords du cercle. Voici le lieu de la plus parfaite abstraction! Toute chose se tient debout dans sa propre mort, lumineuse, précaire, et indestructible. L'oiseau disparaît en son vol, mince trait duveté lisérant le mouvement. L'eau découvre sa soif, profondeur et surface s'abouchent. Un seul sein arrondit toute chose. Geneviève.

Je ne sais ce qui me trouble dans cette image. Peut-être aurais-je dû m'abstenir de la dernière phrase qui a subitement élargi ce cercle qui ne devait ceinturer que l'espace relativement restreint auquel j'aspire et dont je suis encore exclu. Je me suis vu non plus à l'intérieur de l'espace anticipé, mais déjà à l'intérieur d'un cercle incluant ma position actuelle. Comme si on m'avait passé un cerceau autour du corps et que de me savoir ainsi enclos par l'inconnu détruisait toute localisation ou formulation de ce dernier. Que faire? Biffer la phrase qui annule l'image? Cela est impossible, car elle n'en continuerait pas moins de déborder ce qui précède. Et puis il me faudrait aussi taire le nom de Geneviève. C'est raté. Oui. «Un seul mot peut faire dérailler tout le récit.» Ce qui signifie qu'il faut tout recommencer. Attendre.

Ce matin, il a neigé. De gros nuages gris déferlèrent d'abord une voilure trop laineuse (le vent la déchirait de partout), puis une seconde, tissée plus serrée. Alors la forêt appareilla! Mystérieuse transhumance. Le ciel jusqu'à nous déploie le songe qui dénoue les racines et nous mène vers de blancs pâturages. Tel l'oiseau-mouche paraphant l'arbuste d'un vol si léger qu'il l'entraîne à sa suite. Il y a quelques minutes encore, j'étais ce voyageur solitaire que les berges indifférentes ou sceptiques regardaient passer. Les ai-je convaincues? Il a fallu que la neige réponde à ma témérité pour que la terre chasse sur ses ancres et que l'eau se carène.

J'entends en moi le pas des hommes qu'une femme appelle. Il fait encore nuit, pourquoi se lever si tôt? Une image occupe leur regard. Ils se frottent les yeux (où suis-je?). Hypnose (quel est ce désir?). Déjà ils obéissent. Heureux de cette énergie inconnue qui les possède. Rajeunis de deux siècles. Vêtus de peaux et de fourrures. Légèreté du coeur (le flanc tiède de l'amante? Au printemps.) Narines dilatées de parfums sauvages (foin des odeurs frelatées du gîte!). L'impatience du geste, le souffle haletant. Voici la fin des sentiers usés, le ressac du nord sur la mousse des rochers! Traquer, survivre, aimer. Coureurs de bois, commerce amoureux!

Lorsqu'une même image, au même instant, séduit plusieurs hommes, qu'une même cible détend l'arc de leur corps, l'espace à son tour aimanté s'ébranle vers quelque vide. Alors le jour torpillé parle le langage de la nuit et le regard commence avec le sommeil. Je comprends maintenant ma solitude : j'avais devancé la première neige, la théorie de ces hommes possédés par une femme multiple dans l'attente, insaisissable dans sa chair. Mais réelle. Geneviève n'est pas une lubie personnelle. J'en ai désormais la preuve : l'écriture cunéiforme des raquettes sur la neige.

Blancheur de Geneviève! Présence dissimulée que la neige engendre et efface simultanément. Blanc sur blanc, image abolie dans son propre reflet. Page écrite avec des mots encore liquides que le dos du feuillet boit à la pointe de la plume, sans qu'une seule goutte d'encre tache le papier de quelque signe. Folle entreprise. Surprendre ce nulle-part où gîte une femme sans cesse absente. Blancheur de Geneviève, désespérante beauté, amère délivrance. L'image est aveugle. Impuissance de l'oeil à reconnaître dans le ciel l'égratignure des vols passés.

De quelles forces suis-je le jouet? La neige m'approuve et me condamne. Je ne vois plus rien. Rien. J'ai voulu combattre le doute, le doute n'a cessé de croître. Geneviève la blanche a déserté le nord, Geneviève la verte n'est pas revenue. L'ironie commence à sécréter. Qu'est-ce que je fais ici? Je me reconnaîtrais entre mille. Toujours tenu en laisse par quelque folie. Né égaré. N'ai jamais réussi à me rassembler, à cimenter le tout en une figure cohérente. Version humaine de l'ubiquité : faculté de n'être nulle part au même instant.

Peur de m'être (volontairement) trompé. D'avoir élaboré un récit sans en avoir assuré les rives. D'avoir glissé dedans. Est-ce bien l'automne qui enflamme le feuillage ou l'une de mes saisons capricieuces? Ne me suis-je pas endormi sur mon cahier, l'après-midi du départ? Comment être sûr alors du volet, de la fenêtre orangée? Et cette rivière que je contredis, ne serait-elle pas le mouvement des mots dont je veux m'éveiller? Où suis-je? Chez moi, devant ma table? Dans une chambre d'hôpital, scientifiquement ligoté sous l'oeil freudien de quelque imbécile? Je savais que tout ceci était un jeu et que le jeu est strictement réservé à Dieu ou aux enfants. Aussi aurais-je dû en apprendre les règles plus attentivement. Couper court à ces complicités du je et du il. Il faut un narrateur à la barre (la conscience du jeu); qu'il parle à la première ou à la troisième personne importe peu pourvu que l'équipage obéisse. La confusion favorise les abîmes. Rompre cette correspondance entre une fillette innocente et quelque hamadryade. Ordre, hygiène, morale. De la nécessité d'un art poétique : que la main gauche contienne la main droite !

Le génie ? Oui, je sais, je sais. L'oeuvre se referme sur lui et le rend invisible. Beau naufrage qui l'enfouit au sommet de la conscience. Comme l'a dit cet alchimiste irlandais compagnon d'Ulysse : « L'artiste se tient comme Dieu à l'intérieur ou à l'arrière, au-delà ou au-dessous de son oeuvre, reste sans vie propre, indifférent et se nettoie les ongles. » Mais je suis aussi incapable de me nettoyer les ongles que de léviter. À ce simple geste que seule une force divine permet, je mesure mon échec. Ma réponse à Geneviève fut beaucoup trop fougueuse. Trop juvénilement amoureuse. C'était donc cela que Florence, Chlorella, Véronique, Barbara m'avaient reproché : évanouissements trop fréquents, goût exagéré de la majuscule. Le sérieux des suicides dont triomphe un chocolat chaud. L'indifférence d'Hamlet à toutes ces Ophélies ondulant à ses pieds. L'ironie de Geneviève, sa dureté même. Tout me disait la légèreté nécessaire de la main, et je continuais de crisper les mots, la caresse. Main distraite, main absente et l'oeuvre se fait comme on se nettoie les ongles !

Mais alors ? Rien, puisque je ne comprends rien à tout ce qui précède. Conclure, comprendre m'est impossible, me demande un effort trop grand. Autant recoller les pièces détachées de plusieurs rêves oubliés. De l'air ! Il faudrait briser la calotte crânienne, casser un carreau ou deux quelque part dans ce grenier étouffant. J'ai soif de lumière. Le maigre filet que les paupières m'instillent ne me suffit plus. M'entendez-vous ? Ouvrez, je suis coincé à l'intérieur de tout, tête, récit, image. Ouvrez que je puisse enfin savoir qui et où je suis. Comment puis-je me connaître de l'intérieur ? Qu'on m'élève, ne serait-ce qu'une seconde, au-dessus de ce bordel où mots et idées s'accouplent sur des objets grinçant d'irréalité, et je pousserai la sérénité désinvolte du génie jusqu'à l'irrévérence de l'oiseau fientant au-dessus de son nid.

Assez discuté. Stratégie, méthode, analyse, projet : monologues douloureusement ridicules (toute douleur est ridicule, conscience qui s'enferre). La parole : chasser cette servante zélée qui, au moindre soupçon, alerte toute la maisonnée, réveille l'insupportable chuchotement des lampes et des veilleuses qui fouillent de leurs yeux myopes la profondeur d'une nuit enveloppée d'aube. Me taire. Quoi qu'il arrive. Surveiller le va-et-vient des images, écouter leurs disputes sans prendre parti. Au-dessus de la mêlée le bruit s'endort. Sollicitations, provocations de l'objet passeront à travers une glace sans tain. Rien ne peut trahir un regard neutre. Je suis au cinéma. Le film ne me plaît ni me m'ennuie. Je suis au cinéma et je me nettoie les ongles.

Depuis quelques jours j'avance lentement, pour ainsi dire machinalement. Mes bras et mes jambes obéissent à ce mouvement que leur avait imprimé

Geneviève. Mais comme je me suis interdit de nourrir cette image nordique, je n'en reçois plus qu'une énergie décroissante. Mécanisme de l'horloge qu'on doit périodiquement remonter, sinon… Ceci ne m'inquiète pas outre mesure. J'épuise les réserves sans songer à demain.

Grande lassitude. Engourdissement passager qui parodie chacun de mes gestes. Dérisoire. (Un homme avait décidé de se tuer. Mais voici qu'arrivé sur le pont, sa propre mort lui semble grotesque. Il n'en a plus envie. À cause du grotesque, non de la peur. Il regarde sa montre. Quinze heures. De toute façon, l'après-midi est à l'eau. Il saute.) Oui, j'avoue ne pas avoir de difficulté à taire mon désir initial. Il s'est effrité au premier coup de lime à ongles. Pourquoi continuer alors? Par peur de cette immobilité vers laquelle je me dirige. C'est en elle que se reforme sournoisement l'aveuglante vie cristalline.

Cette eau sous moi que je ne peux retenir. Sensation agréable de cette chair dérivant sous la pression trop légère de mon corps. Femme frôleuse. Épouser sa fuite, m'abandonner…

Désir de sommeil. Fatigue? Peut-être. Nostalgie du voyage. Se glisser à l'intérieur de la nuit, velin soigneusement replié sous l'enveloppe des paupières fermées, s'éveiller entre des doigts inconnus.

Instants laborieux à tenter de déchiffrer une phrase que je viens de recevoir. Écrite en une langue étrangère que je n'ai pu identifier. Était-ce bien une langue ou un assemblage incohérent de lettres? Je n'en sais rien, sinon que sa lecture me semblait d'une importance capitale. Sorte d'avertissement que je devais comprendre sous peine de mort. Je me suis concentré très fortement sur les mots sibyllins RELUOC TOID UAE, ou plutôt je me suis laissé interroger par eux. J'éprouvais l'angoisse de l'écolier à qui l'on demande, pour le punir de son inattention, de reconstituer la question à partir de la réponse. Chaque lettre successivement crépita pour s'effacer aussitôt. Il ne me reste plus qu'à attendre la sentence ou espérer que tout ceci n'est réel que dans l'espace accidentel de l'éclair.

Je ne peux plus avancer. Que se passe-t-il ? Serais-je déjà arrivé ? Est-ce là la retraite inviolée de Geneviève, le vide sous-jacent à tous les mots ? Est-ce le puits profond où s'endort l'écho, l'aube où se réveille la rivière ? Non, cela est impossible : la Windigo continue au-delà de mon regard. Moi seul suis immobile. Ne serais-je pas aux abords de ce rien parfait que protège le silence ? Exige-t-on de moi une suprême purification ? Me taire davantage. Mourir ? Mais non, puisque la rivière continue. Si la mort est nécessaire, elle se fera plus au nord.

Voilà, je me souviens. Tout a commencé avec cette condamnation de l'image par une transcendantale manucure. Sous prétexte d'une conscience élargie ! Bêtises. Comme si l'absence d'image n'était pas aussi une image et la neutralité un parti pris. Je reconnais là la stratégie de celle que j'ai combattue. Après la surenchère de couleurs et de formes, l'autre séduction : je ne suis pas une image, au contraire, je viens vous délivrer de toutes les images et de leurs preuves inutiles. Et c'est l'âme sœur, sans poitrine ni fard, qui vous met le grappin dessus. C'en est assez.

Je veux me perdre en Geneviève dont la rivière n'est que le souvenir, dussé-je me nourrir d'illusions. Au bout de ma course, ce vase unique fait de pierres et de souffles féminins qui se craquelle au fil des soifs terrestres. Y boire la première goutte d'eau. Tarir l'univers, devenir immortel.

Descendre? Pourquoi devrais-je descendre? Pourquoi le courant tourne-t-il le dos à sa propre naissance, se condamne-t-il ainsi à un stagnation plus ou moins prochaine? Bien sûr, la géographie résout facilement l'énigme grâce à des enchaînements (lacs, rivières, fleuves, océans, évaporation, etc.) qui relancent artificiellement le mouvement. La géographie compose des cercles dont elle ignore le centre. Cercles d'ailleurs très suspects. Il faudrait recourber cette ligne droite de sorte que, le premier et le dernier point se confondant, l'eau coule sans cesse vers sa source, abolisse même toute idée de source. Quel effort d'imagination et que de vies nécessaires pour parcourir un tel circuit! Mais surtout ceci: entreprendre un tel voyage, n'est-ce pas errer autour d'un centre inexistant?

Impatience ou intuition, qu'importe! Je préfère m'en tenir à un cheminement linéaire. Fixer ce point qui n'est encore qu'une image, rebrousser toutes ces lourdes chevelures qui me tirent vers l'arrière. Témérité des myopes? Et cette mer qui me nargue là-bas, j'aimerais bien savoir comment elle subsistera lorsque mon corps occupera tout l'espace de ce vase qui l'engendre. Peut-être devrai-je, ironique pensée, remonter plusieurs rivières, traverser mers et océans. Serais-je plus près du but si je consentais à descendre? N'est-ce pas moi qui à cet instant tourne le dos à… ? Serais-je à mi-chemin ? Alors, pourquoi ne pas ?

Non, c'est impossible. Je ne peux pas douter de la Windigo. Comment dire ? Cela m'est venu malgré moi, m'était antérieur. Je n'ai fait que rechercher ce qui m'était donné. En étais-je le véritable destinataire ? Ne l'ai-je pas plutôt intercepté, comme quelqu'un capte sur ondes courtes un message qui ne le concerne pas, ouvre le courrier d'un autre, et tombe amoureux de la femme dont il a entendu la voix ou lu la lettre. Et toute sa vie est changée. Charlevoix, Geneviève, Windigo. Livré au hasard des signes jalonnant une route de plus en plus étroite. Défi relevé d'une corde tendue entre deux marges profondes, l'une blanche, l'autre vide. Glisser en des attentes sans fond, repêché par un mot. Voyelles floconneuses de Geneviève, voyelles diamantées de la Windigo, n'êtes-vous pas de la même eau ?

Et puis, on verra bien si aller à contre-courant contredit l'imaginaire.

Je ne peux plus bouger. Geneviève ?

Pourquoi te répondrais-je ? Tu es à ce point empli de toi qu'aucune parole ne saurait te pénétrer. Tu me combats et m'implores : il faudrait te faire une idée. Ou plutôt que tu cesses de t'en fabriquer. Je n'ai jamais vu esprit aussi fertile en bêtises. Avant de te répondre, je devrais écraser de mon talon cet insecte sonore qui te tient lieu de cerveau. Est-ce que ça en vaut la peine ? Non, tais-toi. Je t'ai assez entendu depuis quelque temps. Heureusement que le bruit ne m'affecte pas trop. Ce qui t'attend? Les crampes, le grand verre d'eau, le lit de la rivière. Je ne vais tout de même pas te frictionner à tous les trois arpents pour que Monsieur puisse hiverner dans sa petite source métaphysique. Je ne suis pas masseuse. Et puis ces crampes, tu ne les aurais pas volées.

Me serais-je trompée? Parfois je regrette de t'avoir engendré et enseigné depuis l'enfance des évidences que tu ne vois pas encore. La nature charrie des déchets, c'est bien connu. Je fais donc ma part. Ta ferveur? Oui, fervent mais cancre. Tu connais cette histoire du Christ: il y avait une grande séance de miracles et on présentait à Jésus des lépreux, des infirmes, etc... Puis on lui amena un idiot. Alors le Christ s'enfuit en courant. C'était bien la peine de te conduire jusqu'ici, de te donner une rivière. «Emmène-moi, faiseuse de lointain.» Ça, c'est le côté ferveur. Sitôt plongé en elle, tu lui résistes: côté cancre. Si tu avais peur, il fallait le dire. Je t'aurais laissé chez toi. Peur, oui, le mot est juste, ne fais pas l'étonné. Je ne fais pas de littérature, moi. Les mots sont les mots, et lorsque je ne les trouve pas, je me tais. Je n'invente pas une quelconque théorie de mots poreux ou de papier buvard pour camoufler mon impuissance. Le mystère de l'écriture, je ne le nie pas, je le respecte. Laissons cela. Plus tard, si tu échappes au supplice des crampes, tu pourras y réfléchir. Mots poreux, femmes poreuses! Tu as de ces trouvailles. Heureusement (façon de parler) que je suis la seule à t'entendre. Mais tu n'as jamais connu ni femmes ni mots. Tu n'as connu que les objets de ta peur: femmes vêtues de mots, mots vêtus de femmes, cela complique énormément les choses, double la nudité appréhendée. Et voilà comment on devient un piètre amant et un écrivain médiocre.

C'est la peur qui t'a jeté vers le nord; c'est le visage poudré de la peur que tu projetais dans le givre purificateur et la transparence d'une pseudo-esthétique du silence. Décanter l'image jusqu'à son essence ou pavoiser d'idéaux un navire sabordé. De quel droit m'as-tu baptisée «madone des neiges»? Jolie façon de m'effacer. Qu'aucune de tes images nordiques n'ait pu me susciter ne relevait pas d'une difficulté technique mais de la vie même du langage. Tu niais la mer parce que ton verre ne pouvait la contenir. C'est ce que tu as fait en réduisant cette vision à une querelle de couleurs. Avoue que j'étais absente de ton désir, que tu devais te battre l'imagination pour m'inclure dans ton projet. Par politesse, par peur, sous forme d'arguments illogiques (chercher sa voie en ignorant que toute direction comprend deux sens!) ou d'exclamations en fin de paragraphe, comme on s'empresse de saluer une personne que l'on ne veut pas voir. Je ne force personne. Je ne te reproche pas de me fuir, mais de coiffer ta mort de mon nom. Car ton nord n'est rien d'autre qu'une soif d'immobilité, une espèce de retraite qui te mette à jamais à l'abri de moi. «Mon corps étalé dans la glace bleutée!» C'est bien joli, mais ça ressemble beaucoup à un mot célèbre: «Il est plus facile de mourir pour la femme qu'on aime que de vivre avec elle.» Je n'ai que faire de tous ces cristaux que tu pends à mon cou et dont le reflet me dérobe à ta vue. Le temps des illusions est fini! Monsieur se croit parvenu à l'ultime source de tout, immobile et sans ombre. Il s'apprête à pénétrer dans le sein de la mère éternelle, mais voici qu'il culbute, comble de malchance, tête première au fond de son nombril. Est-ce clair? Remarque que tu ne serais pas le premier à piquer ainsi du nez dans un vide personnel que l'orgueil confond avec le «rien parfaitement rond». On aime croire que sa mort est le centre de l'univers. J'ai même connu un homme qui trouvait une forte ressemblance entre son nombril et la tête de Bouddha.

Tu m'entends, Christophe, je te refuse ma complicité. Si tu veux te suicider d'une noble façon, que le rictus des crampes ne défigure pas les traits impeccables de l'idée, ne compte pas sur moi. Fais plutôt appel à toutes ces geishas littéraires ou philosophiques qui se paient facilement d'une métaphore ou d'un sophisme. Si tu veux me suivre, tu ne pourras le faire qu'à la condition de ne plus me questionner. Là où je vais sera ton chemin. Réprime cette joie que tu viens de ressentir, elle n'est pas pure. Tu m'imagines encore, autre façon de me questionner. Parce que je t'ai dit ne pas être «madone des neiges», tu me transformes aussitôt en Vénus de la Renaissance. Et si j'étais une grosse boulangère difforme? Tu vois, tu hésites déjà.

Toutes ces lourdes chevelues qui me tirent vers l'arrière; les rebrousser, m'y abandonner? Tignasses, toisons? Conque marine limacée de chairs lascivement rosies se refermant (couic), victime incluse, jusqu'à l'orgasme final de l'osmose (Ouf! c'est bien la dernière fois que je traduis tes pensées)? Fours graisseux d'une grosse boulangère mâchouillant, indifférente et gloutonne (les vaches de Leconte de Lisle), jusqu'au rot libérateur? Nouvelles spéculations: asseoir la boulangère dans la conque (au pire, une baigneuse de Renoir), introduire Vénus dans la gueule du four (de Botticelli à Boucher). Les choses pourraient peut-être s'arranger.

Assez boursicoté. Sinon je t'abandonne. Et souviens-toi que même si tu attelais à la rivière toutes les images du monde, tu ne pourrais la retenir. Car :

L'eau doit couler.

Bras et jambes enfin soumis, il décrivit un demi-cercle vers la gauche, s'inséra dans le sillon du courant, puis, après une seconde d'immobilité pendant laquelle il connut une agréable sensation d'allongement, il n'eut plus de lui-même que la seule conscience de ce muscle qui l'enveloppait. C'est ainsi que l'eau changea de sens et Christophe de corps.

La nuit allait tomber. En un geste très lent, Christophe essaya de mesurer la largeur de sa couche et dut aussitôt y renoncer tant il était bien bordé. Couché à plat ventre, l'eau lui ridait le bas du visage d'une dentelle brune et cette caresse effritait le doux engourdissement qui le gagnait. Il lui était impossible de dormir. La peur de heurter quelque obstacle (morceau de bois, rocher, bêtes, cadavre), de s'engouffrer dans un torrent, une chute, l'en empêchait. Il se retourna sur le dos. Au même instant, les poutres du vieux pont rayèrent le ciel de leurs doigts écartés et Christophe sourit à cet effleurement qui lui fermait les paupières.

Il y a des gens qui croient au fil ininterrompu du temps, que le jour traverse le tunnel de la nuit sans que le parallélisme ou même l'existence de ses rails en soient affectés. Ils se lèvent chaque matin, nullement surpris de trouver de la lumière, des objets, des êtres, là où quelques instants plus tôt il n'y avait rien. Parfois heureux, le plus souvent fatigués, ils rattachent artificiellement à la veille, puis à l'avant-veille, l'inconnu auquel ils sont confrontés. D'où leur vieillissement et leur ennui : ils doivent remonter de plus en plus loin pour justifier leur univers. Ainsi de suite jusqu'à la fin de leur vie qui survient immanquablement lorsque la mémoire, s'égarant sur le chemin du retour, ne peut rapporter la preuve illusoire avant la tombée de la nuit. Que la nuit soit la mort nécessaire du jour, tel est le risque qu'ils n'osent courir et qui les condamne. Il faut bien avouer que s'en remettre quotidiennement au bon vouloir de la nuit exige du courage : qui peut affirmer que son existence soit encore nécessaire ?

Bref, Christophe avait toujours conçu la rivière à l'image du temps, selon un développement linéaire. Lorsque la nuit l'enleva, il croyait innocemment retrouver en aval la même rivière qui le portait. Quelle ne fut pas sa surprise de s'éveiller nu sous un gros drap, dans un lit dur et étroit, unique meuble situé au milieu d'une pièce carrée d'une blancheur insupportable. Face au lit, une fenêtre contre laquelle s'entassait la lumière du matin. Instinctivement, Christophe ferma les yeux pour ajouter à la densité du silence ainsi menacé. La fenêtre céda (bruit de carreau cassé) sous un flot de lumière qui bientôt monta jusqu'au plafond de la chambre livrée aux odeurs de cannelle fraîchement ouvertes et au crépitement des oiseaux dont certains, plus faibles ou plus audacieux, s'étaient engouffrés à l'intérieur de l'espace inondé et nageaient au-dessus de Christophe. Leur présence ne l'effrayait pas vraiment (ils semblaient s'amuser et nullement affolés de tous ces murs frôlant leurs ailes), mais il tira prudemment la couverture jusqu'à la hauteur des yeux. Il entendit des pas résonner sur le carrelage, vit une paire de sandales, une bure.

— Allez, mes enfants. Notre invité est maintenant bien éveillé. Et n'oubliez pas que le deuxième jour, ce sera à mon tour d'accueillir notre ami.

Se tournant vers Christophe :

Ils sont gentils mais parfois si indisciplinés. Tenez, encore la semaine dernière, j'ai dû intervenir... Enfin, je ne vais pas vous ennuyer avec ces questions domestiques. J'espère que vous avez bien dormi. De votre voyage, je sais, vous préférez ne pas parler. Ne vous excusez pas, nous avons l'habitude des retards. De nos jours, les voyageurs sont si craintifs qu'avant de se mettre en route ils parcourent en eux-mêmes des milliers de kilomètres qui les épuisent inutilement. J'exagère à peine. L'une de mes cuisinières me confiait qu'à tous les deux ans elle visitait l'Asie par l'addition de ses pas égrenés, ici et là, dans la cuisine. Si vous admettez que la durée normale de l'élaboration de l'idée la plus simple va de quelques heures à quelques années, multipliez le temps ainsi obtenu par la vitesse moyenne de ma cuisinière et vous verrez les milliers de kilomètres qui expliquent votre retard. Elle compte se rendre en Amérique l'hiver prochain.

— Si vous permettez, j'aimerais bien, au contraire, qu'on en parle de mon voyage.

— Vous avez pris cette histoire de kilomètres trop

au sérieux. Tous ces calculs sont pure fantaisie, voyons.

— Il ne s'agit pas de cela. Je veux savoir où je suis. Comment j'y suis arrivé.

— Puisque je vous dis que vous êtes tout excusé.

— Non mais…

— Vous êtes à jeun et trop poli. Cela tourne toujours à l'agressivité. On s'occupe de vous. Avec ou sans confitures?

— Si le pain est bon, sans, répondit Christophe agacé.

Le moine sourit malicieusement, s'inclina, puis, remarquant le carreau brisé:

— Je vois que nous aurons fort à faire avec notre invité. Il ne faut pas fermer les yeux, mon fils. Elle finit toujours par pénétrer.

— Comment dois-je vous appeler?

— Hum! Question embarrassante. J'y réfléchirai, faites de même. Entre temps, j'aimerais assez Philémon. Il s'inclina une seconde fois et se retira.

Christophe se frotta énergiquement les yeux, remua pieds et mains sans qu'aucun de ces gestes n'eût le pouvoir d'ébranler la paisible immobilité de la pièce. À plusieurs reprises, il cligna des yeux comme on actionne vainement le déclencheur d'une visionneuse dont le carrousel s'est bloqué. L'anachronisme de sa manoeuvre l'amusa. De toute évidence, l'époque dans laquelle il avait été mystérieusement projeté était antérieure à celle de la photographie. Le costume du moine, sa tête même, l'odeur et le dénuement de la cellule, l'épaisseur de la muraille découpée par une fenêtre asymétrique, le matelas et l'oreiller de paille, la transparence inusité de la lumière, en étaient de sûrs indices. Il était donc puéril (Christophe ne savait comme justifier ce «donc» qui s'imposait avec toute la force que certaines sentences tirent de leur illogisme) de vouloir résoudre un problème à partir de clés qui lui étaient ultérieures. Le même clignement, utilisé au vingtième siècle comme moyen d'animation, serait peut-être d'une efficacité aussi douteuse, mais la justesse analogique du procédé en excuserait la naïveté expérimentale. En d'autres termes, l'anachronisme est aussi une faute de style. Mais puisque Christophe avait eu recours à ce procédé et qu'il en avait remarqué l'incongruité, la question se posa, éternelle question, à savoir s'il était suffisamment endormi ou éveillé. La réponse vint lorsque coïncidèrent le souvenir de la rivière et celui de la lumière forçant la fenêtre. C'était désormais clair et rigoureusement logique : au coeur de la nuit, il avait sombré et reposait maintenant dans le lit de la Windigo. (Connaissant le sérieux de Christophe, on aurait tort de croire qu'un simple jeu de mots l'eût ainsi convaincu et rassuré.) Entre la nature de l'eau et celle de la lumière, la différence était si minime, négligeable. Et celui, hautement sceptique, qui nierait sous prétexte de sa localisation insolite l'existence de ce monastère, que fait-il de Philémon ?

C'était probablement une belle matinée d'été où le goût de la flânerie et celui du jeu se disputent joyeusement les membres qui s'étirent. Il n'y manquait que le soleil (à moins que la cellule ne donnât sur la façade nord du monastère). La lumière, d'une pureté incontestable, se colorait cependant d'une certaine nuance verte qui trahissait une source inhabituelle. L'arbre qui se dessinait dans l'embrasure de la fenêtre n'était peut-être pas étranger à cette affaire. Christophe le regarda longuement, crut recueillir des détails significatifs, mais s'abstint de conclure (et si la façade est flambait?).

Christophe bâilla bruyamment. Il était dans l'un de ces contes d'enfant aux illustrations stéréotypées (la chaumière, trois brins d'herbe, l'étang et sa grenouille) qui l'avaient toujours fasciné. Éloignés du réalisme et du fantastique par leur aspect à la fois trop stylisé et trop familier, ces dessins, dépouillés de toute ambition esthétique, lui semblaient issus de l'imaginaire le plus pur. La visite de Philémon l'avait déçu. Il aurait préféré celle du canard (ce précurseur des «monologuistes»), du lièvre (la tortue n'avait absolument rien prouvé), des lutins (séducteurs gavés de baisers), des trois petits cochons (le moraliste un peu veule qui les avait utilisés avait droit au mépris : qui sait le nombre de personnages ainsi ridiculisés qui avaient peut-être l'étoffe d'un Hamlet?).

Anxieux de se lancer dans l'aventure des samedis matin et d'essayer son nouveau corps (dans la nuit du vendredi au samedi, il est bien connu que tous les enfants ainsi que quelques adultes changent de corps), Christophe décida de se lever. Un seul détail l'en empêcha : la disparition de ses vêtements. (N'est-il pas grotesque de penser qu'il suffit, pour emprisonner un homme, de lui enlever son pantalon?) Furieux, Christophe retournait la nudité dans tous les sens (quelle liberté?) tout en essayant de draper la sienne dans le drap du lit, quand trois autres corps déjà vêtus de longues tuniques l'entourèrent. Quoique l'arrivée des jeunes filles eût dissipé sa colère, il en conserva les traits extérieurs afin de dissimuler son embarras.

— Tiens, voilà les fées! dit-il d'une voix faussement enjouée et impatiente.

Un fou rire aussitôt réprimé rougit le visage des vestales (geishas? S'agit-il de tuniques ou de kimonos?). Christophe comprit que son jeu ne trompait personne.

— Laquelle d'entre vous a caché mes vêtements?

— Vous nous êtes arrivé nu, répondit mécaniquement l'une d'elles, telle une comédienne donnant la même réplique pour la centième fois.

Le sourire complice dont les deux autres accueillirent cette réponse avait aussi cet air théâtral. Christophe eut le sentiment d'être le dindon de quelque farce (image des trois petits cochons).

— Alors, qui m'a couché sur ce lit?

Bien que l'interrogation fût formulée par un pronom neutre, le féminin qui lui était sous-jacent ne leur échappa point.

— Aucune de nous. Peut-être notre père.

— Votre père? Vous voulez dire Philémon?

— Si vous voulez.

Rassuré, Christophe remarqua la beauté des hôtesses et leur sourit le plus simplement du monde, comme si rien ne s'était passé et qu'il pût tout naturellement se prévaloir de la dignité et du charme de l'homme habillé. Anticipant une réponse à la Philémon, il leur attribua gratuitement le premier nom qui lui vient à l'esprit. Aussitôt baptisée, Marguerite mit fin à ces instants d'illégitime supériorité.

— Nous devons vous conduire au jardin et vous y servir le petit déjeuner.

— Je vous suivrai dès qu'on m'aura apporté des vêtements (pays de sauvages!).

— Vous les avez sous les yeux, dit Florence.

— Où ça?

— Mais vous n'avez qu'à choisir, répondit Barbara.

Toutes trois tournèrent gracieusement sur elles-mêmes et les tuniques, un instant froissées par le mouvement circulaire des hanches et de l'air ainsi déplacé, se figèrent à nouveau dans la rectitude d'une ligne légèrement brisée à la hauteur de la poitrine.

— Vous voulez dire que… C'est ridicule. Je refuse. Et puis ce sont des vêtements de femmes ou de moines! Soyez gentilles, vous ne pourriez pas me trouver autre chose? Je vois, ce sont les ordres. De Philémon, le gentil petit papa? Et que fera celle que je désha…

Christophe comprit qu'il était inutile d'argumenter et se tut. Il détourna la tête, s'enfonça dans un réflexion profondément vide. La nudité s'était subitement débarrassée de toute idée charnelle et n'offrait aucune prise à la pensée, aussi lisse que la surface d'un galet. Il se faisait l'effet de quelqu'un qui, n'ayant osé regarder une femme dévêtue, découvre après coup qu'il est en présence d'un mannequin ou d'une statue. Que choisirait-il, une tunique ou un corps? Les tuniques étaient taillées de la même façon, dans la même étoffe. Seule la couleur différait. Florence (bleue), Barbara (rouge), Marguerite (blanche). (Impression de jouer aux voyelles.) Quant aux corps, il lui était difficile de porter un jugement, tant l'ampleur des vêtements en dissimulait les formes. Jusqu'à leur respiration, trop égale et trop faible pour accuser une différence significative, qui obéissait à un même rythme. Les visages: tous beaux, mais d'une beauté si exclusive qu'elle ne se prêtait à aucune comparaison. Comment se décider? Christophe crut remarquer que son regard s'était attardé à la tunique blanche. Mais il n'en était pas certain. Histoire de gagner du temps ou de recueillir des renseignements supplémentaires, il demanda à essayer chacune des tuniques. Sa requête fut unanimement rejetée, mais on se réjouit de son audace. Fait étrange dont Christophe s'étonna : il avait la certitude de n'avoir rien à cacher, que son corps avait rejoint dans le marbre celui des trois jeunes filles. Il repoussa la couverture au pied du lit et s'avança vers Marguerite. Elle enleva sa tunique et la lui passa au-dessus de la tête.

Après cet échange de nudité, Marguerite prit la main de son compagnon, Florence et Barbara se rangèrent derrière le couple, et le cortège descendit au jardin. (Il n'y a toujours pas de soleil. Décidément cette lumière ne peut venir que des arbres. Questionner Marguerite.) Ici et là, par groupes de quatre (trois tuniques, un nu, tantôt féminin, tantôt masculin), des gens se tenaient debout près de tables garnies de nourriture, isolées les unes des autres par d'épais buissons mais disposées symétriquement autour d'un bassin sans eau, rempli de fleurs, de fruits et de pains au milieu duquel Philémon, une pomme à la main, attendait son invité.

— Encore en retard, mon fils !

Reproche amical que Christophe accueillit d'un sourire.

— Je n'arrivais pas à me lever, à choisir.

— Je vois que tu as choisi la plus belle (toutes trois s'esclaffent). Silence, mes filles. Marguerite est un bon choix. Regarde-moi ces jambes (fines, effilées ; fines ou effilées ?), ces mollets (vertigineux sursaut de la ligne — non ce n'est pas cela —, vertigineuse digression de la ligne), ces cuisses (tu pourrais m'aider mon fils?), ce ventre tellement (approche Marguerite, je n'y vois rien), ces seins (double sursaut — déjà employé —, double ricochet d'une question unique. Note celle-là, Barbara.), ce visage (labyrinthe de béances lunaires : pas celle-ci je ne la comprends pas encore) et j'en saute! Marguerite, tourne-toi. Je continue. Admirez les plages de ce dos bistré, la fuite trouble des épaules (soyons honnête : réminiscence littéraire), et puis ce cul (le couvrirons-nous d'un épithète, mon fils? Non? Vous avez raison.)

Christophe n'en revenait pas. Ce n'était pas tellement la description du vieux satyre qui l'avait choqué, mais l'impression très désagréable d'avoir fait les frais de cette grossière caricature dont Marguerite n'était que le prétexte. Philémon fixa attentivement Christophe qui soutint le regard du moine et pouffa de rire.

— Je vois que mon fils n'est pas trop bête. Marguerite était un bon choix. Mangez, mes enfants, car vous aurez fort à faire aujourd'hui. S'il reste du pain, donnez-le aux oiseaux. Nous n'aurons pas d'invités demain.

S'adressant à Florence et à Barbara :

— Vous deux, suivez-moi. Il y a des plaisirs inachevés qui ne peuvent plus attendre. Je sais, ce n'est pas votre faute, mais si cela se répète, je devrai sévir. Le dernier n'était pourtant pas si…

Le reste se perdit au détour d'une allée. Christophe comprenait de moins en moins. (Il se dérobe encore. Marguerite doit pouvoir m'expliquer, elle vit ici. À moins que le silence ne soit la consigne. Vaut

mieux ne pas attaquer de front; ruser, questions inoffensives, Petit Poucet, commencer par les arbres.)

— Quelle belle journée, n'est-ce pas? Cette
lumière, ce soleil. Tiens, mais il n'y a pas de soleil!

— Mais il y a des arbres. Est-ce que je réponds
à ta question?

— Oui et non. Tu veux me passer cette pêche, à
tes pieds. Merci. Tu n'as pas froid, j'espère. Tant
mieux. «Fort à faire, fort à faire»: dis, on ne va tout
de même pas travailler par cette belle journée enso...
Tu connais un adjectif dérivé d'arbre?

— Arborescent, arborisé, arboricole.

— Je ne peux qualifier la lumière avec des épithètes de forme. C'est embêtant, cela. Alors qu'est-
ce qu'on fait?

— On ne dit rien. Puisque cette lumière est toujours la même, pas besoin de la qualifier.

— Je ne te parle pas de cela. Je te demande si on
va travailler.

— Qui t'a parlé de travail?

— Philémon, voyons. Tu n'as pas entendu?

— Je ne l'ai jamais entendu prononcer ce mot.

— Il a dit: «fort à faire». C'est tout comme.

— Comme quoi?

— Bon, bon! Que ferons-nous après le petit
déjeuner?

— J'allais justement te poser la même question.

— Écoute, je ne sais rien de ce monastère (d'ailleurs est-ce bien un monastère), de ces bois, de ces
gens, et tu voudrais que...

— Et moi?

— Quoi, et toi?

— Moi, tu me connais, tu viens de me choisir.

— Pardon, j'ai choisi ma tunique quoi qu'en pense ton lascif de petit papa (ton père, n'est-ce pas?).

— Tu mens.

— Admettons que je t'ai choisie, à quoi cela nous avance-t-il?

— Chut! Tout ceci devait se passer en silence. Je vais me faire gronder. Tais-toi. Prends ma main, attendons.

Marguerite se coucha dans les fleurs. Christophe l'imita. Ils restèrent ainsi immobiles une bonne heure pendant laquelle Christophe eut fort à faire. Il lui fallait d'abord renoncer à la parole, seul moyen efficace de vaincre une curiosité naturellement dissipatrice (qui est Philémon, que font ces gens, pourquoi suis-je ici?). Mais dès qu'il avait réussi à faire taire les questions suscitées par ce qu'il avait déjà vu, du silence surgissaient de nouvelles images de la vie au monastère. Et tout était à recommencer : regarder, se taire, attendre. C'est ainsi que Christophe visita les lieux sans quitter le bassin fleuri.

Il y avait des milliers de chats de toutes les races (siamois, persans, angoras, etc...) réunis dans une salle sous le regard électrisant d'un chat de gouttière, sorte de brigand de taille moyenne, vêtu de barbelés et les yeux écorchés de deux traits rouges. On tenait conseil, comme dans les fables ! Impossible d'entendre ce qui s'y miaulait : «Des corps nouveaux... promesses... l'heure est venue... notre patience...» Marguerite pressa la main de Christophe. (La référence à la fable : interférence, perception amoindrie, inintelligibilité. À biffer.) Un chat de gouttière — poils hérissés, yeux rouges — harangue de nombreux chats

192

de toutes races réunis dans une salle. Christophe, ayant mis quelques secondes à corriger son regard, ne peut saisir que le péroraison : « Nous ne sommes pas de vulgaires noyés. Philémon nous a promis des formes et des vies nouvelles. S'il ne tient pas parole, nous le taillerons en pièces. Ce sera la dernière violence de nos griffes. » Coup de théâtre : Philémon était là, debout dans l'embrasure de la porte. S'adressant à l'agitateur : « Ma parole ne vaut que pour ceux qui la comprennent. Il y a ici des chats âgés de mille ans qui jadis te ressemblaient beaucoup. L'impatience se paie d'une longue vieillesse, ne l'oublie pas. Tes miaulements sont encore très éloignés de la parole. Ne t'ai-je pas conseillé d'user tes griffes à l'écorce des arbres ? Retournes-y, et tout de suite ! » Une vague soyeuse déferla hors de la salle. Le chat de gouttière s'arrêta près de Philémon, fit un bond prodigieux dans l'espoir d'atteindre le visage du maître et le manqua de peu. Ricanement de Philémon : « On veut sauter ? Sautons ! » Fou de rage, le chat bondit à nouveau et, soudainement léger comme une balle, alla donner de la tête contre le plafond avant de retomber lourdement aux pieds de Philémon. Un filet de sang dégoulinait sur le plancher. « Tu me nettoieras cela, mon petit, n'est-ce pas ? » et il sortit en sifflotant.

Christophe se tourna vers Marguerite, qui dormait ou feignait de dormir. Les chats se dispersaient tandis que leur malheureux chef continuait de s'assommer à la grande satisfaction de Philémon. La scène se répétait inlassablement sans que Christophe, résolu à ne pas intervenir, vît sa discrétion récompensée. La dernière tirade du rebelle (pourquoi Philémon avait-il qualifié de miaulements des mots clairement prononcés, une phrase très bien articulée? Coup bas, sans doute. À moins que son jugement ne portât sur le contenu?) et la réponse de Philémon cherchaient vainement à s'interpénétrer, comme deux pièces irréconciliables d'un puzzle. N'y tenant plus, Christophe, après avoir jeté un coup d'oeil à Marguerite, risqua une interprétation prudemment symbolique (les chats réclamaient une meilleure nourriture) qui ne fit qu'ajouter à l'hermétisme des propos entendus (entre autres difficultés: pourquoi les chats se seraient-ils exprimés symboliquement?). Christophe fit à nouveau le silence, dans l'attente d'une autre image à regarder. Effet contraire: la même scène reparut avec une clarté accrue. Résigné, il décida, histoire de tuer le temps, de compter les chats (on ne pouvait taxer cette opération d'interférence) présents dans la salle.

Comme le temps dont il disposait pour procéder à un tel inventaire était très court (quelques secondes tout au plus, entre l'instant où il eut une vision globale de la salle et la sortie des chats), et qu'il lui était impossible d'arrêter le déroulement de l'image, il devait attendre (intervalle variable, selon le degré de concentration) la reprojection de toute la séquence pour reprendre son addition au dernier chat recensé. Comment le reconnaître, ce chat? S'il côtoyait des races différentes, facile! Mais un persan entouré de persans? Christophe fut donc obligé, lui qui n'était nullement observateur, de développer son sens du détail. Autre difficulté: la mobilité des chats. Ayant repéré son chat, au dernier moment précédant la sortie, il devait pouvoir le retrouver à ce point précis de la séquence, car tout changement de position, si minime fût-il, ruinait tout le système de relations qui avait permis d'établir la caractéristque repère (troisième tache brune, à gauche du siamois à la queue levée, etc.). Si bien que la durée absolue de la scène se réduisait, pour Christophe, à cette fraction de seconde entre le dernier mot de Philémon et la dissolution de l'assemblée. S'il en avait compté une douzaine à son premier visionnement, il pouvait désormais à peine passer d'un chat à un autre. Et cette lenteur n'abolissait pas tout risque d'erreur !

Il en était à son trente-septième, lorsqu'un cri l'arracha à sa fascinante entreprise et le déposa, à l'extrémité sud du monastère, face à une porte massive en bois sculpté. Plus rien. Aurait-on deviné sa présence ? Ce cri n'avait-il pas jailli d'une souffrance irrépressible ? N'appelait-il pas à l'aide ? Toussoter, faire craquer le parquet (comment ?) : ne fallait-il pas répondre ? Affreuse complicité (mon hésitation bâillonne la victime. Si victime il y a… Comment être sûr ? Un cri n'implique-t-il pas toujours deux personnes, que la deuxième soit réelle ou imaginée ?). Il se ravisa. Attendre. Il tendit l'oreille. Insuffisant. Il colla son oreille à la porte, mais la surface inégale de celle-ci ne permettait qu'un contact très imparfait qui réduisait d'autant l'intensité de la perception. Était-ce bien un gémissement venu de l'autre côté ou son propre souffle égaré dans les entrelacs du bois qui lui refluait à l'oreille ? Profonde inspiration, rétention pendant laquelle il entendit, clairement cette fois, un bruit de pas, mais de pas qui ne toucheraient pas le sol et se déplaceraient à la verticale, comme les pulsations d'un jet d'eau piétinant l'espace. Du seul cri entendu, Christophe avait déduit la présence de deux personnes. Force lui fut de reconnaître son erreur : il était impossible de diviser ces pas. Ce qui détruisait l'hypothèse de l'agresseur, à moins que celui-ci (contre toute logique, étymologique ou autre) ne soit immobile. Nouveau gémissement, oscillation des pas au sommet de leur colonne. (Oh non!) Permanence du souffle et du sang : l'oreille qui écoute ne peut s'abstraire d'elle-même. Attente aussi absurde que celle du regard contre une porte fermée. Christophe recula, inclina une épaule vers l'avant. Renverser l'obstacle, volonté de voir. Pression de la main de Marguerite. La porte était massive et en avait vu d'autres. Le chat de gouttière, la voix de Philémon («use tes griffes»). (Soit! Qu'on étrangle ou viole toutes les femmes qu'on veut, ça m'est égal, ça ne me regarde pas! Au prochain cri, je me bouche les oreilles.)

Comme il allait se retirer, l'une des figures sculptées dans la porte attira son attention : au milieu d'un bassin rempli de fleurs et de fruits, une jeune fille nue, étendue aux côtés d'un jeune homme vêtu d'une... Stupéfaction de Christophe. Il scruta le visage du personnage masculin, mais le dessin en était si miniaturisé qu'il était impossible d'y déceler quelque ressemblance. Cela ne suffisait pas éluder l'hallucinante coïncidence. S'éloignant du bassin, Christophe partit à la recherche des chats. Deux preuves valent mieux qu'une (preuve de quoi?) et, de plus, il pourrait tout à loisir terminer son recensement. Aucune trace des chats. C'était inconcevable! À moins que la surface agitée de cet étang qu'il avait cru apercevoir, dans la partie inférieure gauche de la porte, ne fût la reproduction (très libre) de l'assemblée tumultueuse à laquelle il avait assisté? Quoi qu'il en fût, il lui fallait renoncer au dénombrement de cette masse quasi liquide. Pourtant, cette grosse grappe de raisins noirs suspendue miraculeusement à quelques pieds du sol, sous le regard d'un vieillard, n'était-ce pas le chat de gouttière? Méprise facilement explicable : il y avait toujours des vignes dans ce genre de sculptures. D'ailleurs, cette porte était une forêt de signes. Pas un pouce carré qui n'ait échappé au ciseau de l'artiste. Le tout sans aucune ordonnance, creusé au jour le jour, selon le temps et l'espace disponibles. Dernier regard sur les raisins ambigus et la surface féline des eaux (pourquoi aurais-je imaginé ce qui est absent de l'oeuvre? Peut-on imaginer hors de l'imaginaire?).

Marguerite, ennuyée, se retourna brusquement dans son sommeil. Christophe s'enfonça dans la forêt. À peine eut-il quitté la double figure hermétique qu'il entendit des rires derrière un buisson. Il s'avança, en prenant bien garde de ne pas se montrer. Ce qu'il vit lui fit oublier le vampirisme des épines plantées dans sa chair. Douze jeunes filles, se tenant par la main, dansaient autour d'un nain complètement nu (il suffit de peu pour dévêtir un nain) qui tentait désespérément de s'échapper du cercle. Qui feignait de vouloir s'enfuir pour mieux se jeter contre les jambes de ses ravisseuses. Prisonnier résigné d'une telle corolle, sans que jamais sa petite taille lui permît d'assouvir une plus grande soif. Esquissait-il un mouvement, que d'innombrables mains le chiffonnaient gentiment jusqu'à ce qu'il s'écroule, étourdi et gavé, la peau rosie par les ongles trop longs ou les paumes trop chaudes. Étendu dans l'herbe, il faisait le mort. Alors l'une d'elles se penchait au-dessus du cadavre, lui effleurait le visage de sa chevelure, puis de ses seins froissait les paupières hypocrites pour finalement ressusciter Lazare d'un baiser. Il jouait l'étonnement (où suis-je?), la peur (laissez-moi partir), bondissait à nouveau entre leurs mains.

L'innocence et la perversité de ce jeu troubla Christophe. Quel enfant n'a pas rêvé d'un tel manège, ne s'est pas subrepticement glissé à l'intérieur d'une gerbe de fleurs? Enclos! Guirlandes de pétales en robes de coton, et la terre soudainement tourne, ivre de parfums. Quelle jeune fille ne s'est pas laissé entraîner dans cette ronde, essayant des gestes qu'aucun objet encore ne lie ou ne contraint? L'âge du nain, voilà ce qui menaçait la pureté du jeu. Avant que le nain ne lui criât son âge, Christophe s'en était détourné.

Un sentier le ramena dans le jardin où il avait déjeuné. Cette fois, pas d'erreur possible : le sculpteur avait nettement disposé les gens par groupes de quatre et les tables autour du bassin dans lequel Marguerite et lui-même gisaient parmi les fleurs et les fruits. Au-delà, le sentier disparaissait sous un feuillage si dense qu'il fallait une attention constante pour ne pas le perdre de vue. À plusieurs reprises, Christophe dut revenir sur ses pas, ayant distraitement suivi une nervure. Le sentier était légèrement plus fouillé que la végétation ambiante, et c'était à cette mince différence que le marcheur devait se tenir, funambule aux prises avec le problème inversé de l'équilibre. Aussi valait-il mieux se fier à la foulée qu'au regard. Ayant consenti à ce paradoxe, Christophe avança plus facilement.

Il déboucha ainsi dans une clairière, pas plus grande qu'un médaillon, remplie de lumière tamisée. Un cheval pataugeait là-dedans, broutant quelques branches qui l'éclaboussaient en se cassant. C'était une belle bête au pelage blanc taché de noir. Animal domestique? Quelque chose en lui rappelait le mystère de l'orignal (patauger, brouter : est-ce que l'artiste, inconsciemment, n'aurait pas mis un peu d'orignal dans son cheval? Un cheval se nourrit-il de branches?) mais, d'autre part, il était d'une telle beauté que son corps, respirant l'intelligence, ne souffrait aucun rapprochement avec un animal, quel qu'il soit. Si bien qu'en sa présence, l'idée même de cavalier devenait pléonastique. Bref, Christophe avait la curieuse impression que ce cheval était à lui-même sa propre monture.

Erreur! Assis dans l'herbe, à l'autre extrémité de la clairière, un jeune homme élégamment vêtu (chevalier?) s'entretenait avec un paysanne (bergère?) moins (bien) vêtue. Le cheval, situé au premier plan, dissimulait partiellement le couple à tout regard indiscret. Ayant entendu des voix, Christophe s'était accroupi et vit entre les pattes (jambes) du cheval, les oeuvres du chevalier. Ce dernier avait des lettres (avait-il lui-même composé l'églogue?) qu'il déversait dans l'oreille démesurément attentive de sa compagne. Il était question de fleurs butinées, de corolles en robe de coton, de la douceur des pelouses, du baiser de la brise. Le cheval remua bruyamment la queue et interrompit l'envolée de l'autre. Fort heureusement d'ailleurs, car un sourire ironique se dessinait sur les lèvres de la jeune fille. Toute paysanne qu'elle était, ce n'était pas une églogue qui la déshabillerait. Le chevalier, homme intelligent (on ne pouvait chevaucher une telle bête sans en retirer quelque chose), passa au récit de voyage : «J'ai connu des lacs dont les ventres merveilleux… des rivières aux hanches si gracieuses…» Et les mains du séducteur de parcourir les espaces que découvrait le poème.

Christophe trouva cela d'un très mauvais goût. Le cheval, lui, ne portait aucun jugement, indifférent à cette scène qu'il avait dû subir plus d'une fois. (Enfin, si la jeune fille est consentante ! Mais, pourquoi, diable, cette orgie verbale ?) Christophe dut reconnaître que la perversion des mots l'agaçait davantage que la souillure d'un corps (innocent). Dans le secret de lui-même, il jura de se taire, ce que d'ailleurs Marguerite lui avait conseillé de faire. Tout en regardant le cheval, il comprit qu'il fallait une grande force intérieure pour résister à cet instinct de la parole que la femme ne manque jamais d'éveiller. La première impression était la bonne : le cheval n'était pas celui qu'on pense.

Christophe se releva, contourna le cheval, enjamba avec un certain mépris le couple enlacé, et retrouva le sentier auquel il reprocha d'un violent coup de pied de s'être ainsi interrompu l'espace d'une bêtise. (C'était bien la peine de décrire tant de courbes pour ne rien éviter !) Point de vue fort subjectif. Le dernier crochet était voulu, les précédents aussi, afin de faire croire à un hasard. Nouveau coup de pied. L'artiste n'est innocent qu'en principe. À moins qu'il ne fût aussi victime de son sentier.

À la mauvaise humeur de Christophe, le sentier

répliqua par une nouvelle série de courbes, de plus en plus rapprochées, pour finalement culbuter son passager dans un escalier en spirale. Tout à sa colère grandissante (il anticipait le coup classique du labyrinthe, le retour à la clairière), Christophe ne put éviter la trappe qui s'ouvrait sous ses pas. Ce tunnel souterrain ressemblait étrangement à un couloir de monastère. Sans en voir l'extrémité, il en imagina une et marcha dans cette direction. Il avança lentement (l'hypothèse de tourner le dos à la sortie) jusqu'à une porte abondamment sculptée qui était évidemment fermée (l'innocence du sculpteur, de moins en moins probable). Christophe n'eut pas le temps de se souvenir que la porte s'abattit, renversée par un cri violent : un personnage barbu, de taille gigantesque, déchirait à pleines mains et à belles dents le corps nu d'une jeune femme qu'il venait d'étrangler. Christophe fut cloué sur place. Quelque chose de beaucoup plus terrifiant que la peur du monstre ou l'horreur du sang l'empêchait de pénétrer dans la chambre. Il savait déjà, n'osait se l'avouer. Comme il allait s'enfuir, l'ogre se retourna et d'un sourire en fit son complice. Christophe hurla un interminable « non » qui réveilla Marguerite.

— Je n'ai jamais entendu un si beau cri, dit-elle en s'appuyant sur les coudes.

— Marguerite, il faut prévenir Philémon, pas une minute à perdre, l'assassin derrière la porte…

— Oui, oui, je sais. Calme-toi.

— Mais tu ne sais rien du tout, on vient de…

— Chut ! Tais-toi ou je te laisse y retourner.

Pour mieux l'aider à se taire, elle l'embrassa sur la bouche. Il la repoussa brusquement.

— Non, pas ça, s'écria-t-il.

Mais le baiser avait déjà tout effacé.

— Alors quoi?

— Je ne sais plus.

— J'ai une idée, un service à te demander. Tu as entendu ce grossier portrait que Philémon a fait de moi. Je ne pouvais protester en sa présence, il ne supporte pas d'être contredit. Mais à toi je peux bien le dire : ce portrait ne me va pas du tout! Comme un vêtement trop grand à certains endroits, trop étroits à d'autres. Je soupçonne Philémon d'en habiller toutes ses filles. Économie, économie! Tu voudrais le refaire ce portrait? Je ne vais pas bouger, je te jure.

Christophe commença avec des mots. Il passa d'abord en revue tous les substantifs dont il aurait besoin : il ne lui en manquait aucun, le corps humain étant relativement connu. Restait à découper dans cette matière le corps de Marguerite. Ce serait la tâche des verbes et des épithètes. Il en choisit soigneusement un certain nombre, les essaya, puis revint à ceux qu'il avait écartés, les abandonna, en appela d'autres qu'il ne connaissait pas ou qu'il avait oubliés, convaincu que le nom de Marguerite, semblable à la baguette du sourcier, s'animerait lorsqu'il aurait trouvé ceux qu'il fallait. Attente toujours déçue, immobilité du nom au-dessus des mots. Christophe travaillait les yeux fermés. Marguerite le lui fit remarquer.

— Tu ne me regardes même pas.

— En quoi cela m'aiderait-il? Est-ce que tes cuisses pourraient me fournir les mots de leur propre description?

— Évidemment, si tu procèdes ainsi.

— Mais c'est toi qui m'as demandé un portrait. Moi, j'ai toujours détesté ce genre d'exercice complètement inutile. Un corps est un corps, et tout le reste n'est que littérature. Il n'est plus question que je te décrive. Philémon se foutait de toi...

— Et de toi aussi.

— Il avait raison.

— Je n'ai jamais dit le contraire.

— C'est fini. Plus de flirt avec la réalité. Désormais, je fais ce qui me plaît, quand ça me plaît, sans avoir à me justifier, ne serait-ce que d'un portrait.

— Bien. Très bien.

— Mais pourquoi m'avoir demandé cette ineptie?

— Pour que tu me caresses, voyons.

Rire de Christophe. Sa main, enfin libérée, se pose sur Marguerite. Main immobile, qu'aucun désir n'agite ou ne guide, attentive à se pénétrer d'une présence qu'elle attend. Calme interrogation appâtant le vide, captive des marées du silence. C'est de la chair que viendra la caresse qui façonne le corps.

Respiration étale de l'eau que ne cerne aucun rivage. Marguerite s'étend à perte de vue. Une ligne ovale se dessine qui piège l'ailleurs de son sommeil, faible rempart que la main aussitôt consolide. L'eau monte (double pression de la main contre les hanches), gronde à la hauteur des cuisses, refoule le long des jambes (léger assaut que le mollet repousse). La caresse descriptive exige une vigilance de tous les instants. C'est une épaule qui menace de fuir, une aisselle qui se creuse dangereusement. L'eau enfin se cristallise sous la forme d'un corps dont la main peu à peu parcourt le secret réseau jusqu'à ce qu'elle rencontre un visage qui lui impose à nouveau silence. Heureuse immobilité du regard de Marguerite sur elle-même.

— Dire que demain je serai autre! soupira-t-elle.

— Qu'est-ce que tu dis?

— Que je passe ma vie à poser.

Philémon s'approche du bassin, regarde Marguerite.

— C'est du bon travail, mon fils! Marguerite, pourquoi ne feriez-vous pas une promenade dans les bois?

— J'adore la façon dont vous commandez! dit Christophe.

— N'était-ce pas là votre désir?

— Oui, oui, répondit ironiquement Christophe.

— Alors? Formuler le désir de quelqu'un, est-ce le commander?

Là-dessus, Christophe et Marguerite se levèrent, firent une révérence que Philémon applaudit, et traversèrent le jardin en gambadant. Ils jouèrent à cache-cache, à saute-mouton, grimpèrent aux arbres, se barbouillèrent de mûres et de framboises, s'amusant de tout et de rien. Puis Marguerite lui enleva sa tunique, en déchira un morceau dont elle lui banda les yeux. C'était un nouveau jeu, il ne fallait pas questionner. Après l'avoir conduit jusqu'à un buisson, elle le poussa fortement et il roula au fond d'un ravin. Ayant repris conscience, il arracha son bandeau et se vit entouré d'une forêt de jeunes filles. Il s'en donna à coeur joie (ce n'est pas tous les jours que les arbres dévoilent leur vrai visage). Lorsqu'il demanda sa tunique, on lui remit son bandeau ainsi que de très beaux vêtements. Lorsqu'il demanda son chemin, on lui donna un cheval : c'est ainsi que Christophe devint ce troubadour qu'il avait toujours été.

Il chevaucha longtemps à travers la forêt où il lui semblait reconnaître les corps épars d'innombrables femmes. Cela lui inspirait des vers d'une telle audace («Ô forêt, je dirai un jour tes naissances secrètes : » «Espace sacré de la chair que dissimule l'écorce») que bientôt le désir s'empara de lui. Pégase (c'était le nom du cheval), voyant qu'on le pressait, devina l'urgence créatrice et déposa son maître dans une clairière, médaillon au centre duquel se tenait une jolie paysanne. Le verbe mit une bonne heure à s'incarner et se résorba dans le silence de l'épuisement. Après quoi, il remonta à cheval, en quête d'une auberge.

Le soir tombait lorsqu'il dévala un raidillon au pied duquel s'ouvrait un long couloir. Il descendit de Pégase — les sabots contre les dalles risquaient d'éveiller tout le monastère (malgré ses apparences de tunnel, c'était bien un couloir de monastère) — et marcha à l'aveuglette sans pouvoir cependant se défaire de la curieuse impression de suivre quelqu'un. Cette même impression qui avait accompagné sa main dans le corsage de la paysanne. Comme s'il se déplaçait dans une image fixe et que son regard était antérieur à ce qu'il voyait. Dans l'obscurité la plus totale, Christophe conclut qu'il s'agissait là d'un phénomène bien connu, celui du déjà-vu (l'inconnu est un connu oublié et reconnu), mais ne put se souvenir de l'explication du dit phénomène. Si bien qu'il continua de se mouvoir vers quelque chose d'inconnu dont il n'arrivait pas à se souvenir. Il douta alors de la fidélité de Pégase (ce cheval, sous ses airs de soumission, ne m'aurait-il pas conduit là où il voulait? Là où il m'était impossible de ne pas me répéter?). Tout geste exprime un mouvement depuis longtemps achevé.

Il ralentit son pas, mais n'en parvint pas moins devant une porte abondamment sculptée. Il frappa. Une jeune femme lui ouvrit, le débarrassa de sa cape, et lui indiqua un large lit en lui souhaitant de passer une bonne nuit. Elle allait se retirer quand il referma la porte d'un violent coup de pied. Il l'empoigne aussitôt par un bras et la jette sur le lit. Elle crie. Écumant de désir et de colère, il grogne («Plus de discours, fini le flirt»), s'abat sur sa victime qu'il étouffe de tout le poids de son corps, et pousse la cruauté jusqu'à planter ses crocs dans la chair tiède. La fatigue met fin au carnage. Christophe se relève, sourit à l'image que lui renvoie un miroir près de la porte, arrache ce qui lui reste de vêtements, roule parmi les membres déchiquetés, et sombre dans un profond et paisible sommeil. C'est là qu'à l'aube du second jour, Philémon vint le réveiller.

— Le Seigneur soit avec vous, mon fils!

— Le Seigneur pourrait-il indiquer à son fils une fontaine où il pourrait se laver?

— Il n'y a d'eau ici que la lumière. Mon fils ne le sait-il pas?

— Oui, oui, bien sûr. Très jolie votre parabole. Et la lumière jaillit des arbres!

À ces mots, Philémon se dirigea vers un bahut, l'ouvrit, en retira quelques branches fraîchement coupées, et les cassa au-dessus de la tête de Christophe. Une lumière glauque pénétra son corps et en détacha les épaisses croûtes de sang coagulé qui le recouvraient. À ses pieds gisait la dépouille liquéfiée de celle qui s'était répandue dans toutes les pores de sa peau.

— On passe son temps à se déshabiller, dans votre bordel !

— C'est la volonté du Seigneur, mon fils.

— Vous ne croyez-pas qu'il serait temps de mettre fin à cette charade ? Vous n'ignorez pas que le visiteur est un baluchon de questions. Je déballe. D'abord, voulez-vous bien me dire de quel Seigneur vous me rebattez les oreilles ?

— Très bonne question. Exige une réponse très, très approfondie. Devrai y penser mille fois pendant et après cette vie. Quel Seigneur ?

— C'est ce que je vous demande !

— Ah oui, je me souviens. Quoique je n'en sois qu'au troisième examen de votre question, je réponds, au risque de me tromper, l'intuition est trop forte, je ne peux résister : le Seigneur est une formule de politesse.

— Très drôle ! Très malin !

— N'est-ce pas ? Tous mes disciples sont d'accord. Philémon est incollable.

— Vos disciples ? Vous voulez dire « vos prostituées ».

— Ne chicanons pas sur les termes. Le vocabulaire est chose si personnelle.

— Oui ou non, ce monastère est-il un bordel ?

— Tiens, j'ignorais que c'était un monastère.

— Je n'ai rien dit de tel. Je demande : suis-je dans un monastère ou un bordel ?

— Bien, voilà que votre question se précise. Bientôt vous serez en mesure d'y répondre. Il faut toujours purifier la question de toutes les réponses qui l'obscurcissent.

— Où suis-je?

— Enfin nous y voilà! Poursuivons.

— Si nous y sommes, pourquoi poursuivre? La question est posée, n'en sortons pas.

— Si nous quittions cette chambre...

— Nouvelle dérobade.

— Pour mieux la parcourir.

— Nouvelle charade. Traduction, s'il vous plaît?

— Le chat dans la soupe est une louche qui s'ignore.

— Bravo! Trêve de bêtises, voulez-vous?

— C'est aussi mon avis. Alors, sortons.

— Pas tout de suite. J'aimerais que vous m'expliquiez ce qui m'est arrivé hier.

— Savez-vous ce que vous voulez à la fin?

— Comprendre, tout, depuis l'échange de tuniques jusqu'à cette femme dévorée.

— C'est très simple. Dieu étant la synthèse de ce qui l'exclut, vous l'avez rencontré dans un bordel que vous avez pris pour un monastère, ou vice versa.

— Pas si vite! Ne pourriez-vous pas reprendre ceci en d'autres termes.

— Bien sûr, mon fils. La vie étant un songe, vous vous êtes éveillé à la vie à la faveur d'un profond sommeil.

— Vous le faites exprès, non?

— Désirez-vous une explication profonde ou non?

— Oui, mais une explication plus logique, moins elliptique.

— Je regrette, la profondeur ne saurait être logique. Peut-être qu'une analyse symbolique vous serait

plus accessible. J'avoue que mes raccourcis dérou-
tent parfois. Voyons, quelle symbolique utiliser?
Moby Dick est le symbole de l'impuissance humaine,
image d'un destin que la volonté ne peut transcender.

— Qu'est-ce que Moby Dick vient faire ici?

— Pardon, je me suis trompé de grille. Je suis tellement distrait! Voilà, j'y suis: mon fils, vous avez
fait l'expérience de la naissance phréatique dont la
dialectique est un échange de vêtements et de nudi-
tés. Je ne peux aller au-delà de cette clarté, sous peine
d'une vulgaire réduction rationaliste (naissance phréatique? Hum! je n'étais pas si loin de Moby Dick!).

— Vous vous foutez de ma gueule?

— Je fais de mon mieux. Quelle idée aussi de me
faire patauger dans la profondeur?

— Je vous croyais intelligent, une espèce de sage.

— Sur quoi fondiez-vous cette opinion?

— Votre âge, cette bure.

— Et si demain j'allais nu, brandissant aux yeux
de tous mon éternelle virilité? (ce que je ferai peut-
être, à bien y penser).

— Ça ne changerait rien à mon désir de comprendre.

— Ce désir n'est pas faux, seulement déplacé.
Aveugle qui vous mettez une tête sur la tête! Ce n'est
pas de moi, mais j'allais le dire.

— Traduction, s'il vous plaît.

— La prochaine fois que tu me questionnes, je te
fous mon pied au cul.

— Ça va, j'ai compris.

— Bien. Alors répète après moi: je me suis fait
tripoter par une douzaine de jeunes filles, j'ai séduit
une paysanne à l'aide de mots pervertis, j'ai violé et
dévoré une pucelle: je me porte très bien.

— Eh, je ne me reconnais plus.

— Ai-je dit cela?

— Non, c'est moi.

Philémon lui balança un coup de pied sur le tibia («Les questions, au cul; les commentaires, dans les jambes»), et sortit. Christophe maugréa, pour la forme, encore heureux de s'en tirer à meilleur compte que le chat de gouttière.

— Qu'est-ce que je fais maintenant?

Voix de Philémon :

— Exerce ton regard.

— C'est bien ce que je disais, on passe son temps à se déshabiller dans votre boîte. Ni bordel, ni monastère : école de voyeurs.

Quoique l'idée de s'étendre dans le bassin pour une nouvelle séance de visionnement ne lui sourît guère, il se dirigea vers le jardin, espérant une rencontre qui retardât l'épreuve. Le jardin était vide. Pas un chat, pas une fille ne viendrait le distraire. Les fleurs écrasées la veille ayant gardé l'empreinte de son corps, il s'y coucha ainsi que dans un moule. Voix de Philémon :

— Le regard est un vêtement fait sur mesure.

— Silence, dit Christophe en fermant les yeux.

Vu.

Au réveil, il flottait à la surface de la Windigo qu'il ne retrouvait pas là où il l'avait quittée. Quelle distance avait-elle parcourue en son absence? L'impossibilité de toute mesure, même approximative, l'effraya. Lui qui avait rêvé de l'univers comme d'un pointillé, voici qu'il supportait difficilement l'idée de voyager en un espace tronqué. Ce vide auquel il tournait le dos ne détruisait-il pas le mouvement? Il imagina alors la trajectoire (invérifiable) d'une rivière tantôt diurne, tantôt souterraine. Il n'avait donc pas quitté la rivière, elle ne s'était jamais interrompue : la lumière de chez Philémon était de l'eau décantée. Mais cette conception des choses, apparemment rassurante, était à y regarder de plus près presque monstrueuse : des bouts de rivière à la dérive, reliés entre eux par des paraboles invisibles. Le pointillé étant inévitable, Christophe pensa qu'il devait choisir : de lui ou de la rivière, qui devait se sacrifier à l'idée de continuité? Sans savoir pourquoi, il ne pouvait renoncer à une partie, si minime fût-elle, de la rivière; cela le menaçait comme un trou de mémoire. Par contre, l'image de la rivière découpée en milliers de petits morceaux, comme autant de gouttelettes ponctuant la forêt, était aussi invivable…

Mais l'eau s'impatienta. Et, de la voix sourde d'un torrent, Geneviève dit : « Les morts enterrent les morts, l'eau efface l'eau. » Déjà l'écume blanchissait Christophe, un premier remous se saisit de son corps, un second le propulsa, à la vitesse de l'éclair, entre deux rochers. Alors Christophe sut que seul l'aval commandait à la distance et que lui-même appartenait à cette distance, voyageuse sans mémoire, tout entière enclose dans l'instant pressenti, oublié. Joie de se savoir infiniment éphémère, condamné à d'innombrables morts, immortel.

Celui qui part est déjà loin
Encore plus ailleurs, toujours plus ailleurs
Au-delà commence le mouvement
Car l'inconnu est à celui
Qui meurt avant de partir.

Christophe (est-ce bien mon nom ?) ne voulait, ne désirait rien. Quelque chose, en dehors de lui, aspirait et cette aspiration le portait. Comme un rythme (ravissement : quand les étoiles gisent au fond d'un panier renversé qu'on porte sur sa tête, double lecture du sillon creusé par le soc du courant et la crête des montagnes, éclaboussure de perles, blessures du roc assailli, docilité de l'eau quand elle se laisse dessiner par les rives, assoupissement de la profondeur, son réveil perceptible aux frissons de l'onde) dont la Windigo (qui vient de la nommer ainsi ?) était la traduction.

(Tout est si simple : de l'eau qui coule.)

Et pour la première fois, son regard embrassa toute la rivière. Partout, au même instant, de l'eau qui coule ! C'était incroyable. (De l'eau qui coule en elle-même.) Partout, au même instant, la Windigo tout entière était (rondeur de l'eau). Mais cela ne dura qu'une fraction de seconde, le temps que met l'oeil à se protéger d'une flamme trop vive. Déjà l'ailleurs, cette joie relancée à chaque coude de la rivière, l'avait repris. N'est-ce pas ainsi que l'espace vient à la rescousse du temps? Christophe n'imaginait aucune cible, si ce n'est à l'embouchure une aube imprévisible, quelque sein verdâtre ou la mer. Mais cette image ne lui parvenait, lointaine, qu'à travers l'ivresse du mouvement (mouvement paradoxalement confirmé par la certitude que la Windigo tout entière était présente à chaque instant de son écoulement), et inconsciemment il la repoussait de peur que la rivière ne s'y fiche pour toujours.

Quelques jours plus tard, une île divisait la rivière en deux bras d'égale largeur. Christophe crut distinguer une tourelle derrière l'épaisseur du feuillage. Mais avant qu'il ne pût y fixer son regard, la force du courant, doublée par la contrainte de l'obstacle, l'entraîna à la gauche de l'île. Il chercha vainement ce à quoi il pourrait rattacher la tourelle entrevue pour en confirmer l'existence. Puis il songea à explorer les lieux, fit quelques brasses vers le rivage, mais ne put réussir à vaincre le courant. Il décida d'attendre : la rivière, au-delà de l'île, allait s'élargir et retrouver son débit normal. Seconde tourelle : nouvelle tentative d'abordage, nouvel échec. Décidément, cette île était immense, on n'en finissait plus de la contourner. Le même manège se répéta plusieurs fois, si bien que Christophe fut aux prises avec une succession de tourelles (il en avait compté au moins dix) qui agrandissaient démesurément l'hypothétique château qu'elles devaient coiffer sans que celui-ci apparaisse pour autant. De plus, l'espèce de trouée lumineuse que devait provoquer la réunion des eaux ne s'était toujours pas produite. Cela commençait d'être inquiétant. Christophe, qui jusqu'alors n'avait pas quitté l'île des yeux afin de voir le château dont il dénombrait les tourelles, détourna la tête, croyant par ce geste de larguer son regard hâter la délivrance de la rivière.

Stupéfaction. Il était à nouveau en amont de l'île. Comment cela était-il possible? Christophe eut vite fait de se rassurer : tout occupé qu'il était à scruter l'île, il avait en quelque sorte raté la sortie pour ne pas avoir fait l'effort de se dégager du mouvement giratoire de l'eau lorsque la rivière avait repris sa course normale. Il ne soupçonna même pas, tant sa crainte était grande, qu'il venait de s'inventer un remous assez paradoxal. Il n'en prit conscience qu'une fois revenu à son point de départ. Mais il préférait encore l'excentricité du phénomène ainsi interprété à cet autre paradoxe qui peu à peu prenait forme en son esprit, sous ses yeux. Il s'accrocha donc à son idée de remous hors-la-loi qu'il perfectionna cependant : il avait raté la sortie parce qu'il ne pouvait la voir, la force du courant étant telle qu'elle empêchait toute rotation de la tête et, par conséquent, toute vision de l'horizon. L'ennui, c'est que cette explication ne résolvait rien.

Que faire? Tenter l'impossible : s'arracher à la rivière, la longer du côté de la forêt, puis y descendre à nouveau au-delà du cercle magnétique de l'île. Tenter l'impossible, avait-il pensé. Mais ces deux mots, d'abord porteurs d'enthousiasme (comme tous les mots rapidement prononcés), formulèrent bientôt l'inévitable interrogation. Ce fut le mot impossible qui, le premier, se mit à bouger. Depuis le temps que l'usage le flanquait de ce verbe insignifiant qui le picorait sans jamais l'entamer ! Cela l'agaçait, car on oubliait finalement sa présence au profit de l'admiration béate vouée à ce grand dindon de «tenter» qui s'écorchait vainement le bec contre son flanc d'acier. Évidemment, cela le protégeait : aussi longtemps que le regard s'accouplerait à une copule impuissante, il avait peu de chances de le pénétrer. Mais l'impossible ne veut pas être le roi d'une basse-cour. Il veut être vu et défié de sorte que son intégrité mise à l'épreuve et triomphante engendre de plus forts adversaires, et que tous sachent que l'impossible ne peut être ni vaincu, ni contourné.

Christophe comprit l'absurdité de son projet (je ne peux tout de même pas devancer la rivière) et y renonça (je ne peux que vérifier l'impossible). Apaisé, il put, tout au long de son déambulatoire, porter son regard dans toutes les directions. Il n'y avait pas de sortie : la rivière tournait autour de l'île, de gauche à droite. Nouvelle difficulté : comment sortir de ce cercle dont la circonférence, mise en mouvement par tout le poids de la rivière, était sans doute aussi tranchante qu'une lame perpétuellement tenue sur la meule ? Habiter l'île ? Encore fallait-il y débarquer. De retour au point de scission, là où la rivière mettait fin à sa course pour s'étourdir d'elle-même, Christophe se souvint de sa ronde nocture à la recherche de la petite Geneviève (quand on tourne en rond, c'est autour de quelqu'un). Au même instant, il entendit une voix faussement solennelle, reconnut Philémon, sa vieille bure d'une propreté douteuse, son visage de moine tibétain dont la transparence était fort compromise par quelque vapeur d'alcool.

— Terminus, mon fils!

— Je veux bien, mais je ne peux pas.

— Voyons, pourquoi mentir à un vieil ami?

— Je ne mens pas. Vous savez bien que je n'ai pas le choix.

— C'est bien ce que je disais, il ment encore.

— Vous n'avez pas changé!

— À qui la faute? Je me le répète: les gens aiment tellement ce bon vieux Philémon qu'il vieillit très lentement.

— Que dois-je faire? cria-t-il, en s'éloignant de plus en plus rapidement de son hôte.

Il n'espérait d'ailleurs pas pouvoir entendre la réponse (Philémon n'élève jamais la voix). Mais elle lui parvint aussi nette que si Philémon eût été à ses côtés.

— Quand tu auras trouvé la juste formulation de l'impossible, tu pourras aborder dans l'île. Souviens-toi que Philémon n'aime pas qu'on lui mette des bâtons dans les roues.

— Ça recommence, maugréa-t-il. (Ce vieux fou a enfin trouvé son île.)

Christophe essaya d'abord de définir l'impossible qui l'occupait en ce moment, à savoir une rivière sans embouchure (l'impossible est une rivière sans embouchure). Et pourtant cela existait. En bon phénoménologue, Christophe rejeta donc sa première définition, ou plutôt la corrigea par une autre (l'impossible est ce qui ne peut pas être et qui pourtant est). Pendant quelques secondes, il eut l'impression d'avoir fait du progrès. Mais en voulant évaluer cette impression, il en découvrit la cause : l'abstraction de la seconde définition avait en quelque sorte effacé la première encore trop proche de la réalité. Si bien qu'elle ne constituait qu'un asile provisoire que la résurgence de l'image évincée ne manquerait pas de détruire. Christophe conclut (l'abstraction est une image non vécue) et abandonna sa recherche d'une définition. D'ailleurs, Philémon n'avait-il pas parlé de formulation ? Sachant que le saint proxénète pesait toujours ses mots, Christophe se mit à réfléchir sur la différence entre les deux termes. Ayant déjà décelé la faiblesse de l'abstraction, il en déduisit que la formulation s'en distinguait essentiellement par la qualité opposée : elle était description d'une expérience, de cette relation même entre la chose à formuler et celui qui la formule...

— Alors, mon fils ?

Pris de court, Christophe lui donna la définition qu'il venait de répudier :

— L'impossible est ce qui ne peut être et pourtant est.

— Voilà pourquoi votre soeur est pianiste !

— Ça va, ça va ! (Quel besoin a-t-il d'être toujours aussi arrogant ?)

Il reprit sa méditation sur l'impossible. La difficulté majeure consistait en ce que l'objet de sa concentration, en l'occurrence l'impossible, lui enlevait tous ses moyens (l'impossible est un coup de marteau sur la tête qui veut le contenir) et que si pour rentrer en possession de ceux-ci il faisait abstraction de l'objet dévastateur, il se plaçait ainsi en dehors de la relation dont il voulait rendre compte. Qui n'a pas rêvé d'un tiers situé à égale distance des deux éternels antagonistes, les englobant pour ainsi dire comme le fruit réconcilie la feuille et la racine ? Christophe songea à Philémon (centre immobile du manège dont je suis victime). Ce maître parodique, de par sa situation même, n'était-il pas le seul...

— Que mon fils soit le bienvenu !

— L'impossible est une relation dont quelqu'un s'amuse.

— Au revoir !

— Merde !

«Or, poursuivit Christophe que l'injure avait libéré (de quoi ? Non pas de Philémon, mais de cette gravité excessive qui rapproche les sourcils sans combler aucun vide, de cette contraction du pouce et de l'index qui étouffe dans le stylo les mots pressentis), quel est ce pouvoir de Philémon dont je suis dépourvu ? Son âge, sa bure, son allure de moine antitibétain ? Non. Son seul pouvoir, c'est qu'il est déjà sur l'île, qu'il me voit. Cela ne m'avance en rien. »

Il allait renoncer et se résignait déjà à l'idée d'un siège perpétuel de l'île, lorsque la réponse lui fut soudainement donnée par la question elle-même, comme si l'aveu de son échec avait amené celle-ci à se dévoiler (si toute formulation est la description d'une relation entre la chose à formuler et celui qui la formule, et que la chose à formuler est précisément l'impossible dont je fais l'expérience, l'impossible est donc la formulation même de mon impossibilité à le formuler). Mais cette réponse, sous son armure syllogistique, bougeait sans cesse, de sorte que Christophe, ne réussissant pas à la tenir assez longtemps immobile au centre de sa pensée, ne savait plus trop s'il en comprenait ou non le sens. Il s'affola : que dire à Philémon dont il apercevait déjà la silhouette ?

— L'impossible est un mur dont il faut escalader simultanément les deux faces ! Est-ce bien cela, mon fils ?

— Oui, c'est cela.

— Alors, que mon fils soit le bienvenu !

Christophe fut aussitôt projeté sur l'île et se retrouva à plat ventre aux pieds de Philémon.

— Allez, debout ! Tu ne vas tout de même pas m'arroser les pieds de tes larmes. D'ailleurs le sentier est très boueux ces jours-ci.

Lorsqu'ils parvinrent en face du château, Christophe s'arrêta net.

— Qu'y a-t-il, mon fils?

— Les tourelles, où sont passées les tourelles?

— Quelles tourelles? Il n'y a jamais eu de tourelles à ce château!

— Mais si, je les ai vues, j'en suis sûr.

— Alors, c'est que tu dois rester à l'extérieur du château, le temps de t'expliquer avec lui. Car un château n'aime pas être pris pour ses tourelles.

— Bon, ça va, il n'y a pas de tourelles.

— Ce n'est pas aussi simple que cela: lorsque tu auras démêlé ce que tu as vu de ce qui existe, tu frapperas et je t'ouvrirai.

Christophe voulut protester de son intention d'entrer immédiatement, mais Philémon avait déjà disparu derrière l'immense porte à double battant. Il fit le tour du château (Philémon a peut-être des dons de prestidigitateur), s'en éloigna, le regarda à nouveau: pas de tourelles. Force lui fut de reconnaître qu'il les avait imaginées. Mais d'où venait cette illusion? Comment expliquer la formation de ces tourelles éphémères? Rencontre exceptionnelle de lumières nidifiées par les branches des arbres? Réflexion à la surface de l'eau d'une image née d'une certaine disposition des montagnes et des nuages? Christophe ne put se résoudre à redescendre dans la rivière pour vérifier ses hypothèses. Délaissant l'explication empirique, il en vint à se demander si la rondeur de l'île n'avait pu, par un phénomène quelconque à la limite du visible et de l'invisible, provoquer l'apparition des tourelles. N'avait-il pas tout simplement vu ce qu'il voulait voir, les tourelles répondant à son désir inconscient d'une île habitée?

Je tourne en rond, se dit-il. Et, tout comme précédemment, ce constat d'échec fut fécond. Ce qui créait le problème, ce n'était pas tant l'illusion des tourelles que l'existence du château. Comment l'illusion pouvait-elle être l'intuition de la réalité? Cela était aussi absurde que de postuler la nécessité du mirage dans la découverte des oasis. Christophe était à la fois agacé et heureux. Heureux de pouvoir se dire qu'au fond il ne s'était pas trompé, qu'il avait fait preuve d'un sens divinatoire remarquable en imaginant les tourelles inexistantes d'un château réel. Agacé de ne pouvoir élucider le lien entre les deux. Cet état de demi-satisfaction dura quelques instants, dernier obstacle que rencontre le chercheur au seuil de la vérité: il ne peut franchir ce seuil en raison de sa taille démesurément agrandie par l'intuition de la vérité. (Je tourne en rond.) Une voix aussitôt ajouta: «Autour de toi.» Ces mots l'intriguèrent. Il ne tournait pas en rond autour de lui-même; il essayait le plus honnêtement possible de cerner le mystérieux rapport des tourelles et du château! Le doute ayant fait son oeuvre, Christophe fit marche arrière afin de voir à quel moment précis il se serait pris pour objet de sa propre recherche, comme l'avait laissé entendre cette voix qu'il ne pouvait identifier, aussi dure que celle de Philémon et tendre comme celle de Geneviève (Geneviève n'a jamais été tendre, sauf en certaines occasions où sa présence, devinée plutôt que perçue, était justement fort problématique). Cette ambiguïté de Geneviève n'était peut-être pas étrangère à toute cette histoire de tourelles, mais Christophe préféra ne pas établir de liens entre les deux situations, jugeant qu'il avait déjà assez de corde pour se pendre. Même voix :

De la fragilité de l'eau au désespoir de l'amant,
Tout est rapport dont nous subissons la contrainte
Pour en ignorer l'existence.

Christophe protesta (quel est cet univers fait d'anneaux immuablement soudés les uns aux autres?), fit un pas de côté dans l'espoir de se dégager de la phrase entendue et poursuivit aussitôt de peur qu'elle ne reforme son cercle vicieux (pour connaître une chose, il faut déjà tout connaître) : sans le château, pas de problème. Une illusion que la réalité ne confirme pas est monnaie courante et s'explique aisément par l'état du sujet qui en a été victime (fatigue, nervosité, etc.), qui l'a, en un sens, produite. (Oui, j'ai vraiment tourné en rond autour de moi.) Il entreprit alors la démarche inverse : du château aux tourelles. Tout était désormais évident ! Le château avait délégué ces tourelles auprès du visiteur afin qu'elles le mènent jusqu'à lui. D'où l'avertissement de Philémon : «Un château n'aime pas être pris pour ses tourelles.»

Christophe frappa à la porte du château. Philémon lui ouvrit et l'accueillit en ces termes :

— N'est-il pas vrai que l'oasis crée le mirage ? Tous ceux qu'on dit victimes d'un mirage, les mangeurs de sable, ne savaient pas que quelques pieds plus loin l'eau les attendait. Viens, mon fils, nous allons boire quelque chose en nous racontant de belles histoires de voyageurs perdus en eux-mêmes afin que tu te souviennes que la vision est l'au-delà de l'image.

— Vous vous rendez compte de ce que vous dites ?

— Non, mais je serais heureux de l'apprendre.

— C'est énorme ! Cela signifie que nous sommes toujours entourés par les choses auxquelles nous pensons.

— C'est à peu près ça.

— Donc, c'est ma pensée qui crée toutes choses.

— Pas tout à fait. Ce serait peut-être ou plutôt l'inverse. D'ailleurs, il est trop tôt pour en parler. La parole est un retard dont se nourrit l'ignorance. Si tu continues, je sens que je devrai avoir recours à l'argument d'autorité et j'ai horreur des coups de pied. Il est temps de dormir. Trouve-toi une chambre, mais n'entre que dans la troisième que tu auras choisie.

Christophe gravit l'escalier et s'engagea dans un couloir dont les murs de pierres suintaient (l'autre bordel était mieux chauffé). Quelle était cette nouvelle charade ? (J'entrerai bien dans la chambre que je veux.) Il ouvrit la première porte qu'il vit, se jeta sur le lit qu'il martela de ses poings. Pourquoi Philémon avait-il rouvert ce vieux débat ? Il se coucha sur le dos, les paumes des mains tournées vers le plafond, et vit l'immense sapin sous lequel il s'était jadis livré à une alchimique prêtrise. L'anti-tibétain avait visé juste : quel était le pouvoir de la pensée ? Christophe se sentit acculé au pied du mur. Ne lui fallait-il pas s'exposer à ce pouvoir, en faire l'expérience, pour en mesurer l'étendue ? Risque : se voir assiégé par tous ces êtres ou objets tapis dans la question, prêts à y répondre dès que se relâcherait la surveillance du regard. Christophe essaya de maintenir la question en terrain neutre et fit ainsi des prodiges d'équilibre afin de penser en dehors de la pensée. Sa méditation philosophique allait bon train (au pays des abstractions, nul voyageur ne ralentit la course de l'express), quand elle heurta de plein fouet ces mots couchés en travers du rail : « Prouve-le. » Pressentant que l'obstacle était de nature féminine, Christophe prit peur (je ne peux tout de même pas vivre dans un univers issu de moi-même). Menace des formes chassées de la cité et qui rôdent autour de ses murs. (Botticelli fit son oeuvre à coups de bâton et de pinceau.) Une seconde question criée par une voix de femme le jeta en pleine métaphysique : « Est-ce que tu me veux ? » Cette voix avait l'accent des personnes qu'on a trop longtemps fait attendre et qui brutalement interpellent. Avant que la visiteuse ne le surprît dans cette pièce où il s'était dissimulé, Christophe en sortit à toute vitesse. Mais il est bien connu que les questions éludées vous attendent toujours quelque part.

C'est ce que Christophe apprit lorsqu'il pénétra dans la deuxième chambre. À peine en avait-il franchi le seuil qu'une masse parfumée s'abattit sur lui. Il tenta de se dégager, mais ses efforts semblaient multiplier les mains qui l'encerclaient. « Oh non, pas cette fois-ci,» répétait la (ou les) femmes(s), l'obscurité empêchant le dénombrement; et les vêtements de Christophe se déchirèrent en un bruit sec cependant que les ongles acérés par l'attente s'enfonçaient dans la chair enfin retrouvée. «Qui êtes-vous?» gémit-il en s'écroulant sur le plancher. En guise de réponse, il reçut un coup au bas-ventre et s'évanouit. On le ranima d'une gifle, et aussitôt les mains, obéissant à quelque stratagème millénaire mais encore efficace, se firent très douces. Tiédeur enveloppante d'abord. «Encore, toujours,» murmurait Christophe. Et la magie de la caresse, et la rondeur intarissable des seins saturaient de velours l'homme subjugué. Quand la tendresse eut fait son lit, le feu le saccagea. «Non, non!» implora Christophe. Déjà la lave ensanglantait sa bouche et d'une coulée irréversible pétrissait son corps. Soumise au rythme infernal de la brûlure et de la morsure, la chair souhaitait l'instant ultime de sa propre dissolution. Mais la lave, par une science consommée, pénétrait en profondeur chaque millimètre de l'espace conquis et en retardait ainsi la refonte globale. C'était surtout cette lenteur étudiée qui torturait Christophe, comme s'il eût été forcé de vivre éternellement dans le creux d'une vague qui va casser. Cette impossibilité imminente de mourir détruisait tout plaisir. Puis il sentit que s'il n'était pas en son pouvoir d'être ou de ne pas être submergé, il pouvait néanmoins consentir à cette dépossession. Alors, un cri (le sien?) emplit toute la pièce et ce fut la nuit. Il fallait dormir (pas dans cette chambre). Il se traîna jusqu'à la chambre voisine, s'étendit par terre et dormit.

— Passe-moi le beurre, chéri. Non, pas le sel, le beurre! Tu vois, tu ne m'écoutes jamais. Et tu t'étonnes de nos disputes si fréquentes!

— J'avais très bien entendu. Mais comme tu ne pèses jamais tes mots, que tu ne sais jamais ce que tu veux…

— Alors Monsieur croit me connaître.

— Proteste si tu veux, mais ça marche très souvent.

— Veux-tu dire que j'ai déjà salé mon pain?

— Presque.

— Je le savais: tu me trompes! Avec qui, je ne veux pas le savoir.

— Tu te trompes, chérie, volontairement afin de me cacher que c'est toi qui me trompes. Tu n'as jamais su conjuguer la forme pronominale.

— Ne déplace pas les pronoms. Passe-moi d'abord le beurre, ensuite, on verra.

— Ensuite, ensuite! Tu sais très bien que les repas se terminent toujours trop tôt, qu'on reste sur sa faim et que c'est ainsi que tu t'en tires.

— Oui ou non, et je pèse mes mots, est-ce que tu me trompes?

— Réponds toi-même.

— Si je te pose une question, c'est que je ne peux y répondre.

— Tu vois. Demande-toi pourquoi tu m'as posé cette question.

— Je te le répète pour la dernière fois: passe-moi le beurre!

— Et moi je te le dis: tu me trompes.

La femme se lève, regarde l'homme, renverse la table sur lui.

— Bravo! C'est un argument de poids. Il nous faut un arbitre.

— Qui?

— Mon confesseur.

— Non, c'est un jésuite.

— Le tien est dominicain. Autre suggestion?

— Freud.

— Tu blagues. Freud est mort, tellement mort. Notre histoire n'en est pas une de sexe.

— À qui le dis-tu! Je suppose que tu veux porter le débat au niveau de l'âme! Toi, tu me passes le sel et Jung la salière. Je refuse.

— Dernière solution: nous séparer.

— On ne parle pas le même langage.

— On parle trop. Silence! Silence!

Ils se mirent dos à dos, puis s'éloignèrent. «C'est bien fini», dit l'homme. «C'est la fin,» dit la femme. Mais voici que le plancher s'arrondit sous leurs pas et tous deux, perdant pied, atterrissent au milieu d'une foule dense qui se presse contre les vitrines des grands magasins. L'homme s'achète un costume, et dit au vendeur: «Il est temps que j'apprenne le chinois.» La femme, qui vient de se faire remonter le visage, se dirige fébrilement vers son hôtel, tenant à la main un sac rempli de miroirs. L'homme s'est arrêté devant la boutique d'un antiquaire et regarde attentivement une statue de Bouddha. «Il a une bonne gueule, le gros», se dit-il. «Vous devriez l'acheter,» ajoute une femme derrière lui. Tous deux entrent dans la boutique.

— Combien le gros, là?

— Vingt mille dollars, monsieur, répond le Chinois.

— Vous êtes fou, non!

— C'est le prix de ma boutique, monsieur.

— Mais je ne veux que la statue !

— Je sais, monsieur, mais elle est tellement lourde qu'on ne peut la déplacer. Alors, il faut acheter tout ce qui est autour.

— Achète, dit la femme.

— Mais il faudra vivre ici, dans une vitrine.

— Ça m'est égal.

— Moi aussi.

La femme met la table, l'homme rapproche celle-ci de la statue. Ils s'assoient et mangent en silence.

Au réveil, Christophe pensa que Philémon lui devait des explications. Mais il hésitait à se lever de crainte de modifier, en déplaçant son corps, les coordonnées de cette figure que la nuit y avait tracée et qui ne pouvait être vue que par Philémon. Paradoxe du regard qui efface, en les lisant, les mots assemblés sur les sables et que la mer reprend en se retirant ? (On ne devrait dormir qu'entouré de miroirs.)

— Bonjour, mon fils.

— Chut ! Regardez-moi.

— C'est déjà fait.

— Vous en êtes bien sûr ? Vous avez tout vu ?

— Ton image est à jamais gravée dans l'oeil de ce bon vieux Philémon.

— Alors ?

— Je vois que tu aurais mieux dormi sur le lit, que tu es nu et passablement écorché, qu'il ne te manque aucun membre.

— Ce n'est pas ce que je vous demande !

— Un proverbe dit : celui qui retient la nuit s'y perd.

— Jamais entendu.

— C'est de moi. Je compose moi-même mes proverbes. Comme ça, je sais de quoi je parle. Le plus étrange, c'est que d'autres prétendent les connaître et m'en contestent la paternité.

— Pourquoi n'aurais-je dû entrer que dans la troisième chambre?

— Ah! c'est ce qui te préoccupe! Déjeunons d'abord. Ensuite, je te montrerai comment faire une triangle.

— Non, tout de suite.

— Soit! Je t'écoute.

— Je suis entré dans la première chambre que j'ai vue, et…

— Que t'avais-je dit?

— Je sais. Mais comme vous saviez que je n'en ferais rien, je n'ai fait que vous obéir. (Philémon ricana.) J'y pense, pourquoi me faire raconter ce que vous savez déjà? Je vous écoute.

— Que s'est-il passé alors?

— Je voulais tout simplement réfléchir, de la façon la plus sereine possible, au pouvoir de la pensée.

— Ensuite?

— Une femme m'en a empêché.

— Dont tu avais peur?

— Oui.

— Pourquoi ne pas avoir pensé à autre chose? Une statue, un arbre, une pierre auraient été aussi concluants?

— Je ne pouvais pas. L'expérience devait porter sur la création de la femme, je n'avais pas le choix.

— Joli cul-de-sac!

— Je passai donc dans la deuxième chambre où

une femme m'atte..dait. Je vous fais grâce de la suite.

— Un proverbe dit : tout intellectuel rêve d'être violé !

— Le malheur de l'un fait le proverbe de l'autre. Et si cela vous arrivait ?

— Cela m'arrive très souvent. Mais grâce à mes proverbes, je devance l'agresseur, je lui fais des avances : renverser la situation ou l'art de n'être jamais victime. Donc tu as été violé par cette femme à laquelle tu n'avais pas pensé.

— Pas une, mais plusieurs, je crois.

— Pourrions-nous dire que toute femme ignorée se multiplie ?

— Si vous voulez.

— Que devient le pouvoir de la pensée ? « On ne vit entouré que des choses auxquelles nous pensons ? » Ne serait-ce pas le contraire ?

— Je ne sais plus.

— Voici ce que je te propose. Tu vas te promener dans la phrase suivante jusqu'à ce que tu puisses en faire la base du triangle : « La femme est un mot qui se forme à distance. »

Christophe alla s'asseoir dans l'une des nombreuses salles du château, et se mit à penser à la phrase de Philémon. Il se la répéta à quelques reprises sans en épuiser le pouvoir de séduction. Séduction pour le moins étrange : la phrase lui apparaissait furtivement telle une femme dont la très grande beauté provoquait et détruisait simultanément l'hallucination si bien que son absence était pour ainsi dire une présence trop forte, tamisée par le battement des paupières. Mais la joie que lui procurait cette saisie globale et intermittente de la phrase ne la lui rendait nullement intelligible. Valait-il mieux connaître la femme ou l'aimer ? Christophe commença d'examiner la définition. Première constatation : inversion du rapport habituel entre le défini et sa définition, l'une occultant l'autre. Il fallait donc s'abstenir d'avoir recours à l'image présumée familière de la femme et laisser à la définition le soin de former une autre image plus complexe, mais susceptible d'engendrer, lors de la synthèse finale du connu et de l'inconnu, une troisième image qui serait pure transparence (l'hermétisme est le piège de la simplicité).

Longues et stériles minutes dont seule une ruse vint délivrer Christophe. Puisqu'il était impossible d'ignorer la femme, ne serait-ce que comme cible ultime de la recherche, pourquoi ne pas l'inclure dans celle-ci, au même titre que les autres mots de la définition ? Christophe entreprit ainsi de définir chaque mot de la définition à l'aide des autres mots qui la composaient : le mot est une femme qui se forme à distance, la forme est un mot que la femme distance, la distance est la forme de la femme et du mot. Christophe ne prit pas la peine d'inverser chacune des propositions ainsi obtenues, tant l'échec du procédé était évident. (Il y a une mécanique de la folie, pas très éloignée de la science, qui consiste à creuser sa tombe en voulant abolir le hasard. La poule aux oeufs d'or…)

— Où en est notre triangle, mon fils ?

— Nulle part. Et puis, vous savez, moi, les définitions, je n'ai jamais pu…

— Celui qui confond aphorisme et définition est un sot.

— Proverbe ?

— Non, définition.

— De toute façon, je laisse tomber. Je vais faire une promenade.

— Excellente idée.

(Toujous pas de tourelles, affaire classée !) Les arbres ne se déplacent pas, le sol est ferme, les oiseaux ne parlent pas, tout va bien. Plaisir de refermer tous les livres, même ceux qu'on n'a pas ouverts, de verrouiller toutes les salles de torture, et de fouler d'un pas libre et innocent l'évidence silencieuse. (Écrire, lire, comment l'homme a-t-il pu se laisser crucifier par ces deux larrons ?) Christophe allait décréter le masochisme de toute pensée, quand l'univers, qui est, comme toute le monde sait, une immense bibliothèque, interrompit son envolée. Le bibliothécaire était en l'occurrence une femme que dissimulait partiellement une rangée d'arbres. Christophe courut dans sa direction, mais ne vit rien. Quelques secondes plus tard, il entendit un bruit derrière lui, se retourna vivement : elle était là. Il ne pouvait cependant la distinguer clairement, des broussailles givrant la silhouette de la promeneuse. D'un bond, il franchit le buisson : volatilisée. (Je ne crois plus au spectre), et il renonça à la poursuite. L'idée lui vint d'incendier l'île, puis il se ravisa (on ne brûle pas des chimères). Fort de sa conviction, il se mit à juger les naïves hérésies de l'histoire : la bibliothèque d'Alexandrie, la chasse aux sirènes (pourquoi détruire ce qui, de toute façon, allait mourir ?). Il foula à nouveau l'évidence silen… Nouveau bruit, beaucoup plus proche que le précédent. Christophe résista, et continua, en sifflotant, sa promenade parmi les choses heureuses. Il s'arrêta net : elle se tenait immobile, à quelques pieds de lui, le visage masqué par une branche. Christophe pivota sur lui-même, fonça dans la direction du château qu'il atteignit en peu de temps. Il referma la porte derrière lui, s'y appuya pour reprendre souffle : elle était encore là, debout et lui faisant face. Christophe lui toucha le visage.

— Ça alors ! Ça me dépasse. Comment avez-vous pu me devancer ?

— Facile, je n'ai pas bougé d'ici.

— Mais je vous ai vue dans les bois, vous ne pouvez le nier.

— C'est possible.

— Ça sent le Philémon…

— Voyons, mon fils, surveillez votre langage. Ce que cette adorable enfant te dit est la pure vérité. Ne sais-tu pas que la femme est un mot qui se forme à distance ?

— Je ne vois pas le rapport.

— Disons que tu as poursuivi l'image de cette troublante jeune fille.

— Et depuis quand une image fait-elle craquer les branches ?

— Qui t'a dit qu'une image n'était pas chose réelle ? On a déjà oublié l'histoire des tourelles ?

— Je ne vois pas le rapport.

— Tout est rapport dont nous subissons la contrainte… Es-tu encore si convaincu du pouvoir de la pensée au point de te croire le père de cette enfant ?

— Bien sûr que non. Alors, le pouvoir de la pensée ?

— Le triangle, encore le triangle.

— C'est-à-dire ?

— Qu'entre une chose et moi, il existe une relation d'abord perceptible par l'image ou le mot et que (le pouvoir de) la pensée est la vision de cette relation. Le pouvoir est du côté du regard, comme son nom l'indique.

— Comment ce regard est-il possible?

— Quand tu veux voir deux objets situés dans des directions opposées, que fais-tu? Tu te recules ou tu t'élèves jusqu'à ce qu'ils puissent tenir en un seul regard.

— Mais si je suis l'un des objets, je pourrai reculer à l'infini ou m'asseoir dans les nuages sans élargir mon champ de vision.

— C'est ici qu'il faut faire un léger saut (Attention à la marche!). Celui qui en toi regarde est lui-même vu (Rien de cassé?). C'est lorsque tu te retournes vers cet autre dont tu es l'objet qu'il t'est possible de franchir, tout en la maintenant, la distance entre la femme et toi.

— Qui est cet autre?

— C'est le point immobile où se réconcilient les contraires qu'il a lui-même engendrés. C'est le gros que tu as vu dans la boutique du Chinois. Le sommet du triangle.

— Je ne comprends pas.

— Moi non plus. De toute façon, il est plus important de jouer avec un triangle que de le comprendre. Tiens, ce matin, par exemple, je me suis appliqué à faire rouler le long de ses pentes d'immenses boules de neige. J'en ai même tiré une loi, une recette, disons. Tu veux la connaître?

— Au point où nous en sommes!

— Moyen infaillible de rapprocher les termes d'un

paradoxe : en faire les extrémités de la base d'un triangle qu'on renverse ! Obéissant à la loi dite de la boule de neige, ils coifferont bientôt d'un seul point lumineux le sommet de notre pyramide renversée. D'irréconciliables, les voici indissolubles.

— Objection : votre triangle est dans un équilibre précaire.

— Juste. Peut-être serait-il préférable que le triangle que je renverse soit un autre triangle, c'est-à-dire qu'il se dédouble en se renversant.

— Vous savez, quelqu'un a déjà dit que celui qui adore un triangle est un sot.

— Et qu'adorait-il, lui ? Un cercle, un carré ?

— Rien du tout, sinon le style.

— Eh bien ! tu fréquentes de jolis idiots !

Les jours suivants, Christophe consacra tout son temps au dessin. Habituée à ne former que des mots, la main refusa de se prêter à cet exercice et manifesta son mécontentement par une maladresse désespérante. La rose dont les pétales devaient recueillir la profondeur, comment la reconnaître dans ce gribouillage de lignes plates et inertes? Même résultat avec le corps humain (est-il possible que cette masse difforme puisse proférer une parole?). La main s'amusait à trahir. Christophe lui donna ce qu'elle réclamait. Elle traça aussitôt, avec une rapidité étonnante, le mot «rose», l'air de dire : «Tu vois comme je suis habile, la voici ta rose! Ce n'est pas la peine de me torturer.» Christophe n'était pas satisfait : «Je ne la vois pas ta rose, elle est aussi absente que la précédente.» La main griffonna alors pétales, parfums, rondeurs. «Toujours rien», dit Christophe. L'autre s'impatienta : «Fais-la ta rose, tu as tout ce dont tu as besoin!» Christophe disposa les mots autour du verbe respirer, se relut à voix haute : aucune rose ne répondit. «C'est la tige, pensa-t-il, une rose ne respire pas.» Nouvelle tige, même absence : «Elle ne s'épanouit pas non plus. Sans doute a-t-elle flairé le piège de l'évocation. Il ne suffit pas de souhaiter la vie pour la susciter. » La main, craignant à nouveau la corvée du dessin, intervint : « La rose est une fleur, contentons-nous d'une fleur. Pourquoi vouloir à tout prix la nommer ? » « Parce que tes prouesses verbales ne sont que des brouillons de l'univers, et que, moi, je veux davantage. » Il conclut que la liberté de la main qui écrit n'est qu'une rose problématique et, par besoin de vérité, il se remit au dessin. Pour s'assurer la collaboration de la main, dont il pouvait difficilement se passer, il lui proposa le compromis suivant : elle pourrait commenter les dessins pourvu qu'ils atteignent à une certaine rigueur de la forme. De cette entente naquit une double activité, non plus compétitive, mais parallèle. Les « deux mains », comme les appela Christophe, se corrigeaient mutuellement, l'une obligeant l'autre à une plus grande précision ou, au contraire, l'invitant à y renoncer au profit du mouvement.

Christophe fit d'abord toute une série de paysages auxquels il consacrait toute la matinée et quelquefois un peu plus. Pendant ce temps, l'autre qui attendait l'objet de sa future réflexion surveillait le dessin et tentait parfois de s'y glisser, subrepticement, soit pour en accélérer l'exécution, soit pour se faciliter la tâche. C'était alors la querelle.

— Je veux bien que tu me regardes travailler, mais tais-toi. Tu vois, il faut que je recommence toute cette partie que tu as barbouillée de mots.

— Je ne vois pas de mots, il n'y a que des lignes.

— Oui, des lignes qui meurent d'envie d'ouvrir leur grande gueule. Regarde ce pont qui n'est pas encore terminé et qui déjà « enjambe le vierge et le vivace ». Si tu ne respectes pas mon silence, ta parole n'y ajoutera rien.

— C'est de ta faute, tu ne me laisses qu'une heure par-ci, par-là, en fin d'après-midi.

— Ce n'est pas une raison pour tricher. Si tu veux à la fois être Oedipe et le Sphinx, joue toute seule. Que l'une ignore ce que l'autre fait, telle est la règle du jeu.

Il y eut beaucoup d'arbres. Le premier fut un grand sapin, si fourni que le tronc en était invisible de sorte qu'il semblait reposer uniquement sur la pointe de ses branches effleurant le sol. Mais le ciel très bas n'était-il pas complice de la cime ? Malgré ses airs de marcher sur le bout des pieds, l'arbre n'était-il pas plutôt fiché dans l'azur ?

Le sapin est la pendaison du funambule.

Attention ! Il dissimule son tronc, ne l'oublions pas. Il faut aussi dire l'axe invisible qui soutient le mystérieux équilibre. Aller de l'image à la forme qu'elle manifeste et dont elle est issue. Car, ici comme ailleurs, règne la loi qui soumet les tourelles au château.

Le sapin est une flèche
Que le mouvement efface.

Mais la main n'était pas satisfaite. Elle ne voulait pas accomplir la tâche subalterne de traductrice, elle voulait créer. Elle imagina donc, sous le sapin, un autel où se déroulait quelque immolation. L'autre ne pu tolérer cette rébellion.

— Si je te gêne, tu n'as qu'à le dire, je te laissera à tes divagations. Ne t'avise plus d'accrocher des guirlandes à mon sapin ou de le transformer en bordel, sinon je te le coupe.

— Je le faisais dans un but esthétique !

— Eh bien! va gratter tes démangeaisons esthétiques ailleurs que sur mon sapin!

L'autre à court d'arguments:

— Et puis, il manque de racines, ton arbre!

Ce reproche toucha la cible. On ne pouvait, en effet, faire un arbre et l'arracher aux premières mains qui l'ont dessiné. Seulement, le sapin, pour une raison ou pour une autre (peut-être en vertu de sa forme triangulaire), semblait échapper à cette emprise. C'est pourquoi elle n'avait pu en suggérer l'existence nocturne. Elle l'abandonna donc pour un arbre de la famille des feuillus qui se mirait, à l'aube, près d'un étang. Le sommet de l'arbre était de la couleur verdâtre des rayons précédant le lever du soleil, cependant que ses branches se noyaient progressivement dans le reflet obscur de l'eau à peine touchée par la lumière naissante.

L'arbre somnambule
Telle la parole qui toujours
En son reflet sommeille.

L'allusion à l'écriture ne contraria pas le dessin, ce que la deuxième main avait d'abord craint. Au contraire, la similitude de la difficulté les rapprocha. L'arbre et le mot, comme expression d'un silence qu'on ne peut rompre, voilà ce qu'il fallait tenter. Que tous deux soient l'exploration d'un sommeil intact.

La main qui dessine, celle qui écrit
Est un funambule-somnambule.

Tout cela à cause des branches et des racines qui se regardent en se tournant le dos! D'un commun accord, les deux mains renoncèrent aux racines qui

239

risquaient de les ligoter dans un silence prématuré. Elles se tournèrent vers les branches, sans savoir que celles-ci allaient les livrer au même mystère.

Les premiers dessins furent paisibles, qui découpaient l'espace de lignes exécutées au gré du regard et de l'imagination. L'un mariait les feuilles aux nuages, l'autre préparait l'arrivée d'une bourrasque. Tout n'était que jeux et taches d'encre, déploiement de formes et chansons d'enfant.

L'arbre soumet l'espace
Aux caprices de la sève.

L'ivresse de la conquête fut de courte durée. L'automne revint, et l'espace reprit ses droits. Prises au piège de la couleur, les deux mains ne se doutaient pas que l'incendie si joyeusement allumé dans les aquarelles et les épithètes les plongerait bientôt au coeur d'une clarté énigmatique. Jusqu'ici, le papier s'était montré docile : figures et signes s'y enracinaient facilement. Elles se croyaient donc libres de le peupler à leur guise. Le premier indice qui ébranla leur sentiment d'omnipotence fut la proéminence subite du blanc entre les branches. Celles-ci, quoique toujours visibles, étaient reléguées à l'arrière-plan et menaçaient de s'y enfoncer davantage. La main-qui-écrit, se souvenant du cauchemar des papiers buvards, refusa de s'engager dans cette affaire : «Les mots, si pâles soient-ils, sont indélébiles!» Elle consentit néanmoins à tenir le journal de bord, espérant ainsi décourager l'autre de sa folle entreprise.

De l'arbre ou de l'espace,
Lequel formule l'autre ?

Rien ne pouvait désormais éluder cette question. Une première tentative en vue de retenir l'arbre en accéléra la fuite déjà amorcée. Vinrent ensuite de nombreuses esquisses qui connurent toutes le même sort : aussitôt achevées, le vide les recouvrait.

L'arbre s'enfonce dans l'espace
Comme en un miroir sans tain.

Que faire ? « Fais donc une forêt et qu'on n'en parle plus ! » suggéra la main-qui-écrit, tant était grande sa hâte de mettre fin à ce spectacle d'exilés qui lui rappelait ses propres morts. Mais l'autre ne démordait pas, elle voulait rapatrier tous ses arbres, dût-elle tarir la profondeur qui les lui avait dérobés. Elle dessina plusieurs arbres superposés, comme on organise une chaîne de sauveteurs, dans l'espoir que ceux qu'elle sacrifiait puissent maintenir les derniers à la surface. Peine perdue, le vide n'avait pas de fond.

La blancheur déborde
Sous le poids de l'encre.

La qualité du dessin n'y était-elle pas pour quelque chose ? La main redoubla d'application, vérifiant soigneusement le point d'attache de chacune des branches, variant leur disposition et leur volume. Impossible d'amarrer l'arbre, quelle que soit sa perfection. Il fallait coûte que coûte empêcher cette dérive de formes si patiemment élaborées. Christophe, qui jusque-là n'avait pas pris part aux jeux décevants de sa main, soumit le problème à Philémon. Ce dernier écouta attentivement, ce qui ne manqua pas d'étonner Christophe et d'amplifier, en la confirmant, la gravité de la situation.

— Tu crois le dessin terminé une fois les lignes jetées sur le papier, alors qu'elles n'en sont que la semence. Rien d'étonnant à ce que tu ne voies pas ce qui doit mourir. Mais que tu ne saches pas voir l'arbre que l'espace conçoit à partir de tes signes, cela m'inquiète. Attention : toute graine ne donne pas nécessairement une fleur. Le vide aussi a droit à sa pâture.

— Que dois-je faire ?

— Déplace ton regard. Au lieu de refuser la saillie de l'espace, ou de chercher à retenir ce qu'elle dissimule, fixe-la. Tu y verras alors croître l'arbre dont tu n'es pas la cause, mais le hasard.

— Il est difficile de se réjouir de sa propre mort.

— Connais-tu la véritable histoire de Lazare ? Cet homme avait cherché, pendant plusieurs années, et par tous les moyens possibles, à voir Jésus de Nazareth. Mais il le ratait toujours de quelques heures ou de quelques villages. Un jour, il avait gravi la célèbre montagne au même instant où l'autre en descendait par le versant opposé. Une autre fois, averti que le thaumaturge et les siens traversaient le lac, il les attendit vainement du côté sud, la tempête les ayant forcés à accoster sur la rive nord. Fatigué de cette chasse à l'homme que le ciel et l'enfer s'amusaient à contrarier, il eut soudainement l'idée géniale de mourir. Alors le Christ, qui n'était pas très loin, se leva et marcha jusqu'à lui.

Christophe regarda tous les dessins, attentif à ce qui les dissimulait, et pour la première fois les vit. C'était merveilleux ! L'arbre se formait sous ses yeux. Coïncidence extraordinaire que d'être là, à ce moment précis de l'apparition. Mais était-ce bien une coïncidence ? Christophe refit la même expérience. Émerveillement encore plus grand : l'arbre surgissait à l'appel du regard, comme un mot dont on pourrait se souvenir à volonté, selon la pureté de l'oubli (celui qui a subi l'épreuve de l'arbre devient immortel). Ainsi se dénoua (temporairement) le conflit de l'encre et du papier, à la satisfaction des deux mains.

Vinrent ensuite les paysages, faits essentiellement d'arbres et d'eau. Et avec eux le mystère d'une présence diffuse affleurant aux torsades de l'écorce, rêveuse sous la mousseline de l'écume. Depuis l'intervention de Philémon, Christophe n'avait plus de difficulté à maintenir ses figures dans l'aire visible. Mais voilà que derrière celles-ci (à leur insu ?), quelqu'un ou quelque chose les reliait entre elles et leur donnait une (autre) forme. Bref, Christophe avait l'impression qu'on dessinait au verso de ses dessins, et que le véritable paysage était de ce côté (secret de l'oeuvre ?). Il s'agissait donc d'interroger le visible et de l'amener à se dévoiler. Discrètement, sinon il risquait comme tout agent double de fournir intentionnellement de fausses versions de lui-même. Ainsi furent posés de nombreux pièges que le dessin flaira très facilement, et dont les mains eurent beaucoup de mal à se dégager. L'un d'entre eux consistait à ménager au centre de la feuille un vide autour duquel tout gravitait. Qui pourrait résister à la tentation de venir s'y mirer, quelle bête ne renoncerait à la clandestinité pour y étancher sa soif ? Que d'esquisses perdues à vouloir imaginer un centre, repère de l'ouvrière invisible (pourquoi ce féminin ?) que le dessin ignorait ou refusait de désigner !

La toile se tisse
À partir d'un centre
Que l'araignée ignore.

243

Hypothèse : elle l'ignore parce que justement elle est ce centre qui oriente les fils qu'elle sécrète. Si la source est aussi le centre, ce centre ne peut être que mobile. Correction :

La toile se tisse
À partir d'un centre
Que l'araignée déplace.

Si la main-qui-dessine avait été plus attentive à l'intuition de la main-qui-écrit, elle aurait compris qu'il lui était impossible de percevoir elle-même cette présence mystérieuse qui se livrait à une recomposition de son dessin. Que le paysage ne prenait forme que sous d'autres doigts, d'autres yeux. Au lieu de quoi, elle entreprit d'interroger son dessin avant même qu'il ne soit achevé, espérant ainsi saisir (par avance) la forme seconde à laquelle il était destiné. Elle distribua le même piège, espace laissé en blanc, en divers points de la feuille, selon une disposition forcément arbitraire. Alors commença ce jeu insensé qui consistait à vouloir surprendre le secret d'un paysage dont il ne restait presque rien. Comme nulle forme ne surgissait de ces vides intentionnels (le hasard refuse de se laisser composer), la main décida de les joindre entre eux, traçant chaque combinaison possible à l'aide d'une couleur différente. Le résultat fut décevant : un chameau-poisson, un oiseau-mouche, une maison renversée et, fait bizarre, aucun arbre.

Tout paysage
Est un visage masqué.

L'interrogatoire ayant échoué, la main se fit séductrice. Ce fut la grande période des interprétations métaphoriques. L'arbre devint une baigneuse inclinant sa lourde chevelure au-dessus des eaux, la rivière se déhanchait au rythme d'une chair frissonnante.

Le corps pressenti étant multiple, le dessin peu à peu renonça à la précision et à la fermeté de son contour pour se répandre, gonflé de désir, par toute la surface de sa propre hantise. Le souvenir de la présence recherchée soutint quelque temps ce vagabondage. Où es-tu, qui es-tu? Et sans attendre la réponse, c'était à nouveau les courses folles. dans un imaginaire de plus en plus gratuit où seule l'illusion maintenait encore le paysage. Puis, ce qui devait arriver arriva : l'ivresse du chasseur, son impatience, avaient chassé la proie. (Où suis-je, qui suis-je?) Christophe entendit le rire sarcastique de Philémon.

— Un : celui qui prend des raccourcis voyage en son nombril. Deux : tout paysage est un visage masqué que ni la ruse ni la force ne peuvent dénuder. Trois : crois-tu que si tu écartes les doigts de la main tu saisiras plus facilement l'insaissisable?

Christophe déchira tous les dessins, comme on vomit le vin de la veille, et reprit d'une main ferme crayons et pinceaux. Tout était à recommencer : une branche, des feuilles, de l'eau. Quand lignes et couleurs, en ouvrières consciencieuses, eurent refait le paysage dévasté, la présence énigmatique à nouveau s'y dissimula. Alors Christophe reconnut avoir été victime de l'éternelle barbarie, celle de l'instinct et celle de l'intelligence, ce magma d'ignorance qu'alimente toute volonté de puissance (l'ascète croyant étreindre Dieu sur la dépouille de son propre corps, le criminel assassinant par dépit la femme qu'il vient de violer, l'artiste brouillant les sources pour en tarir les songes). Rien ne peut apparaître qui ne soit d'abord voilé.

Du mystère, la forme

Est aussi la demeure.

Peu importe que nous en soyons exclus, pourvu que la distance qui nous en sépare soit l'espace d'un regard élargi.

Quand le paysage se fut complètement détourné de Christophe, que l'eau eut scellé la forêt telle un enveloppe ne s'ouvrant plus que de l'intérieur, quand la demeure fut achevée, une femme en sortit. Telle était donc cette présence logée au sein du paysage, diffuse par cette respiration qu'aucun filet si bien noué n'avait pu capter, et que la métaphore, traduction hâtive, avait vainement poursuivie. Mais le mystère, qui toujours précède et excède la révélation, n'en fut que plus grand.

La lumière plus vive du cosmos
Nourrit des chaos plus subtils.

Si le secret du paysage était une femme, quel était le visage de cette femme? (La question va-t-elle ainsi se cacher, de réponses en réponses, jusqu'à la mort de celui qui la formule?) Christophe se vit, un instant, enchaîné à ce crayon que tenait la main droite sans que la main gauche ne puisse l'en délivrer (je suis une parodie de Prométhée). L'écho, empruntant la voix de Philémon, commenta l'absurdité de la situation («La chèvre au piquet, l'homme au crayon.» «Il faut aller jusqu'au dix-septième vide pour franchir le premier») jusqu'à ce que Christophe instinctivement fermât la parenthèse, cet oeil ouvert sur l'avenir qui aveugle le regard. Quelle était donc cette femme?

En elle et par elle,
Corps sans nom,
Tout paysage rapatrié.

Lui donner un visage fut impossible. Elle en avait cent, elle n'en avait aucun. Inutilité des souvenirs : des femmes qu'il avait connues, plus de traces. Elles s'effaçaient toutes dans celle-ci ainsi qu'en leur ombre. Pas même une image composite, plutôt la décomposition instantanée de toute image. Même dérobade des femmes peintes : Botticelli était un nom qu'aucune Vénus ne prononçait plus. Ce n'était pas encore cela, ce n'était déjà plus cela. Et pourtant, cela existait, qui permettait à Christophe de raturer, de déchirer. Qui raturait et déchirait tout ce qui ne lui ressemblait pas. Christophe ne pouvait rien décider par lui-même, il ne l'avait jamais vu ce visage. C'était donc elle qui refusait les figurations infidèles ou approximatives d'elle-même. Espérer la coïncidence d'une inconnue, dont on ne possède aucun signalement, et d'un visage dans lequel elle se reconnaîtrait, à supposer qu'elle se soit déjà vue (la rencontre ne peut avoir lieu que si elle a déjà eu lieu). Autant demander à une aveugle de choisir parmi des milliers de clichés celui qui la reproduit ! Le hasard. Toujours le hasard, qui commande une patience et une perfection dont il ne tient nullement compte. Christophe multiplia les visages, conscient de ne pouvoir en épuiser toutes les possibilités, mais convaincu de ne pouvoir agir autrement.

Dans la maison de l'aveugle
Les miroirs sont toujours vides.

La lassitude le gagna : cette femme ne répondait à aucun visage, temps perdu à vouloir lui en inventer un, oublier... Puis, ce revirement soudain : l'aveugle ne veut pas de visage, elle veut être vue. Celui qui dessine se donne un regard susceptible de la

247

recueillir. Mais, il ne le sait pas, et au lieu de scruter son propre regard pour voir la femme qui s'y lève, il en interroge vainement le reflet sur la toile. Philémon avait, une fois de plus, raison: il suffisait de déplacer le regard. Christophe se remit à l'oeuvre, tout à la joie d'une découverte imminente. Il allait enfin la voir celle qui depuis toujours voyageait en son regard et qu'il poursuivait à travers tout ce qu'il voyait. Mais la main-qui-dessine l'accueillit plutôt froidement:

— Qu'est-ce que je fais?

— Un regard dans lequel apparaît un visage.

— Trop abstrait! Demande à l'autre.

— Mais non, ce n'est pas abstrait. Il s'agit de faire apparaître le visage d'une femme dans le regard de celui qui la regarde.

— Le regard est une abstraction. Moi, je fais des visages.

— Eh bien, fais le visage de celui qui regarde et derrière ce visage dessine la femme qu'il voit.

— Et pourquoi ne pas la mettre devant, la femme?

— Parce qu'il ne la verrait pas.

— Tout cela sera très flou, une sorte de profondeur truquée.

— Pour commencer, peut-être. Mais lorsqu'elle sera achevée, elle va sortir du regard. Elle va exister, tu comprends. Alors tu pourras la dessiner ou la peindre à la clarté du jour.

La main exécuta les ordres de Christophe. Le paysage fut maintenu tel quel, mais une immense tête vide, dans laquelle on devinait au loin les traits d'un visage, en recouvrait presque la moitié. «Continue, continue,» insista Christophe. Le deuxième dessin ajouta, dans la partie supérieure gauche de la feuille, un soleil naissant dont on ne distinguait que les trois quarts, et ne conserva de la tête qu'une forme ovale tronquée, suspendue entre ciel et terre, grillagée d'une substance fibreuse où sommeillait un visage, cette fois, nettement féminin. Alors la main s'arrêta : « Je ne peux aller plus loin avec ça. Il me faut de la couleur, un pinceau. » « Tout ce que tu veux », s'empressa Christophe. Le bleu inonda la forêt : lever de soleil au-dessus de la mer. Le jaune fit apparaître une sorte d'oeuf dont la courbure fut aussitôt soulignée par un large trait noir qui lui servit de coquille et à l'intérieur de laquelle reposait, voilé par une transparence gélatineuse, le visage verdâtre de la femme. La tête était égèrement inclinée, les yeux clos, et le nez soutenait parfaitement la double arcade des sourcils qui protégeait le sommeil contre la lourdeur du front. Était-il possible de pénétrer plus avant sans éveiller la beauté qui garde le seuil de la vision ? (Le geste et la parole naissent d'une extase rompue.)

Quand le soleil se lève
La femme quitte notre regard.

« Arrête-toi, supplia Christophe. Je la tiens tout entière en mon oeil. » Mais la main ne voulait rien entendre. Du cou de la dormeuse s'élançait déjà le corps bleuté d'une femme, les deux bras tendus au-dessus de la tête, paumes ouvertes, la main gauche perçant la coquille pour aller s'imprimer dans la face du soleil.

— Je ne la vois plus, s'écria Christophe que la panique gagnait.

— Tout se déroule tel que tu l'as prévu. Cette femme ne t'appartient plus. Alors laisse-moi faire.

Dans le coin gauche de la toile, la femme se tenait debout, face à la mer. Le soleil se déplaçait vers le centre en continuant de s'élever cependant que l'oeuf se dissipait en une poussière d'or.

— C'était pas la peine de la faire apparaître, si tu me réduis en poussière. On est bien avancé maintenant !

— Mais j'existe, moi. Et cette femme aussi.

— Toi, tu ne comptes pas. Tu ne vois rien. Tu ne vois qu'à distance. Tu me sacrifies à cette distance pour pouvoir agir à ta guise.

— À mon tour de te proposer un marché. Accepte la distance qui te sépare d'elle et je te ressuscite dans le coin droit de la toile.

— Le bout du monde, quoi !

— C'est à prendre ou à laisser.

Christophe acquiesça, espérant qu'elle se tournerait vers, lui, et qu'ainsi levé le stupide interdit décrété par la main il pourrait en faire autant. Des cendres dorées de son regard naquit Christophe. C'était la première fois qu'il se voyait. Il ne se reconnut pas.

— Cet étranger, est-ce moi ?

— Si tu veux.

Voilà que tout recommençait.

L'inconnu change de nom
Mais demeure
Car l'exil est dans le pays
Tel le noyau dans le fruit.

La femme ne s'était pas retournée, ni Christophe d'ailleurs. Il craignait d'être exclu de la toile, seule relation désormais possible avec cette amante si proche et si lointaine. Car il en était amoureux. Mais, chose étrange, son désir de la voir se nourrissait de la distance qui l'en séparait. Il n'espérait plus ce face à face qui lui avait semblé l'ultime rencontre, la miraculeuse vision. L'intimité ne pouvait être cet enveloppement mutuel, cette étreinte de deux regards, minuscule flamme qui exclut l'univers et que l'univers peut à tout instant souffler. Il fallait éviter d'alerter l'espace qui ne souffrirait pas d'être ainsi divisé, ne serait-ce que par la ligne vacillante d'un couple muet. Tout vase poreux est immortel; car l'espace y circule librement et, sans les abolir, en polit les parois jusqu'à les rendre diaphanes.

Côte à côte, invisibles l'un à l'autre, ils attendent. Que la distance s'élargisse (joie de sentir l'autre s'avancer en moi), s'arrondisse (pressentiment d'être chacun la moitié d'un même cercle). Les yeux fixés au soleil, mais agrandis par la courbure de la mer, ils attendaient d'être vus, enclos en un regard que rien ne peut inclure. Puis le soleil s'immobilisa au sommet de sa course. Ils surent alors qu'ils étaient à jamais soudés l'un à l'autre :

Plénitude du vase
Qui commence et s'achève
À l'ouverture de son propre regard.

— Alors, fit la voix joyeuse de Philémon, n'est-ce pas que tout est affaire de triangle ?

— Quel triangle ? demanda Christophe.

— Cette toile, là sous tes yeux.

— Mais je ne vois que la mer.

— Tu as raison. Le triangle n'est que le squelette du cercle. En vieillissant, ma vue baisse, je deviens abstrait. Dis-moi, cette femme, dans le coin gauche, est-ce Geneviève?

— Qui vous a parlé d'elle?

— Tous ceux qui s'arrêtent chez moi viennent d'une femme et y retournent. Mais ils ne savent pas que celle qui les attend n'est pas celle qu'ils ont quittée. J'essaie de les prévenir. Afin qu'ils ne passent pas à côté.

— Je veux quitter cette île, voir Geneviève.

— Quelle Geneviève?

— Cette femme, sur la toile, là sous vos yeux.

— Mais je ne vois que la mer.

— Écoutez, je veux partir...

— Soit. Mais tu dois d'abord t'éloigner de cette marine.

— Pourquoi?

— Parce que ce sont les ordres du maître-nageur.

— Traduction?

— Défense absolue de penser sans mon autorisation.

— Et que vais-je faire?

— Rien du tout. Attendre que la rivière se détache de l'île et poursuive sa route. La récréation est finie. Voici que commence le septième jour. Repos!

Christophe fit plusieurs fois le tour de l'île. Pour s'assurer de la fermeté de son contour. La rivière pressait contre le rebord argileux, tel un potier voué à son oeuvre. Avide de l'eau qui l'imperméabilise, l'île s'offre en toute passivité au tranchant de l'anneau qui la modèle et l'amarre. Puis il s'enferma dans le château. Pour s'assurer de la pureté de l'oeuvre à laquelle il était condamné. La rondeur de l'île était presque parfaite. Seuls quelques écarts exerçaient encore la patience de l'eau. Bientôt le cercle reposerait en lui-même. Et commencerait l'attente que plus rien ne sollicite.

Sur la table, nul feuillet ne retenait plus de la parole l'approche incertaine. Seul le bois nu, que l'impatience ne livre plus à la fragilité dérisoire du papier. Comme si l'arbre, ayant consenti à l'autel, répudiait tout sacrifice. Dévêtu de son écorce, mais préservant une nudité plus grande. Les murs avaient renvoyé leur garde, et plus rien ne subsistait des toiles et tapisseries qui jadis leur conféraient une intimité. Pas même la chambre, dont les meubles libérés des tâches futiles n'étaient désormais que les serviteurs muets d'un maître absent, n'aurait pu les convaincre d'être à l'abri. Ils avaient renoué avec cette moitié errante d'eux-mêmes à laquelle ils avaient, par souci de chaleur, tourné le dos.

Le feu, dans la cheminée, allait s'éteindre. Christophe hésita. Devait-il laisser le silence achever son oeuvre ou raviver, au sein du dépouillement bientôt irréversible, cette mémoire encore possible d'une flamme enchaînée au tisonnier? L'interdiction de l'encre ne condamnait-elle pas aussi son ancêtre le plus éloigné? Fallait-il que le feu retournât à cette pierre dont il avait jailli, transfuge de la nuit, socle de la parole? Première tentation. Était-il possible que le sacrifice de la lumière la purifiât, que l'épreuve des ténèbres lui fût une captivité salutaire? (Est-il en mon pouvoir de me taire?) Le murmure exsangue de la cheminée rougit un instant l'espace reconquis: Christophe n'avait pu retenir plus longtemps son souffle. Mais le feu, tel un fruit arraché à la nuit, s'élevait faiblement, pâle affirmation d'une parole privée de son poids de sève.

Christophe s'assit donc devant ce feu qu'il lui fallait mûrir (l'impatience dispose sur le bord de la fenêtre sa cueillette trop hâtive). À celui qui s'est dérobé à la mort incombe la tâche de se rendre mortel! Mais la flamme, pressentant son destin, se fit complice du regard, lui-même peu enclin à effacer son ultime preuve. Vivacité du geste, élégance de la ligne, sensualité de la courbure: elle se devait de séduire pour dissimuler, dans la perfection de la danse, la maigreur et la pâleur de son corps. Le regard recueillait avidement chaque mouvement et le prolongeait jusqu'à en oublier la tristesse. Ce n'était plus une agonisante affairée à se dégager de l'emprise des draps, mais une ballerine dont la chair même célébrait la vie. Le lit grinçait-il? Musique des matins réveillant le sol et l'irisant de rosée! Tout cela était indéniable, plaisir d'un parfum, certitude d'une bouche. Qui donc aurait tari la vie? Mille femmes l'abreuvent sans cesse, chevelures et seins gonflés d'une eau éternelle défiant du roc le silence aride. Bientôt, ils furent deux à s'ébattre au-dessus des cendres. (Lorsque la salle se vide, la scène délire. De l'illusion devenue réalité, ou comment une flamme consume le regard qui devait la contenir.) Dès leur première étreinte, la ballerine née de la complicité de l'oeil retomba lourdement sur sa couche. Nouvelles bûches.

Cette fois, la flamme ne chercha plus à ressusciter de la vie ces images que l'adolescent poursuit au sortir du sommeil (elles lui furent nécessaires, en elles s'amorça l'élan qui les dépasse). Libérée de tout ornement, cheveux et seins n'alourdissant plus son ascension, dédaignant de la ligne tout vagabondage susceptible d'en rompre la rectitude, impassible, elle tranchait l'espace qui à son tour la sectionnait à intervalles réguliers, telle un femme maigre avançant d'un pas ferme, mais intermittent. Aspirée par le sommet qui seul lui permettrait, s'il était jamais atteint, de gravir la distance qui l'en séparait. Elle avait beau se retirer au plus profond de sa minceur pour donner moins de prise à l'assaillant, toujours le froid parvenait à la couper d'elle-même. Le vide la menaçait. Non ce vide qu'elle escaladait et dont elle espérait, une fois parvenue au faîte, pouvoir contempler la vertigineuse paroi. Mais l'autre, celui qui surprend le pas entre deux prises, la distraction irrémissible, la chute au fond des images quittées le matin même.

C'est alors que le regard vint à la rescousse de la

flamme dont il s'éloigna d'abord pour s'en protéger. Car l'alternance d'ombre et de lumière, cette respiration saccadée de serpent tronqué, renforçait le clignement des paupières, en accélérait le rythme déjà difficilement contrôlable. Il fixa successivement les intervalles qui la trouaient, un peu comme on enfile des perles. La concentration pouvait-elle suppléer aux défaillances de l'idée et en rétablir le cheminement vertical ? Le regard échappait-il à la discontinuité qu'il avait pour mission de raccommoder ? Ce qui sécrète le fil doit aussi être relié (à qui ? par quoi ?). Résultat de cette première tentative de cohésion : intervalles allongés (le tir de l'attention nourrit les brèches) ou simplement déplacés (l'ouvrier inexpérimenté prélève à même le tablier du pont ce dont il a besoin pour en combler les jours).

Seconde opération : ficher le regard à la bûche, puis l'insérer dans le premier trait lumineux afin de prolonger celui-ci jusqu'au suivant. Le pointillé ne serait-il pas causé par une sorte de court-circuit, semblable à l'obstruction momentanée d'un stylo au beau milieu d'un mot ? Si tel était le cas, il fallait revenir à la source pour éliminer l'obstacle qui empêche l'écoulement de l'encre. Le regard se fit donc exploration des racines du feu, sollicitation d'une sève qui puisse lui assurer une croissance normale. Ceci eut pour effet de souligner la flamme déjà visible, mais ne put en corriger les manques. Situation absurde : une pièce plongée dans l'obscurité ne peut en ressortir que fragmentée. Corollaire : le regard n'enjambe aucun vide, il le creuse et en décalque les rives.

Absurde pour absurde : la flamme ne s'élève pas, elle s'écoule, issue non du bois qu'apparemment elle consume, mais de… quoi? Se hisser jusqu'à ce point inconnu de son origine et la convaincre de la nécessité d'une chute ininterrompue. Pour que la lumière soit de l'homme l'intégrale mémoire. Hypothèse : elle se détache d'un oeil, là-haut sans cesse fuyant (le «faîte du vide» : métaphore désignant le chavirement spiraldique de son ascension), et sa trajectoire visible (chute du fruit, espace du regard) ne couvre que la moitié de son parcours (l'autre, celle qui va du soleil à l'endocarpe, le regard ne peut que l'imaginer). Mais pourquoi le fruit ne nous parvient-il que divisé en sept tranches? D'où vient ce désir du regard de remonter à sa source? Les sept vides pratiqués à même l'étoffe lumineuse du regard en marquent-ils l'inévitable imperfection, ou ne reproduisent-ils pas, ici, le mouvement même de sa descente antérieure? Est-ce folie que de vouloir fondre ces langues de feu en une parole unique? Une seule chose était certaine : l'irrationnelle mobilité ascendante du point de départ de cette flamme, visible seulement au milieu de sa chute. Christophe parcourut les traits, de haut en bas, appuyant fortement le regard à l'approche de chaque vide, dans l'espoir d'annuler le saut. Peine perdue : quelle que soit la source, toujours l'encre respire.

La question était désormais de savoir si l'idée d'une flamme réconciliée avec elle-même, d'une flamme en quelque sorte rapiécée par le regard, émanait de celle-ci ou n'en était qu'une interprétation craintive, voire aberrante. Une hypothèse que ne confirme pas l'expérience est-elle fausse pour autant? Efficacité de l'idée : elle crée le réel qui lui manque.

Sans preuve d'aucune sorte, absolument injustifiée, le regard se remit à l'oeuvre. Soudain, un mot s'imposa. Filigrane : forme visible seulement par transparence, laquelle s'obtient par exposition de l'objet à une source lumineuse. Christophe s'éloigna de la cheminée et fixa, cette fois-ci, toute la flamme. Lorsque le regard eut recueilli les sept pièces détachées, sans en briser l'équilibre instable, il vint se poser à mi-chemin de la flamme et de Christophe. Si le mot avait vu juste, la flamme ainsi exposée à la flamme devait apparaître. Quelques instants plus tard, pendant lesquels le regard dut résister à la tentation de réintégrer le réel inachevé, surgit une mince ligne très pâle qui effaça complètement le pointillé chevrotant qui l'avait jusque-là dissimulée.

Là où l'encre manque
Le mot ne se brise pas
Il se forme. Blanche
Est l'écriture du regard.

Christophe sortit du château à moitié libéré. De quoi ? Il ne pouvait le dire et c'était peut-être cette ignorance qui formait l'autre partie de lui encore prisonnière. De quoi ? De cela aussi, il n'avait qu'une intuition très vague. Si bien qu'il était dans la situation de quelqu'un qui, venant de quitter un lieu, mais n'arrivant pas à s'en souvenir, ne sait plus s'il s'y dirige ou s'il s'en éloigne. Comme quoi tout mouvement n'est possible que s'il formule ce qu'il dépasse ou ce qui l'oriente. Mais laquelle de ces deux bornes, quelle moitié de soi peut situer l'interrogation et la mettre en branle ? Celle de devant, celle de derrière ? La vision serait-elle plus facile que le souvenir ? « De toute façon, conclut Christophe, quelle que soit l'attitude que j'adopte, elle ne peut qu'enfreindre l'interdiction de Philémon. » Le recours à la pensée, à la parole, demeurait inévitable. Or c'était justement de cet exercice (oui, c'est cela) que Christophe se sentait libéré : sentiment d'accéder immédiatement à la vision, par la seule force de la chose vue. Immédiateté pourtant encore imparfaite. (Ce dont je suis délivré est aussi ce qui me délivre.) Si bien que Geneviève surgissait tout à coup hors de toute parole, mais par le fait même de cette émergence — sans cesse ininterrompue — y demeurait enclose. Que l'absence de pensée (seule libération possible de la rivière, selon Philémon) suppose ou inclut son usage? (Voilà pourquoi votre soeur est muette…)

— C'est ainsi que l'on respecte mes ordres.

— Rassurez-vous, je viens de tout effacer. Vous connaissez l'histoire?

— Tu ne comprends rien. C'est de cette boutade que tu devais t'abstenir.

— Au contraire, c'est par peur de vous désobéir que j'ai coupé court à ces réflexions…

— Si tu veux m'obéir, n'aie pas peur de me désobéir! Et retiens bien ceci: l'homme pense pour retenir la pensée qui d'elle-même se dissout.

— Cela me dépasse.

— Tant mieux; continue ainsi.

— Bravo! Vous avez gagné, vous y êtes arrivé avant moi.

— À quoi?

— À devenir fou.

— Correction: j'étais seul dans la course. Toi, tu l'as toujours été.

La légèreté de ces propos, tout en maintenant intactes les mailles de la question, la rendit plus arachnéenne et renforça l'impression de demi-liberté dans laquelle se débattait Christophe. (Prisonnier, oui, mais d'un labyrinthe en fils de soie.) Diaphanes, apparemment inoffensifs, ces labyrinthes sont les plus dangereux: on oublie parfois d'en sortir. De cet oubli s'élance, rayant la lumière de son plumage pommadé, le rapace aveugle dont le nom rappelle le sifflement des fêlures: l'angoisse est le messager des dieux indulgents.

Christophe se promenait donc dans l'île, volant d'un rocher à l'autre, porté par l'oubli, tout à la joie d'être dehors, loin du château, de ce noeud d'interrogations dont le venin pour être blanc n'en est pas moins mortel. Son agilité prodigieuse (dans un pommier, un fruit entre les dents; tête première dans un cerisier qui le recueille et le laisse choir mollement sur le sol) tenait de l'instinct, sève immémoriale qui fait l'arbre, mais n'en dispense pas la connaissance. Livré à ce temps qui le courbait vers les premières routes du sang, lourd de tout le poids des certitudes animales, Christophe éprouvait le plaisir de la mémoire, qu'il croyait être celui de la découverte.

Cela se fit subitement. Comme si l'espace franchi allègrement se fût accumulé à l'intérieur du promeneur et l'eût condamné à l'immobilité. La fatigue n'y était pour rien. C'était plutôt une espèce d'indigestion de bruits, de couleurs et de parfums due, non pas à leur absorption excessive, mais à leur mauvaise qualité. Nausée, étourdissements. Tant de sensations frelatées (en quoi?) et l'assaut des questions contre la paroi interne du crâne le firent chanceler, s'écrouler. La chair du fruit croqué quelques instants auparavant avait rhabillé le squelette des idées que Christophe croyait mortes et enterrées. Fiel. Le joyeux bruissement des branches, s'écartant des plus immuables lois de la vie végétale, se mit à résonner. Corridor multipliant les pulsations du coeur. Labyrinthe. Et pourtant, ce désir qui ajoutait au vertige: vomir et recommencer. Car dès qu'il reprit conscience, Christophe s'empressa de disculper le fruit (il était on ne peut plus frais), l'arbre (il ne chantait pas faux) et la forêt (elle était au-dessus de tout soupçon: nulle odeur, nulle couleur n'avait trahi). Par quel maléfice cela avait-il pu se changer en ciment et en vinaigre?

Avant qu'il n'ait eu le temps de répondre, un rêve lui ferma les yeux. Incroyable mais vrai, le rêve s'ouvrit par une voix de femme qui prononça les mots magiques qui, depuis toujours, président à la genèse d'un monde plusieurs fois millénaire: «Il était une fois…» Christophe sursauta, chercha autour de lui qui l'avait ainsi endormi, ne vit personne et glissa à nouveau sur la même pente.

Il était une fois, un roi qui… Le roi se leva: «Il y a dans mon royaume quelque chose qui m'échappe, comme un trésor dont j'ignore tout, sinon qu'aussi longtemps qu'il restera caché, il sera pour vous tous, et peut-être aussi pour moi, une grande menace. Fouillez toutes les maisons, soulevez chaque feuille morte, et lorsque vous aurez trouvé, n'hésitez pas à tuer quiconque voudrait s'alourdir d'un bien qui ne lui appartient pas. Quelques chevaliers sont rentrés bredouilles. D'autres se sont entretués, sans que l'on sache très bien pourquoi: un caillou qui brillait, une croix tachée d'or ou de sang, une princesse, que sais-je encore? Philosophes et scribes m'ont à peine écouté. Fou, moi? Je leur demandais d'enlever leurs lunettes, de chasser hors de leur territoire, et puis ce privilège de tuer, ce risque d'être tué! Tous ces ruminants poursuivent leur savante digestion dans cette prison où je les ai enfermés. Pour les ménager un peu, je leur ai dit que c'était l'université. Mais voilà que cette quête dure déjà depuis trop longtemps. Et puis ces fainéants ont réussi à jeter le doute dans mon esprit. Je n'oblige personne, je ne promets nulle récompense, je n'exige pas que vous me rapportiez ce trésor, s'il existe (oui, il existe puisque vous êtes là), mais que vous veniez m'avertir de votre découverte afin que tous puissent savoir et que le secret ne voile plus mon royaume. Vous, les sans-nom, vous qui êtes venus sans que je vous appelle, tout vous est permis. Aucun jeûne ne sera jugé excessif, aucune orgie ne sera condamnée. Ma richesse et ma solitude sont désormais vôtres. Libre à vous de les piller ou de vous en abstenir. Le vin et le silence sont des yeux également perçants. Les corsages déchirés (qui sait si la femme n'enfante pas pour dissimuler aussitôt au creux de sa chair le centre sur lequel le royaume se tient en équilibre), ou la patiente étude du verbe sans cesse prononcé et tu (vol énigmatique de cet oiseau dont l'aile gauche obscurcit l'espace que l'aile droite blanchit)? À vous de choisir. Mes vaisseaux, vous pouvez les couler, si vous empruntez les routes invisibles. Tuez mes chevaux, si vous croyez à la lumière fulgurante des yeux que l'on crève. Mais enfin, sachez que je suis votre roi, que je suis à vous! »

Tous s'étaient dispersés sans que Christophe n'ait pu reconnaître qui que ce soit. Ils avaient d'ailleurs des têtes et des vêtements très variés, impossibles à situer dans le temps et l'espace, de sorte que lui-même ne se percevait plus qu'à travers ce curieux sentiment d'étrangeté où plus rien ne subsiste que la certitude d'être différent de soi, et peut-être des autres. Seules les parole du roi, qui le projetaient en une attente familière, l'empêchèrent de céder à la peur (enfantine) d'être à tout jamais égaré. Mais, d'autre part, n'était-ce pas ces mêmes paroles qui avaient provoqué le dépaysement? Ce secret ou ce trésor, n'était-ce pas quelque chose d'archi-connu, promu par l'exhortation royale au rang de chimère? La situation était étrange en vertu d'une indiscrétion impardonnable, comme s'émiette le mot confronté à la chose qu'il désigne et vice versa (le mot est le ver, ou le rêve, dans la réalité). Ainsi le roi, ayant décidé de connaître son royaume, le plongea dans l'obscurité.

La nuit tombait. Christophe quitta l'enceinte du palais royal et s'avança sur un mince ruban de sable qu'il prit pour une chaussée. Bientôt, il se rendit compte que le sol surgissait du battement de ses pas, que le rythme de la marche créait et déroulait son propre fil conducteur. Il était sur une piste. Rien ne l'en ferait dévier. Venue d'une auberge chassant sur ses ancres, une voix l'interpella: «Compagnon, viens, ce n'est pas la peine de continuer. J'ai déjà trouvé le vin et les vaisseaux. La blonde est pour toi. Vite! Les coupes sont pleines, nous appareillons.» La réponse se fit en Christophe, vibrante à l'intérieur de tout son corps!

Au coeur de la nuit, ne brille que ce qui est voilé.

Chaque pas en avant le confirmait dans la certitude que ce que le jour dissimule, la nuit le révèle. Il marcha ainsi une bonne heure, soumis à la formule qui provoquait et orientait le mouvement de ses jambes, sans en questionner l'origine ou l'efficacité. Puis, son pied heurta un caillou et le doute roula au fond de son esprit. (La matière aurait-elle deux maîtres, chacun exerçant sur elle un pouvoir égal? N'y a-t-il pas des fleurs équinoxiales? Est-il possible que le royaume soit une maison dont l'intérieur diffère complètement selon qu'on y accède par la porte de devant ou celle de derrière?) Christophe songea à cette pente que l'on croit gravir alors qu'on la descend: magnétisme dû à une illusion optique, ce n'était pas une preuve. Où avait-il vu cette pagode dont il fallait d'abord sortir avant d'y pénétrer? Quelque part en Inde ou dans un poème chinois? Mais non, il n'avait jamais mis les pieds en Inde (du moins, le croyait-il et la littérature, même chinoise (qu'il ne connaissait pas, du reste), ne saurait rien éclairer, sinon elle-même (et encore).

En bon alchimiste, Christophe cherchait dans les choses mêmes la traduction littérale de ces mots inspirés qui le conduiraient au trésor. Son corps les lui répéta, «… ne brille que ce qui est voilé», et ainsi déplacé de quelques pieds vers sa gauche, Christophe vit un énorme serpent lumineux dévalant le flanc d'une montagne. Fermant les yeux, il se souvint d'avoir déjà vu ce serpent, du temps où celui-ci n'était encore qu'un torrent. Mais un torrent très spécial, visible que par les nuits de pleine lune. La lumière du jour, reflétée par la Windigo, éclaboussait les érables derrière lesquels il coulait de sorte qu'au- delà de cette tenture éblouie on ne pouvait qu'entendre sa voix. («Le chant du pendu», disaient les bûcherons). La Windigo avait un faible pour cet amant occulte (que de truites nées de leur étreinte!).

Le serpent, pendu à un rayon de lune, continuait de ruisseler. N'était-ce point là le danger qui menaçait le royaume? Quel complot pouvait bien ourdir, au fond des forêts, ce serpent gros comme un torrent? User la paroi rocheuse où s'incruste le mica de ses écailles? Si tel était son dessein et qu'il y parvienne, l'effritement de la montage serait aussi sa mort. Quel roi ne se réjouirait pas d'une telle perte qui le délivre d'un monstre et recule la nuit de plusieurs siècles. Car il est bien connu maintenant que ce sont les montagnes qui enfantent la nuit, et non l'inverse, comme on l'avait cru jadis, dans le royaume, jusqu'à ce qu'un ermite prouvât le contraire. Depuis lors, une montagne de plus ou de moins ne surprenait personne. Car les disciples du savant ermite s'étaient partagés en deux camps, les montanoclastes et les montanolâtres, qui se livraient une patiente guerre de méditations. Les premiers prétendaient pouvoir instaurer le règne de l'immortalité en abolissant la nuit, alors que les seconds croyaient, au contraire, que la nuit était non seulement le séjour mais aussi la nourriture des dieux. Comme le roi n'avait jamais compté ses montagnes, il ne pouvait vérifier les gains ou les pertes des deux camps (une montagne avait-elle disparu qu'une autre rumeur la ressuscitait dès le lendemain). Néanmoins, il suivait avec beaucoup d'intérêt cette partie d'échecs qui se déroulait sur l'échiquier, plus ou moins fictif, de son royaume. Malgré son impartialité officielle, on le disait partisan des montanoclastes…

Christophe poursuivit sa route, dans l'attente fébrile de cette distraction miraculeuse qui l'en écarterait et lui révélerait le fameux secret. La peur éprouvée précédemment s'était dissoute, comme s'estompe derrière soi l'ombre enveloppante du départ. Ainsi libérée de la contrainte du retour, la route se perdit en elle-même, et commencèrent les chemins qui ne mènent nulle part. Drame de la pieuvre : elle étreint ses victimes, croyant encercler sa propre tête.

Mais si l'intuition était la distraction, l'écart du voyageur (voilà pourquoi elle est déroutante), ne fallait-il pas aussi renoncer au secret ? Vivre la quête sans lui assigner d'objet devint l'unique désir de Christophe. Mais aller nulle part n'est pas chose facile.

Il n'avait pas fait dix pas qu'il tomba sur une vieille femme de trente ans, toute courbée, presque rampante. Dès qu'il lui toucha le bras pour l'aider à se redresser, il se retrouva à l'intérieur d'un fouillis de choses grouillantes. Maison délabrée, caverne? Hommes et femmes s'accouplaient ou s'égorgeaient parmi des animaux (lions, boucs, crapauds, chèvres), les uns morts, les autres vivants, jonchant le sol ou suspendus au plafond (mais qu'est-ce que ce bordel?). «Ce bordel, répondit l'hôtesse, nullement froissée par la remarque désobligeante de son visiteur, c'est moi. Ne vous scandalisez pas trop vite, vous portez sans doute le même en vous. C'est aussi ce qu'on appelle la vie intérieure! Mais les visionnaires sont borgnes, ils ne visitent pas toutes les pièces. Inutile de chercher, j'ai fait abolir toutes les cloisons: chez moi, il n'y a qu'une seule pièce. Mais si vous voulez vous donner la peine de soulever quelques amants, de déplacer quelques bêtes, vous trouverez peut-être les restes d'une vie plus raffinée.»

Christophe enjamba un couple se tordant de douleur ou de plaisir (comment savoir?), et s'arrêta devant un mur couvert de tableaux auxquels étaient accrochés chemises, caleçons et culottes. Après les avoir dépouillés de leurs housses grotesques, il entreprit, sans trop de curiosité, de souffler la poussière qui les masquait (tout ceci pour une photographie à la gouache ou une Vénus d'épiciers pervers!). Peu à peu la mer gagna toute la toile, un immense coquillage émergea d'où s'élevait une femme dont la naissance était célébrée par une pluie de ciascuno. Une merveilleuse chevelure serpentine signait cette cosmogonie et en garantissait l'authenticité. «C'est moi, dit la femme, avant ma captivité.» «Captive de qui, de quoi?» demanda Christophe. «De tous ceux qui m'ont aimée.»

Christophe n'avait écouté que d'une oreille, et en était déjà à l'exhumation de la toile suivante: contre la fenêtre, une table faiblement éclairée par la lumière (du jour?), sur cette table, un livre ouvert médite seul, près d'un vieillard rentré en lui-même, au pied d'un escalier dont la spirale découpe un gouffre menaçant. Christophe y vit descendre le troupeau d'invités qui peuplaient désormais cette femme et, craignant pour le silence ou la vie du célèbre philosophe, voulut décrocher le tableau. L'hôtesse intervint:

— N'en faites rien. C'est lui qui a voulu venir. Il est bien là où il est, ne croyez-vous pas? Imaginez-vous qu'on avait enfermé le pauvre homme quelque part où il devait recevoir, de neuf à cinq, des gens empestant l'eau de cologne. Il est ici chez lui et grâce à lui nous sommes un peu ailleurs.

— Ne me racontez pas d'histoire, il vous sert de patère. De plus, il vous était impossible de voir avec toute cette poussière.

— L'oubli est un vernissage nécessaire. Il permet aux êtres, philosophe ou Vénus, de vivre au-delà de nos regards, de prendre racine en nous.

Christophe prit peur. Il fit lentement le tour de la salle: pas de sortie. Mais une foule d'objets hétéroclite (poignard fichés dans des peaux tendues, livres jaunis dont les crapauds défendent la page couverture, chandeliers n'éclairant plus que le cul de quelques malheureux, amphores égyptiennes converties en pots de chambre, etc...) jadis d'une grande valeur, et qui, dans leur état actuel, ressemblaient davantage aux ossements du brigand qu'à son trésor.

— Sont-ce là les présents de vos amants ou leur rançon?

— Pour moi, par haine et amour, mes amants ont pillé l'univers. Malgré moi, je suis devenue leur complice et partage leur exil. Le croirez-vous, cet antre était autrefois une jolie petite auberge, un relais de lumière. Tenez, tous ces poignards qui vous ont effrayé jaillirent un jour de baisers encore tout brûlants de salive. Ces livres où gîtent les crapauds sont ceux qu'un homme, à cause de moi, n'a jamais écrits. Pendant quelques années, avant et après l'amour, il se penchait au-dessus d'eux. L'odeur de l'encre et du papier lui promettait mille visages. Mais le blanc jaunit très vite, comme les miroirs. Si bien qu'il lui fut de plus en plus difficile de s'y mirer. Ce fut une folie et une mort affreuses. Mais vous n'avez rien à craindre. Vous avez déjà libéré la femme qui aurait pu vous retenir.

— Non. Je la cherche toujours. Du moins, je la cherchais jusqu'à ce que votre roi...

— Oui, je sais. Ce vieux fou est déjà venu me consulter. Comme si une sorcière avait quelque pouvoir! Vous savez ce qu'est une sorcière? Une femme enceinte depuis trop longtemps et que son enfant étrangle. On est toujours captif de ce que l'on porte. Ce bordel, comme vous dites, en est la preuve. Souvenez-vous que le mot enceinte a deux sens; et que rien ne vous alourdisse, du moindre rêve au bien le plus précieux.

Christophe, la regardant s'éloigner, aussi voûtée que lorsqu'il l'avait rencontrée, comprit pourquoi elle lui avait rendu sa liberté : sa vie était déjà si lourde, elle avait déjà tant de peine à la traîner… Complet ! Il se remit en marche, inexplicablement reposé et impatient. L'interdiction de la sorcière lui avait redonné le goût du secret. Nouvelle certitude : en un lieu encore inconnu d'eux-mêmes, la femme et le serpent devaient se rencontrer. Mais la nuit, comme le désert, est remplie de certitudes que l'absence de preuves rend inéluctables. Par où commencer ? Comment trouver ce lieu sans d'abord connaître la nature de ce lien qui unit deux complices qui s'ignorent ? L'image du philosophe interrompit aussitôt la ronde des questions : la lecture commence les yeux fermés (oui, je sais la science est une concentration dont la distraction cueille les fruits, etc…). Convaincu de l'inutilité de vouloir imaginer ce lieu, Christophe ne pouvait néanmoins s'en empêcher. Il passa donc le reste de la nuit à interroger des lieux au-dessus de tout soupçon. Que de grottes explorées dont il ne tira que des lièvres apeurés ! Que de pierres soulevées qui ne protégeaient que le sommeil de la terre ! La filature des innombrables sentiers, de même que le décryptage attentif du chant des rossignols, ne donna rien. Les ponts de pierre ou de bois affectés au commerce des rives ne savaient plus rien, déliraient au gré de cette interminable parole que tout le jour ils s'étaient efforcés de retenir.

Décidément, la quête tournait à l'absurde, et Christophe commençait à regretter l'auberge et ses vaisseaux. Depuis des siècles, les gens savaient qu'il ne faut pas défier la nuit, qu'au-delà des abat-jour commencent les limbes. Comment avait-il pu se laisser ainsi duper par des mots venus d'on ne sait où? (Ce que le jour dissimule, la nuit l'ignore encore davantage.) Et pourtant, il n'en était rien. C'était plutôt l'absence de secret qui rendait la nuit si décevante. Mis à part la femme et le serpent (que j'aurais d'ailleurs très bien pu rencontrer pendant mon sommeil), elle ne recelait aucun mystère ni, par conséquent, aucun lieu susceptible de le traduire. Rien sous les pierres, ni dans les grottes. Nul rendez-vous sacré ou monstrueux au détour d'un sentier ou sous les ponts.

Ouverte, oui, trop ouverte pour qu'en elle surgisse l'horrible qui menace le royaume. En un tel espace dénoué, il n'y avait rien à craindre. Le rossignol vole dans l'écho de sa voix, les arbres s'abandonnent aux tropismes de leur ombre, et l'eau, n'ayant plus de berges à convaincre, semble presque immobile tant le voyage lui est devenu facile. L'oeil n'a plus rien à délivrer. Toute forme à peine achevée se défait pour recommencer ailleurs une autre ébauche d'elle-même.

Mais d'où vient cette lente palpitation du sol? Quel est ce remuement sournois de bête chevauchée? Christophe se releva. La chute lui avait écorché les genoux. Il ne fallait pas s'emballer, la nuit était innocente, elle ne voulait que couler librement en elle-même. Nulle subversion au fond de son silence, nulle démence qui en ride la surface trop lisse. Ce mouvement qu'elle imprime à l'écorce terrestre, ce rythme qui élargit toutes choses et les frange de leur double, c'est la respiration tranquille d'une femme que son amant n'oppresse plus. Le jour ne l'avait-il pas ficelée de sentiers pour prévenir toute retraite au fond des grottes, dépouillée et soumise à son regard impitoyable, réduite à un réseau de gestes fragmentés? La voici qui renoue enfin avec elle-même. Qu'il revienne la prendre sans armes (minuit se charge de fondre glaives et ongles que midi a trempés), il ne la reconnaîtra plus. Insaisissable et omniprésente en cette nudité qui sans cesse la dissimule. Comme un fruit aux mille pelures dont la chair se dérobe à chaque assaut du désir. Bientôt, jamais! Femme aux peaux multiples! Mer promise et refusée à chaque vague. Visible, trop visible. Et le regard aspiré par l'au-delà fuyant de l'évidence court à sa perte. Que d'amants ont ainsi roulé au fond de précipices mortels pour avoir voulu forcer l'ultime transparence de la nuit.

Christophe s'arrêta net, essoufflé d'avoir tant couru. Figé par la peur, il n'osait plus bouger, retenait même son souffle. C'était un miracle qu'il ait pu se rendre si loin, que la mince pellicule de glace ait résisté à la violence de ses pas. Si mince qu'un son aigu pourrait la crever. Mais il ne pouvait rester là à célébrer sa chance, au beau milieu d'une nuit à peine gelée. La chaleur de son corps ne risquait-elle pas de...? Il ne pouvait pas non plus tenter de faire marche arrière, il était si lourd. Entre lui et le vide, ce velin diaphane qui le soutenait, pour combien de temps encore? S'alléger à tout prix: en un geste de supplication, il s'étendit lentement à plat ventre sur la glace. Ainsi réparti, son poids lui sembla moins menaçant. Il pensa, un instant, profiter de cette position pour regarder en dessous, voir si le secret ne gisait pas quelque part de ce côté. Il se ravisa aussitôt. Ne jouissait-il pas d'un sursis? Il valait mieux ne pas attirer l'attention, ce n'était pas le temps de jouer les voyeurs ou les visionnaires !

Une certaine complicité s'établit peu à peu entre son corps et la paroi sur laquelle il était allongé, sans en diminuer pour autant la fragilité. Qui sait, peut-être qu'à son contact la glace allait s'épaissir, comme un miroir solidifié par son armure de tain ! Puis lui vint cette idée absolument antiscientifique qui inversait le rapport des forces en présence tout en maintenant le danger de la situation : c'était le vide qui se pressait contre lui et menaçait de l'envahir. Entre les deux morts qui s'offraient à lui, Christophe n'eut pas à choisir, l'idée d'une chute au fond de quelque gouffre vorace ou indifférent était, à n'en pas douter, de la pure folie. Il savait désormais à quoi s'en tenir, c'était toujours cela de gagné. Au lieu d'attendre l'ennemi dont la force était supérieure à la sienne et de lui opposer une résistance héroïque, tenter plutôt de l'apprivoiser. D'abord comprendre l'essence du conflit, tâche qui incombe toujours au plus faible, bien sûr, l'autre n'étant que provisoirement menacé (la rivière n'a pas à savoir nager !). Que se passait-il exactement ? Masse compacte, le corps de Christophe entravait la libre circulation du vide. Il fallait donc s'ouvrir, céder à la pression de l'autre, le laisser imbiber l'obstacle jusqu'à ce que l'équilibre soit rétabli.

La cloison cristalline, qui lui avait servi de rempart, dernière écorce de son ignorance, s'était amincie au point qu'il ne pouvait plus la distinguer de sa propre chair. Et cette membrane bougeait tout autour de lui, aussi légère qu'une gaze agitée doucement par une brise matinale. Il se tenait debout à l'intérieur de cette voilure déployée, glissant déjà vers le large, parmi la lumière verdâtre des arbres naissants. Devant, derrière, au-dessus, au-dessous : vol unique d'oiseaux interchangeables. Alors Christophe sut qu'il n'était qu'une cargaison de vents et que la respiration est la maîtrise du vide.

À l'orée de la forêt, Christophe s'était assis près d'une source qui, à l'aube encore hésitante, rappelait la couleur et le bruit d'un métal en ébullition. L'impression fut si forte qu'il tendit ses mains rougies au-dessus de cette marmite. Il ne s'en dégageait aucune chaleur, mais une espèce d'énergie qui pénétrait les paumes et s'irradiait par tout le corps. Christophe attribua ce picotement au reflux du sang dans les muscles engourdis. Il n'en était rien puisque la sensation cessait dès qu'il retirait ses mains. Il resta ainsi accroupi pendant plusieurs minutes, fasciné par son propre corps qui, d'une part, s'élargissait de façon rythmique, mais qui, d'autre part, tranchait l'espace comme seule une fine lame d'acier pourrait le faire. Et cette double perception de lui-même, concomitante et simultanée, s'opérait en un point impossible à situer (l'expansion et la contraction ayant supprimé toute notion d'intériorité), sans cesse mobile quoique fixe, comme s'il tournait sur lui-même et que ce mouvement fut justement celui que Christophe faisait pour tenter de le rejoindre. Brusquement, il referma ses mains et se leva. À ses pieds, la source désormais calme murmurait faiblement sous le poids confondu de l'aube et de la brume.

Il était temps de rentrer. Ce n'était pas la peine de passer par le palais royal, il n'y avait rien au fond de la nuit que la nuit elle-même, coffret gigogne de plus en plus vide, tout juste bon à décanter l'espace et à égarer le temps. Bref, rien qui n'intéressât la vie du royaume ni peut-être la sienne, du reste. Il marchait depuis quelques instants lorsqu'il entendit pour la première fois un bruit de pas derrière lui. Il se retourna : rien. (Qui se prive de sommeil, se nourrit d'illusions.) Même bruit, même manège, plus l'idée de brigands (je n'ai rien à cacher, je ne risque rien). Il continua d'avancer en se retournant fréquemment, histoire de se donner des preuves que la peur ne réfuterait pas (le pire est passé, il fait jour). Perché sur le talus en bordure du chemin, un enfant le regardait fixement. Christophe lui sourit et, ne voulant rien laisser paraître du trouble qui le gagnait, il s'efforça de poursuivre sa route d'un pas égal. À peine eut-il dépassé l'enfant qu'un canif lancé trop faiblement l'atteignit à la hauteur du cou avant de se ficher dans le sol. Christophe se baissait pour le ramasser, quand un second canif lui pénétra le flanc gauche et qu'un troisième dirigé avec beaucoup plus de force se logea dans le dos, juste au-dessous du coeur. Chancelant encore plus d'étonnement que de douleur, Christophe pivota sur lui-même afin de voir son agresseur. À l'instant où il croisait son regard et comme jaillissant de celui-ci, une lame vint se planter en son front, à la racine du nez. Sous la violence du choc, Christophe tomba à genoux, la tête remplie de ce bourdonnement des pièces trop silencieuses. Il ne distinguait plus rien, l'espace tout autour se fragmentait en une neige très fine. Puis un dernier éclair lui troua la gorge, souffrance insupportable dont bientôt il ne se souvint qu'à travers l'épaisse lumière blanche qui giclait de la blessure et dans laquelle il s'écroulait doucement, très doucement, noyade au ralenti...

De fait, il ne devait jamais toucher le sol. Lorsqu'il reprit conscience, l'île avait disparu et la rivière enfin délivrée s'élançait en bouillonnant sans égard pour Christophe qui se maintenait difficilement à flot. Jamais il n'avait connu une telle joie. Cela éclipsait tout ce que la rivière lui avait déjà fait connaître, paix de l'abandon ou ferveur de la découverte. C'était autre chose de plus simple et de plus grandiose, une baignade d'enfant heureux qui éclabousse l'univers. Comme s'il avait chevauché jusqu'alors une rivière souterraine qui, faisant surface pour la première fois, lui révélait tout l'espace auquel il l'avait dérobée et dont elle était la voix. Il avait été un amant terriblement jaloux, il le reconnaissait maintenant. N'avait-il pas voulu, par ce pèlerinage suspect que fut l'équipée du Nord, pénétrer tous ses secrets, fouiller son passé jusqu'au mystère même de son origine? Ne l'avait-il pas obligée à de longs détours, sollicité qu'il était par des images parodiques de la volonté de l'eau? Au fond, il lui en avait toujours voulu d'avoir été arraché à cette stérile contemplation de la mort où il s'abîmait. Il ne la comprenait pas : que voulait-elle, que savait-elle, pourquoi ce désir de ne jamais dormir deux fois dans la même nuit? Comme elle s'esquivait malgré l'espace restreint auquel il l'avait réduite, il l'avait mise au piquet, lui laissant juste assez de corde pour qu'elle puisse tourner en rond autour de lui. Puis l'interrogatoire, l'usure de la pensée retournée contre elle-même...

— Encore besoin de mes services? demanda Philémon dont la voix désormais familière était l'écho de la pensée de son hôte (son miroir, corrigea la voix).

— Si tu veux, répondit Christophe.

— Alors voici trois versions de cette même loi qui régit toute vie ici-bas, et peut-être ailleurs : si tu retiens une chose, elle devient ton cachot — si tu tortures le verbe, c'est ta chair qui saigne — si tu enchaînes la femme, qui donc te délivrera ?

— Tu veux parler de Geneviève ?

— Non, c'est elle qui te parle. Écoute ! Elle est derrière et devant ce souffle en toi qui t'encercle.

Un jet d'eau froide lui lava le regard, et la forêt
(rendue) aussi friable et irréelle qu'un paysage givré,
ruissela de lumière. Mais malgré la désintégration
spontanée de ses tissus les plus résistants, émiettement du roc et de l'écorce, elle se maintenait encore
toute droite dans l'espace. Chaque arbre conservait
sa forme quoique criblé de toutes parts par des milliers de termites qui le réduisaient à un dessin poin-
tilliste. Ainsi la forêt semblait l'oeuvre éphémère de
multiples gouttelettes d'argent figées dans leur chute.
Christophe cligna ses paupières : il était bel et bien
au milieu d'une forêt solidement ancrée, presque
immobile, soumise sans doute à la fluidité d'innombrables sèves, mais retranchée au creux de chairs
séculaires, voire immortelles. (Qui a dit que rien ne
menace la permanence des choses que l'imagination
de l'homme ?) « C'est moi, répondit Philémon, mais
tu ne me cites pas fidèlement : rien ne menace la permanence des choses que l'image inachevée de Dieu.
Voilà ce que j'ai dit. Ne me demande pas de me traduire, c'est la seule chose dont je sois incapable. »
Christophe commençait d'en avoir assez de cette pré-
cipitation de la rivière (y a pas le feu !) qui le rudoyait
depuis un bon moment. Il n'avait pas aussitôt repris

son souffle qu'une nouvelle vague lui heurtant le visage (les yeux me brûlent) le contraignait à une respiration saccadée et à ce perpétuel battement de paupières qui lui découvrait l'étrange comportement de la forêt. Comme si la Windigo, longtemps soumise au magnétisme de l'île dont la circonférence recoupait le regard captif de Christophe, reprenait le temps perdu et imposait enfin sa propre vision des choses. Qu'il voyageât en elle ou elle en lui, Christophe avait toujours cru qu'elle était d'une force égale à la sienne et qu'en vertu de cet équilibre il pourrait conserver intacte jusqu'à la fin du voyage (dont il ne doutait pas) cette conscience de soi sur laquelle on imprime les billets de retour. Il se retrouvait maintenant dans la situation de cet artiste célèbre qui cessa de peindre le jour où il constata que la nature copiait ses propres toiles.

Christophe appela Philémon qui ne répondit pas. La forêt continuait de s'absenter jusqu'à une sorte de vide palpable, puis réintégrait la certitude de son apparence. Pour échapper à cette oscillation dont la rivière créait le rythme, il décida de ne plus ouvrir les yeux. C'est alors qu'il se vit tantôt froissant l'immobilité de la rivière, tantôt immobile au sein des eaux impatientes. Et chacune de ces images se faisait l'écran de souvenirs qu'elle avait engendrés : promenade interminable à la recherche d'un rien, d'une ombre au coeur d'une ville pétrifiée (irréalité du ciment) / course fiévreuse de la plume parmi les mots indifférents (on peut se faire assassiner en pleine rue sans que personne ne bouge : impersonnalité de l'encre), / amours dispersées de femmes amnésiques ou absentes qui vous effacent avant ou après (pâleur de la chair, mémoire des sables) / gestes brisés que l'aube ou le crépuscule avait tendus vers quelque délivrance (la mort devance et confond ses amants et ses ennemis) / ironie du temps qui annule toute preuve de lui-même (la queue du paon, l'arc-en-ciel l'a déjà déployée). Impossible silence dressé contre le bourdonnement du béton (fragilité de la ville, canevas piqué de trop nombreuses fenêtres) / attente troublée d'une phrase que la meute des mots se dispute (exil du promeneur emporté par la foule d'une rue, d'un pays à l'autre : l'encre est la boisson préférée des araignées dont l'ivresse est à l'origine de plus d'un labyrinthe) / dessin interrompu par l'irruption du modèle (jalousie de la femme qui ne tolère pas l'oubli qui double l'amour qu'on lui porte) / brusque sursaut du corps verrouillé au donjon du recueillement et qui vous retire l'échelle sur laquelle vous étiez perché (la nuit n'aime pas les voyeurs) / le paon peut bien s'abstenir de faire la roue, la terre n'en tourne pas moins et pavoise le ciel.

Après avoir assisté à cette représentation stylisée de sa vie, Christophe rédigea le plus objectivement possible, à l'intention d'un journal dont il était l'unique lecteur, un compte rendu de cette pièce qu'il n'avait jamais signée : « Drôle de dialogue dont chaque protagoniste est tour à tour la victime selon qu'il ait ou non recours à la parole ou au silence. Conflit d'une simplicité insoluble : que tous deux se taisent ou parlent en même temps puisqu'ils ne se contredisent que dans l'alternance des rôles échangés. Succession de tableaux opposés où revit l'éternelle déchirure de l'homme. Mais le spectateur, sans doute en vertu de la complicité qui l'unit au comédien (jeu impeccable) et qui annule l'angoisse de l'un par l'angoisse de l'autre (quoique trop abstrait), dort les yeux ouverts, comme si d'avoir payé sa place le dispensait de crier ou d'applaudir. Comme le dit si bien le proverbe tibétain, les seuls spectateurs qui comprennent quelque chose au théâtre sont ceux qui s'y endorment. »

Réponse d'un lecteur : le sommeil du spectateur dissimule la vengeance du théâtre (proverbe antitibétain).

Le calme soudain de la rivière lui fit ouvrir les yeux. Stupeur : la forêt avait mystérieusement disparu et les rives, que le treillage des racines ne retenait plus, en avaient profité pour visiter le pays. Christophe, qui avait jusqu'alors voyagé sous leur surveillance plus ou moins étroite, s'inquiéta de leur absence. Il préférait mille fois être étranglé par elles (qu'est-ce qu'un torrent, sinon quelques secondes d'intense intimité ?) que d'en être délaissé (qui donc me guidera ?). Si leur fugue durait, elle risquait de compromettre gravement la vie de la rivière, et cela Christophe ne le voulait pas. Il en avait tellement vu de ces élargissements subits qui se perdent dans la douce stagnation des eaux trop lourdes, cancer qui fait les grands lacs. Au fond, il craignait surtout pour sa propre vie ; crainte non pas de la mort mais d'une vie démarquée, vêtement trop grand, errance du geste. Aussi tenta-t-il désespérément de rappeler les rives à leur mission (vous, qui avez su contenir l'impatience de l'eau et ainsi soumettre le pays à la force d'une parole vive, allez-vous devenir les bergères d'un troupeau silencieux ?), de convaincre la rivière de se donner une forme qu'elle puisse modeler de l'intérieur (les rives t'obéissaient, les plages t'effaceront). Mais ni la rivière ni les rives ne semblaient intéressées à reprendre cette vie commune du perpétuel face à face, comme si un plus grand éloignement leur promettait ce lien indissoluble d'un regard libéré des corvées de l'espace, voué à l'étude du temps : après avoir épuisé le corps, les amants se rejoignent en se tournant le dos.

Christophe supplia Geneviève de se dissocier de la rivière si elle ne pouvait en empêcher la trahison. «Qu'importe que la vie me fasse défaut, pourvu que tu restes fidèle à la distance qui me sépare de toi ! Qu'au moins la cible de ton nom demeure l'oeil ouvert au centre de mon impuissance ! Par cet amour que je porte et que ton absence a décanté jusqu'à la pureté de l'impossible, j'implore un nouveau sursis. Je recommencerai ailleurs, avec une autre rivière, plus longue celle-là (la Windigo, un tracé d'enfant), j'aurai plus de temps, je serai plus attentif, un corps plus souple... Sous aucun prétexte je ne me détournerai de toi ; chaque mot et chaque pensée entachés de regret ou d'espoir, je les jetterai sur la rive, dans la marge, afin que jamais mon regard ne piège ton ombre. Mais je t'en prie, brise cette immobilité, ces eaux risibles dont le ballottement singe l'attente. Épargne-moi cette épreuve, ne me soumets pas à plus grande absence. Redonne-moi l'illusion d'être entre tes bras, que la Windigo me préserve de la dissolution du silence ! »

Christophe hurla trois fois le nom de Geneviève qui se dispersa aussitôt sans qu'aucun obstacle n'en garde la trace, syllabes perdues aux quatre coins de l'horizon. Il tenta vainement de le rappeler, de s'en souvenir. C'est alors qu'il entendit monter du fond de lui-même, du vide creusé en lui par la disparition du nom précieux, une voix qui n'était ni celle de Geneviève ni celle de Philémon, et qui se tut à l'instant même où la lumière effaçant les paupières formula son regard :

Geneviève n'est plus, voici la mer.